iStyle 002

Shine

高寶書版集團

To all my Golden Stars.

第一章

抬頭挺胸，雙腿交疊。肚子收緊，肩膀打直。露出微笑，好像全世界都是你最好的朋友。我在腦中默背我們的口號，等著相機鏡頭掃過我的臉。我擦著粉紅色脣膏的嘴角，勾出一個完美，像是在說「把所有祕密告訴我吧」的微笑。

但你絕對不該這麼做。人們總是會說，三個人是無法保守祕密的，除非其中有兩個人死了。嗯，這點在我的世界中是百分之百的真理。在這裡，你永遠活在他人的目光之下，而你的祕密總有一天會害死你。或者說，會毀了你發光發熱的機會。

……✦

「妳們一定很興奮吧！」主持人是個皮膚白皙的中年男子，梳著光滑的油頭。如果他的粉紅色領帶配上紅色襯衫的組合沒有這麼刺眼的話，說不定看起來挺帥的。他熱切地傾身向前，看著在他眼前一字排開的九位女孩，眼神閃閃發光。我們的長髮全都燙成蓬鬆的大波浪，臉上經過長年亮白面膜的滋潤而完美無瑕、光澤水亮，我們白皙的雙腿完美地交叉，腳上踩著馬卡龍色的彩虹高跟鞋。「妳們在所有的音樂節目上都拿下第一名，還推出了第一首音樂影片！就差一個榜，妳們就要通殺了耶！對於這點，妳們有什麼看法？」

「我們當然開心到不行了。」米娜迫不及待地開口，露出一口整齊的牙齒以及閃耀的微笑。為了展現同樣的笑容，我的臉緊繃得幾乎痛了起來。

「這對我們來說是美夢成真。」恩地同意道，然後用力地吹破她的草莓口香糖泡泡，再吹了一個更大顆的。

「有機會一起做到這件事，我們真的很感激。」麗茲附和，她的雙眼在好幾層的銀色眼影下閃爍著。

主持人的眼睛一亮，像是要打探什麼祕密般向前傾身。「所以妳們感情很好囉？我是說，妳們九個美到不行的女孩天天相處在一起耶。總不可能每天都像是在度假吧？」

秀敏輕柔而優雅地笑了一聲，用唇筆描繪得完美無瑕的嘴唇抿了起來。「當然不會『每天都像是在度假』。」她說。「但我們是一家人，家人永遠優先。」她伸手挽住坐在她身旁的麗茲。「我們是屬於彼此的。」

主持人抬起一隻手，摀住自己的胸口。「真是感人。妳們在合作的時候，最愛的部分是什麼？」他的眼神緩緩掃過團體中的每個人，最後落在我身上。「瑞秋，妳說呢？」

我的雙眼立刻看向座落在主持人背後的巨大攝影機。我可以感受到鏡頭特寫著我。**抬頭挺胸，雙腿交疊。肚子收緊，肩膀打直。**我為了這一刻，已經準備好幾年了。我展開燦爛的微笑，在腦中把主持人想成我最好的朋友。然後，我的腦子變得一片空白。

說點什麼啊，瑞秋。**說話啊。這可是妳一直在等待的大好機會。**我的掌心開始覺得黏膩，而當沉默填充了整個攝影棚，我能感受到其他女孩不舒服地在座位上換著姿勢。攝影機感覺就像是一盞聚光燈般熱辣地打在我的皮膚上，我口乾舌燥，幾乎無法開口。

最後，主持人嘆了口氣，決定饒我一命。「妳們一起經歷過這麼多事——在出道大成功之前訓練了六年！這段經驗跟妳期望的一樣嗎？」他微笑著，對我拋出了一個簡單的問題。

「是的。」我勉強吐出一個字，臉上仍然掛著微笑。

他繼續說：「再跟我多聊聊練習生的日子吧。在妳們的成名單曲發表之前，練習生的生活怎麼樣？住在練習生宿舍裡時，妳最喜歡的是什麼？」

我的大腦快速運轉著，搜尋答案。我悄悄地把汗水抹在我下方的皮椅上。我腦中冒出一個想法。「還能有什麼？」我邊說邊抬起手，對著鏡頭略顯尷尬地動了動我的手指，上頭畫著完美的指甲彩繪，白底配上薰衣草紫的條紋。「有八個女孩幫妳做指甲彩繪耶，這就像是住在二十四小時的美甲工作室一樣！」

我的天啊。我有什麼毛病？我剛才真的說，訓練期時我最喜歡的部分，是讓八個女孩幫我免費做指甲嗎？

幸運的是，主持人爆出一陣大笑，在攝影棚內迴盪，而我感受到一股放鬆之感流過我的全身。**好，我辦得到的。**我跟著他咯咯笑起來，其他女孩也很快地加入了我們。他對我露出油膩膩的微笑。噢喔。「瑞秋，作為主唱，妳的才華一直備受稱讚。妳覺得妳的才華有激發其他女孩做出更好的表演、更努力奮鬥嗎？」

這句話讓我臉頰泛紅，我舉起雙手，遮住臉上的紅暈。我的腦子又開始嗡嗡作響。我已經練習過這類的問答一百萬次，但每次只要面對鏡頭，我就會當機。這些燈光、面前的主持人、還有想到外面數百萬的觀眾正看著我，我的大腦就像是和身體分離了一樣，再多的練習或準備都無法把這兩者銜接起來。我的喉頭像是堵著一顆高爾夫球大的腫塊，而我看著主持人臉上的笑容變得越來越僵硬。**糟糕。他到底等我回答多久了？**我很快地吐出一句：「我是說——我的確很有才華。」我的眼角餘光看見麗茲和秀敏對看了一眼，眉毛挑起。該死。「等等，但我不是最好的那一個。我是說，嗯，我們整個團體——每個女孩。我們都——」

「我想瑞秋的意思是，我們都熱愛自己所做的一切，也每天都在激勵彼此。」米娜圓滑地插嘴道。「身為團體的領舞，我從我父親身上學到工作倫理的——」

突如其來的下課鈴聲在廣播系統中大作，打斷了她的話。攝影機被關上，主持人臉上的笑容也從臉上褪去。他慢條斯理地脫下西裝外套，露出下方絲綢襯衫腋下的巨大汗漬。我們九個女孩——DB娛樂旗下最優秀的一批韓國偶像練習生——則等著他給我們的模擬媒體訪問評分。「下星期，我想要看到妳們更有活力的樣子——記住，練習生和一個真正的DB偶像歌手唯一的差別，就是妳們有多想要得到這個身分！恩地……」她看著他，瞪大雙眼，滿臉恐懼。「我要跟妳說幾次，在模擬訪問的時候不准吃口香糖！再違規一次，我就直接把妳送回菜鳥班。」恩地的臉色變得慘白，垂下頭。「秀敏！麗茲！」她們的頭倏地抬起。「妳們都要更有個性一點！沒有人會花二十萬韓元去聽一場歌手只會頂著一臉化妝品卻無話可說的演唱會。」麗茲看起來就快要哭了，而秀敏的臉頰紅得幾乎和她的口紅一樣。最後，他轉向我，用一種近乎無聊的語氣說道：「瑞秋，我們已經談過這件事了吧。妳的歌聲和舞技都是我們公司數一數二的，但這是不夠的。如果妳連在模擬訪問時都無法向我推銷自己，要怎麼樣每天面對大批觀眾好好表演？或是應付有觀眾的現場訪問？我們期待妳能表現得更好。」他對我們簡短地點了個頭，然後走出訓練室，一邊從前口袋裡拿出一根香菸。

我癱軟在坐了一小時的高腳椅上，一邊按摩著因高跟鞋而抽筋的右腿，臉上的微笑褪去。這些我早就聽過了。**妳得做得更好，瑞秋；在鏡頭前輕鬆點，瑞秋；偶像歌手必須要一直都保持可愛、神祕和完美，瑞秋。**我吃痛地哀嚎一聲，轉過身穿上我的帆布鞋。米娜在自己的座位上怒視著我。

「現在又怎麼樣了？」我嘆了口氣。

她舉起一隻手，展示她完美的法式美甲。「八個女孩幫妳做指甲？認真的嗎？我們可不是妳的僕人，瑞秋。」她翻了個白眼。當然啦。我在心中想道。DB娛樂的所有人之中，米娜大概是最可能有僕人的人。她是韓國最老財閥家族之一朱家的長女，也是廣為人知的大中超市家族。全國大概有數千家白橘相間的大中超市，販售商品從泡菜和養樂多，到印著盜版三麗鷗角色、上面寫著奇怪的韓式英文（像是「你媽是我家倉鼠」這種句子）的大學T都有——這代表米娜比有錢更有錢，而且特別喜歡找我碴。「妳知道我們會有這麼多堂模擬訪問課，都是因為妳的關係，對吧？」我的腹部湧起一股熱氣。她說得對，這是事實，我知道。但不代表我需要聽她這麼說。「妳能不能至少回答得像個偶像，而不是一個在參加睡衣派對、做著明星夢的小女孩？還是對我們可憐的韓裔美國小公主來說，這個要求太高了？」

我的身子一僵。我是在美國出生長大的（更精確地說，是紐約市），這不是什麼祕密，但今天早上我因為舞蹈課遲了三分鐘被訓練員大吼，現在又經歷了失敗的訪問，我實在沒有心情應付米娜和她盛氣凌人的態度。「我不記得主持人有問妳任何私人問題，米娜，也許妳沒有像妳想像中的那麼有趣。」

「或者是因為我不需要練習。」米娜說。

我嘆了一口氣。今天早上我沒吃早餐，但和米娜的脣槍舌戰需要至少一餐的熱量。我轉身，把高跟鞋塞進我的老舊白色皮製托特包裡。

「是怎樣，妳現在不屑和我說話了是嗎？你們美國人沒教妳一點禮貌嗎？」米娜說道。

「妳期待她能怎麼樣？」麗茲邊說，邊用壓字粉盒鏡子檢查著自己的睫毛膏。她把粉盒闔上，瞇著眼看向我。「可愛的瑞秋小公主，她媽媽甚至不讓她踏進練習生宿舍。也許就是因為這樣，她才會以為我們除了做指甲之外都沒在做事？」

「能當魯先生最喜歡的練習生，感覺一定很棒。」恩地大聲嘆了口氣。「妳知道，我們之中的某些人真的很努力才有今天的地位耶。妳可沒看到我們有得到管理層的任何偏愛。」

「妳該不會覺得妳是某些人之一吧？」秀敏說著，轉身看向恩地。「我不記得上次看妳真的流汗是什麼時候了。」

「說到汗，妳也許要補個妝了，寶貝。」恩地說道，一邊用食指在自己的臉四周畫了一個圈。「妳看起來有點……亮。」

「嗯，妳的鼻子看起來有點假。」秀敏反擊。

「妳們兩個讓我頭都痛了！」麗茲向米娜哀嚎道。「前輩，妳能讓她們安靜嗎！」

米娜微笑起來。「當然了，麗茲，親愛的。我們把攝影機打開如何？她們馬上就會安靜了！噢，等等……這只對瑞秋有效！」

房裡的其他人咯咯笑了起來，我的臉頰因憤怒和羞愧而漲紅。我應該要反擊的，但我沒有。我從來沒有。我喜歡假裝那是因為我把媽媽的忠告放在心裡——你知道，大人有大量、不計小人過、不要讓他們看見妳的脆弱——那些強壯的美國女性主義者會有的座右銘，但我喉嚨中那股熱辣的感覺，告訴我這都是謊言。我把鞋帶綁好，站起身。「不好意思，我要走了。」我邊說，邊往房門走去。

「喔，妳可以走了。」米娜無辜地說。我的眼角餘光看見她對著其他女孩比手畫腳，大聲地耳語著，狡猾的微笑逐漸在她們臉上擴散。

……✦

ＤＢ娛樂的培訓中心就像它培養出來的偶像一樣：完美無瑕、閃閃發光，讓人幾乎無法轉開視線。它位於韓國流行歌壇的首都清潭洞，每到夏日，練習生們便會聚集在屋頂花園裡練習瑜伽和皮拉提斯，並互相爭奪著遮陽傘下方的位置，以避免任何一丁點的曬痕。培訓中心內則有從雪岳山直飛送來的山泉水噴泉，點綴鋪著柚木和大理石的大廳。ＤＢ娛樂的高層宣稱這些噴泉是為了幫助我們釋放內在的平靜，好發揮最大的潛能——但我們都知道這是個天大的笑話。這裡是沒有所謂內在平靜的。

尤其是每天你都得盯著畢業紀念冊看的時候。

畢業紀念冊（會取這個名字，是因為這裡大部分的練習生幾乎都沒有機會拿到真正的高中畢業紀念冊）是指圍繞著中央大廳噴泉的那幾面牆，上面全是從DB娛樂的培訓畢業的偶像歌手。他們完美的微笑和閃亮亮的頭髮，在我們每天在課堂之間奔走時，不斷提醒著我們未來要成為的樣子。而在牆的正中央——那是我們每個人都希望自己名字總有一天能出現的地方——是一面金色匾額，上面刻著所有DB旗下單曲登上首爾音樂排行榜第一名的歌手或團體。

經過大廳時，我停下腳步，盯著這面牆。我的視線掃過那些我幾年前就記下的名字，雙眼逐漸模糊。表亦里、權允佑、李智英……還有最新的「NEXT BOYZ」。我感覺到自己的心臟一陣熟悉的緊縮，那些伴隨著練習生身分而來的壓力、驚慌與脫水。我回想著剛剛悲劇的訪問表現，一陣瑟縮，一面加快腳步，朝建築物西側的獨立練習室走去。

走廊上擺著全球性演唱會時使用過的玩具和道具，那是只有頂尖中的頂尖歌手才有的殊榮。有一半的道具都印著女團「Electric Flower」和康基娜的標誌（她們是金牌傳奇，也是過去幾年之間主宰韓國流行歌壇，最大也最優秀的少女團體，基娜是她們的團長）。她們的首張單曲就登上了第一名，自此之後就再也沒離開過。當我剛加入DB娛樂時，我崇拜著這些女孩們——尤其是基娜。而現在，知道她們要經歷些什麼才能來到現在這個地位，我是更加欣賞她們了。但我心裡的一小部分也在好奇著那些被她們拋下的女孩。那些沒有辦法進到這個團體裡的女孩們。

我會是最好的那一個，還是被遺忘在陰影之中？

重低音在走廊上迴盪，我偷瞄了其中一個房間，看見一個二年練習生正在練習團體「藍珍珠」〈別放棄愛情〉的舞蹈。她搞砸了手臂並排的動作，喪氣地垮下肩膀，並往音響走去，把音樂從頭播放一次。看著她跳舞，我整個身體都疼痛了起來。看著她額頭上滴下來的汗水和通紅的臉頰，我知道她已經在這裡好幾個小時了——對一名年輕的練習生來說，這只是一個尋常日子而已。我來到走廊盡頭，手指劃過電子登記看板，檢查還有哪些練習室有空間。以週六來說，現在時間還算是滿早的，所以我希望能找到下午時段來練習我的舞蹈動作，但是，呃。真是不敢置信。每一個欄位都是滿的。

感覺到自己的體溫急劇上升，我不由地握緊拳頭。麗茲沒說錯——我的確不像其他二十四小時都待在這裡的練習生，和她們一樣在練習室裡練唱或練舞到凌晨四點，然後在附近的練習生宿舍過夜，接著隔天再重複一樣的日子，日復一日。當我剛被DB娛樂招募時，我媽根本不讓我加入。這代表著我們全家要從紐約搬到首爾，我妹妹要放棄她的學校和朋友，我的父母也都要放棄他們的工作。但我媽最不能理解的是，為什麼韓國流行音樂對我來說如此重要，而且她完全不能理解練習生的生活模式——那種高強度的壓力、好幾年的訓練，還有整形疑雲。然後，在我哀求了她三個星期、拜託她改變心意時，我的外婆過世了。我記得自己當時有多難過，也記得我和媽媽及莉亞哭了好幾個小時，記得我們小時候每次拜訪她的時候，外婆總是會叫我坐下來，幫我編頭髮，一邊在我耳邊說著民間故事，用她平靜的聲音告訴我，以後我會變得多漂亮、多聰明、多富有。我媽不讓我們請假飛去韓國參加喪禮，而當她回來時，我幾乎已經放棄了當練習生的事了，但讓我意外的是，我媽和我談了一個條件：我們搬去首爾，我要在週間去學校上課，繼續受教育，並對上大學的選項保持開放態度，然後每週末（從週五晚上開始）我可以去參加培訓。（幾年前，我問過她一次，為什麼在外婆過世之後她會改變心意，但她只是眼神空洞地看著我，然後很快地拍了一下我的後腦勺。）

DB娛樂的高層一開始並不同意媽媽提出的條件，但不知道為什麼，魯先生決定要為了我改變遊戲規則。媽媽覺得那是因為她的「美國女性力量」（根據她的說法啦），但我知道我只是少數幾個得魯先生偏愛的幸運兒——少數幾個他決定直接讓我們跳過練習生默默無聞的階段、並給我們額外關注的幸運兒（雖然在練習生培訓期，額外的關注其實是代表額外的壓力）。總之，整個狀況算是前所未聞，而不久之後，我就開始被人稱為「瑞秋公主」、號稱整個DB娛樂最大牌的練習生；我雖然雙親都是韓國人，但我的美國護照（還有美國人的態度、還有美國人討厭午餐肉罐頭的口味……）在我和其他練習生之間所造成的距離，卻比整個太平洋還來得大。現在，經過整整六年後，雖然我在這裡的時間比大部分的練習生都長，這個綽號還是一直流傳了下來。

我以為她們會根據我訓練的強度來評斷我。週末時我是如何在ＤＢ總部操勞筋骨，週間我一天只睡四小時，只因為我在寫完作業之後又逼自己訓練了好幾個小時；我是如何拜託學校給我獨立學習的音樂課，好讓我每天都有五十分鐘的時間獨自待在音樂教室，自己練習音階、保持我的敏感度。但她們卻是用我乾淨的衣服、我梳得光亮的髮型、還有我每天可以睡在自己床上的事實來批判我。

但最糟的部分是什麼呢？她們說得對。她們每個人都花一天二十四小時、一週七天的時間在訓練。她們大部分的人都住在練習生宿舍，一個月才回家一次（那還算多的）。她們吃飯、睡覺、呼吸的都是韓國流行音樂。不管從哪個角度來看，我都沒辦法和她們競爭。但我非和她們競爭不可。

我用手掌根部揉了揉額頭，試圖讓自己冷靜下來，保持呼吸平順。隨著我越來越接近出道的年紀，我求我媽讓我全職受訓，但她每次都堅定地拒絕我。我要怎麼讓她知道，要以過二十歲的年紀在女團裡出道，是幾乎史無前例的事情？我要怎麼解釋給她聽，我只剩下三年就要錯過我的精華年紀了？自從ＤＢ娛樂讓Electric Flower出道之後，到現在已經快要七年，就在上一次ＤＢ家族巡迴開始之前。在那之後，她們就沒有推出任何女團了。關於DB娛樂正在籌備，且很快就要推出下一個女團的傳言，已經流傳了好幾個月，而我等不了下個七年了。我連七個月都等不起。到那時候，對我來說可能就太晚了。我努力了這麼久就是為了出道，而我絕對不能讓自己錯過。不管媽媽怎麼說。

「瑞秋！」

我的手從臉上彈開，我掛上一個愉悅而中性的表情，準備再一次應付米娜的正面攻擊。但當我看見明里從走廊另一端走來時，我吐出一口氣，露出微笑，看著她濃密的馬尾在她腦後搖晃。

增田明里十歲時和她的父母一起搬來首爾。她的爸爸是個日本科技天才，被烏山空軍基地招募。她在日本時就在東京著名的流行音樂公司L-Star的入圍名單上，但她的父母並不希望她這麼早就開始一個人住。之後來了首爾，她爸爸就動用了一點關係，讓她加入了DB娛樂的培訓計畫。也許因為我們兩個都知道身在首爾的外國人是什麼感覺，我們從見面之後就一直處得很好。在一個做任何事都像是在競爭的地方，要交朋友並不容易，但明里是DB這裡我少數覺得可以真心信任的人之一。

「妳到哪去了？」她問道，手臂一邊流暢地環住我的手臂。她從四歲就開始練芭蕾，擁有舞者天生就有的優雅。

「媒體訓練。」我輕描淡寫地回答。明里看著我眼下的黑眼圈和我泛紅髒污的臉，便溫和地將我帶離練習室。

「嗯，我到處在找妳耶。我好怕妳會錯過菜鳥的行禮儀式啊！」

我呻吟一聲，停下腳步。「呃，不了。別逼我去參加那個。妳知道我有多討厭這個活動。」

「不管妳討不討厭，『行禮儀式代表的是家庭，而在DB娛樂，家人永遠是最重要的。』」明里咯咯笑著，扭曲著臉模仿DB娛樂總裁魯先生的臉，像得令人不舒服——不過照他的說法，他不是總裁，而是緊密連結的DB大家庭的大家長。哈。她擠眉弄眼地說道：「再說，我聽說那裡有外燴唷。」

一想到食物，我的肚子就不爭氣地叫了起來，我才想到我今天什麼都還沒有吃。「妳應該早點說啊。」我說，一邊讓她拉著我走過走廊。「妳知道我從來不會拒絕免費大餐的。」

「沒有人會啊！」當我們踏進主大廳時，明里大喊。這裡擠滿了人——練習生急著趕去上課，工作人員忙著趕去辦公室，為下個週末在釜山舉辦的Electric Flower大型演唱會做準備。我們走過員工餐廳——這是全亞洲唯一一間有米其林星級的員工餐廳。就連國際級的巨星，像是喬．強納斯和蘇菲．透納，都曾經為了吃這裡的食物而專程趕來。可惜了，這種好東西對練習生和真正出自DB娛樂的偶像來說卻是一種浪費，因為我們每個星期都要接受嚴格的體重測量。我們可擔不起在舞臺上撐爆舞臺裝的責任啊（這句話本來是個玩笑的）。

禮堂是整個培訓中心中我最喜歡的地方之一，裝潢著閃閃發亮的亞麻色木頭，天花板上則裝著偽工業風的吊燈。舞臺戲劇化地立在禮堂中央（當然是為了更忠實地呈現體育館巡迴演唱會的現場了），四周則圍繞著紮實的絨布座位。

當我們溜進第一排座位時，魯先生已經站在舞臺上了，後方站著一排新來的練習生。我看著臺上那些孩子；她們正不安地躁動著，臉上掛著微笑，看起來就像開學第一天的孩子們那樣，渾身散發著興奮與緊張的情緒。魯先生一如往常地穿著整身的暴發戶Prada套裝，維持著他一貫的風格：批判性的小眼睛，藏在鏡面處理過的眼鏡後方，隨時準備好從一哩之外揪出表現不符預期的練習生，但雙手溫和地搭在菜鳥們的肩膀上，假意地想要表現得慈藹可親。

他說著這群未來的韓國流行偶像即將面臨的種種挑戰，而我的視線已經飄向了禮堂邊上擺好的食物。今天的餐點是西式的自助吧，有煙燻火腿無花果三明治、玫瑰水甜甜圈，還有盛滿新鮮芒果和荔枝的水果盤。一小群DB高層和資深訓練員已經擠在餐檯邊，大吃起來了。我在他們之中看見一抹螢光粉色的頭髮，便對DB的首席訓練員鄭俞真揮了揮手。當年我躲在明洞的某一間卡拉OK室裡唱著〈超有型〉（*Style*）時，挖掘我的人就是俞真。那年我才十一歲，我和莉亞是暑假回來拜訪外婆的。現在我已經十七歲，而俞真仍然是我在DB娛樂最仰賴的人——她是我的導師，我的大姊。不過除了明里之外，別人都不知道我和她之間的關係，也不知道我和她有多親近。俞真總是說我作為練習生的日子已經夠辛苦了（因為魯先生對我的偏愛和我特別的培訓時間表），她不想讓別人知道我是她最喜歡的練習生。她悄悄地對我揮了揮手，一邊假裝有在聽某個抓住她手臂、在她耳邊竊竊私語的高層老頭說話。她從禮堂另一邊對上我的視線，用唇語說：救命。

我暗自偷笑著，眼神向一旁掃見一塊巨大的白橘相間告示牌，就擺在其中一張桌上：謹代表朱米娜與她的父親，我們很榮幸成為DB家族的一份子。請享用！我的笑容瞬間褪去，也許我還是有辦法拒絕免費食物的。

「我覺得突然沒胃口了。」我聲音扁平地說。

明里順著我的視線看去，看了看那塊告示牌。「喔。」她說。然後她笑了起來，試著讓我打起精神。「好啦，米娜也沒有那麼壞嘛。」

「記得我的行禮儀式那天發生什麼事嗎？」

明里微笑著，眼睛變得彎彎的。「噢，當然，我超愛那個故事的。」

成為DB菜鳥的第一天，我完全不知道，在儀式上我應該要向練習生前輩們鞠躬。我從紐約飛來的飛機才剛落地——雖然我的父母都是韓國人，鞠躬這件事在美國實在不常發生。小時候，我們只有在拜訪父母的教會朋友時才會行禮，而且是那種非常正式的韓式大禮（看在行禮完之後他們給我們的二十塊美金分上，那個禮行得非常值得）。我一直以為行禮儀式只是個歡迎活動，是和其他練習生見面的機會。俞真姊知道我一定毫無頭緒，所以在我耳邊提醒我，要我向其他年紀較大的練習生行禮。所以我照做了——但只有對那些排成一排、比較大的青少女們。當我來到米娜面前時，她只是一個和我一樣年紀的女孩，所以我伸出手，和她握手，還以為這是正確（而且禮貌！）的作法。但她事後發的脾氣，好像我當時是踹了她的肚子、又對她的頭髮吐口水一樣。

明里已經對這個故事耳熟能詳，模仿起米娜世界級的崩潰模樣。「那個賤人以為她是誰啊？」她邊笑邊喊道。「她以為自己是從美國來的就了不起嗎？學點禮貌吧，菜鳥。」我翻了個白眼，回想起她如何立刻就向魯先生告狀，要他懲罰我對前輩的不尊重（前輩意指任何一個比你有經驗，不論年紀比你大或比你小的人）。幸好俞真讓整件事順利落幕，但自此之後，米娜基本上就把摧毀我設為她的人生目標之一了。

「老天，她那個臭脾氣。」

「但妳還是沒對她行禮，對吧？」明里說。

「要我向一個公主病的有錢嬌嬌女行禮，米娜還不夠格啦。」我說。

「這樣才對。」明里拍了拍我的背。「小時候的瑞秋一定會以妳為榮的。」我回給她一個微笑，但我的心沉了下去。如果時光能倒流，假設我當時已經知道了正確的禮數，我還是會做一樣的事嗎？我很想說是的，我當然會給米娜好看，但我實在不知道這到底是不是實話。我想著今天早上跑離練習室時的樣子，想著自己如何迴避和其他練習生的衝突——俞真總是叫我無視這些事，專心在培訓上就好，我也總是在內心複誦這句話，但十一歲的瑞秋會以現在的我為榮嗎？還是會說我是個懦夫？

明里和我一起上臺，排隊準備接受菜鳥們的行禮。

「不好意思。」麗茲劈頭對我們說道：「公主和跟班請站到後面去。」我們四周的女孩錯愕地倒抽了一口氣。

我身旁的明里轉過身面對她。「妳才要不好意思咧。」她回擊，面孔距離麗茲只有幾寸遠，眼睛因怒火而瞇起。「我們還比妳資深呢。我們哪也不去。」

麗茲的眼神緊張地轉向一旁驕傲微笑的米娜。但她什麼都不能說——她們都知道明里說得對。「隨便啦。」她哼了一聲，顯然是認輸了。「反正妳們就是外國人。」我們四周的練習生直瞪著我們看，竊竊偷笑起來。我受夠了。

「走吧，明里。」我低聲說道，臉頰通紅。「不值得跟她們爭。」

從明里挺直身子走路的姿勢判斷，我知道她怒氣沖天，但她還是跟我走了。不值得，我告訴自己。在新人儀式上發飆很不專業。我可不是米娜。

不過我們也沒去隊伍後面，而是走下臺，來到餐檯邊。俞真抓住我的手，用力捏了捏。「剛剛臺上還好嗎？好像有點……緊繃。」

我回給她一個僵硬的微笑。「還好啦。沒什麼好擔心的。」我忽略她聳起的眉毛，拿起一個餐盤。我心不在焉地對一盤三明治伸手，想要用食物壓下在我肚子裡不斷翻滾的恥辱感，但明里把我的手拉了回來，搖搖頭。

「那是小黃瓜唷。」她指著牌子說。

「噁心。」我抖了一下，轉而拿起一片起司培根披薩。「謝了，妳救了我一命。」

「不然妳要閨蜜幹嘛？」她微笑道。「而且我可不想重溫二〇一七年的小黃瓜末日。只要想到妳那時候在員工餐廳，吃一小口小黃瓜沙拉之後就吐得滿桌子都是，我到現在還是會做惡夢。」

「不能怪我啊！小黃瓜根本就是植物界的路跑活動好嗎？人們只是假裝喜歡，因為它理論上是很健康的東西，但它實際上就是難吃死了。而且它的味道在嘴裡超噁。這東西應該要是非法的。」

「抱歉，但我以為小黃瓜技術上來說是水果耶？」明里大笑，而我把一坨捏爛的餐巾紙丟到她臉上。

走進偶像練習生的任何一堂課，你都可以找到世界上最有天賦的青少年——專業舞者、極富成就的歌手，當然，也有世界級的八卦王。「我聽說他把頭髮染成橘色的了。」恩地說。

「而且不是隨便的橘色喔，還是跟BIGM$ney的羅密歐一模一樣的特調橘色呢。」一個穿著銀色長褲的第一年練習生附和道，他的聲音聽起來都還沒過青春期。

看來現在正在上課。

現在，所有的八卦當然都圍繞著一個主題：DB最新的偶像歌手李傑森，他的團體「NEXT BOYZ」以一首出道單曲〈真愛〉勇奪排行榜第一名之後，他就被放上了畢業紀念冊。走在培訓中心──老實說，就算是在整個首爾也一樣──你不可能聽不到傑森的高音唱著要尋找自己的真愛。他的成功讓魯先生喜不自勝。但是現在，甜美謙虛又忠誠的傑森，顯然正和DB高層鬧著嚴重不合，但沒有人知道為什麼。我一邊啜飲著果汁牛奶，一邊聽著身邊此起彼落的陰謀論，快樂地把自己今天的爛心情拋到九霄雲外。

「我聽說他偷了魯先生的黑膠唱片。」第三個聲音低聲說道，說話的人留著厚重的紅棕色瀏海。

「那個天使男孩？偷東西？怎麼可能！」

「魯先生真的會發現嗎？他有幾千張唱片吧。」

「你在開玩笑嗎？魯先生對那些唱片超狂熱的。」

「誰在乎啊？就算他是賊，他也可愛到不會被開除啦！」一半的練習生開始同意地點著頭。

我不可置信地輕輕搖著頭。偷唱片和染頭髮？DB娛樂邪惡的八卦製造機就只有這點程度嗎？幾年前，一名叫做崔蘇西的女練習生，在培訓期間突然無預警地被開除了，八卦都說她有毒癮，還欠了藥頭幾千塊，所以他們就把她賣去了一間位於柬埔寨的北韓主題餐廳。（不過明里說她在街上有看到她和某個小帥哥牽手逛街，但我不相信。蘇西不可能違反ＤＢ最嚴格的約會禁令——在這個產業裡，違法用藥比違規交男友的傳言可信多了。）去年某個週日，我爸媽都要加班，所以他們要我帶莉亞一起來接受培訓——而那時候，關於莉亞其實是我的私生女，所以我才沒辦法在平日受訓的謠言才剛落幕。當然，我只比莉亞大了五歲的事實，似乎完全被所有人無視了。

「我們應該要專心訓練，不是專心八卦。」米娜一本正經地說，一邊伸展四肢，一邊瞥向魯先生的方向。我努力克制翻白眼的衝動。她還能再更明顯一點啊。

她的視線落在我身上，便朝我走來，對著我手上的餐盤面露微笑。「瑞秋，真可惜妳無法參與行禮儀式。這個儀式還是留給我們這些知道自己在幹嘛的人就好，妳覺得呢？但我希望妳有好好享用美食。」

好了，夠了。我今天吸收的米娜已經過量了。「當然囉。」我愉快地回答，一邊從盤中插起一片培根塞進嘴裡。「我很幸運能天生就這麼瘦，所以我不用一直注意熱量。」我的眼神刻意掃過她盤中的芹菜和拌涼粉，一群比較年輕的練習生轉過來看著我們，瞪大眼睛，咯咯笑了起來。

米娜的雙眼吃驚而憤怒地瞇起——她不習慣我的反擊。我很確定她會要我付出代價的。她再度開口時，聲音高了幾階：「如果妳和明里今天晚上有空，妳們要不要來練習生宿舍參加我們的聲音訓練？我們每週六都有練習，我也不希望妳們進度落後。」

練習生宿舍。對，最好是。我媽不可能會讓我去，她明明就知道。

在我回答之前，魯先生就走了過來。米娜的大嗓門顯然有所回饋了。至少她從那些額外的歌唱訓練有學到一點東西；這女孩知道要如何發聲。

「妳們在說什麼夜間練習？」他的視線越過人群，落在我身上。「瑞秋，這是妳的點子嗎？」他微笑著問道。「我們最努力的練習生！」他的視線定在我身上，而我們身邊的其他練習生全都安靜了下來，盡可能坐得越直越好，警覺地等著被點名，好在獲得那一瞬間的關注時留下好印象。

我旁邊的米娜，對於魯先生又一次的偏心發言感到怒不可遏。我勉強露出一個微笑，張嘴正要回答，但米娜在最後一刻搶了我的機會。「我會出席的，魯先生！」她幾乎是大叫了，幾片芹菜從她的盤子中飛了出來。

魯先生錯愕地瞪大眼睛，不過很快就恢復正常。「很好的態度。這樣不錯，妳是……呃……」

「米娜。周米娜。我爸爸是周民晳……」米娜的臉垮了下去。「你們倆個是老朋友……」

「對，對，沒錯，民晳的女兒！」魯先生輕笑起來，眼中出現一抹鬆了一口氣的神色。「感謝提醒。」

米娜的臉上綻放出燦爛的微笑。「不，感謝您才對，魯先生。」米娜諂媚地說。「您們兩位最近會再見面嗎？爸爸總是說他很享受你來參加周氏集團年會時……」

「對，對，我會打給他的。」他笑了笑，再度把注意力轉回我身上。「妳真會交朋友，瑞秋！妳和米娜是其他資深練習生的典範。你們全部都該效法她們，舉行這種夜間練習。」魯先生對上我的視線，我能在他的鏡片上看見自己的倒影。「尤其是那些想要盡快出道的人。」

我的肚子裡燃燒著一把火，但我紋風不動。我可以感覺到米娜驕傲的神情在我的腦門側邊熊熊燃燒，但我只是喝了一口果汁牛奶，然後露出微笑。

「算我一個。」我說。魯先生讚賞地點點頭，而我舉起手中的鋁罐，像是在向他敬酒。**敬這個大家庭和我們被摧毀的價值觀。**「我等不及了。」

第二章

我對著面前的沙包又揮出一拳，汗水從我頭上滾滾而下。碰。米娜可惡的微笑。啪。媽媽嚴格的規定。磅。我居然選擇在媒體訓練時逃避那些女孩，而不是為自己反擊。呃。我在腦中把這些惱人的東西、這些攔阻我的事物全部痛揍一頓——包括我自己。

隨著我一拳接著一拳的揮舞，幫我緊緊抓著沙包的爸爸低哼著。「妳一定很崇拜我。」他說。

「為什麼這麼說？」我問，我的呼吸因為體力透支而斷斷續續。

「妳顯然就是想要追隨我的腳步啊。」他笑了起來。爸爸以前是個職業拳擊手。

「不然我的十六歲女兒為什麼要折磨這個沙包？」

「十七歲，爸。在韓國，我已經十七歲了。」依照韓國的習俗，你出生的時候就已經一歲了，這代表你比在美國的時候老了一歲。**距離精華年齡的結束又近了一年；距離太老而無法出道的年齡也近了一年**。我又打了沙包一拳。

「抱歉，女兒。」爸爸嘆了一口氣。

我送出最後一拳，然後向後退開幾步，用力喘著氣。我的馬尾被頸後的汗水黏在皮膚上。如果這是在DB培訓中心，我就會覺得很糗——訓練員們不喜歡練習生流汗，就算是訓練了好幾個小時後也一樣，說這讓我們看起來很不專業又很邋遢。而且大部分的女孩都會帶妝訓練，融化的睫毛膏從來就不是什麼好看的模樣。但是在拳擊訓練館，我沉迷於流汗的感覺。這讓我覺得我好像剛教訓了某人一頓，雖然只是在我的想像中。

爸爸意味深長地看了我一眼。「妳還好嗎？」

他對著館場的另一端點點頭，明里和我學校的兩個朋友趙氏雙胞胎，正在對打訓練，三人都穿著完整的頭盔和拳擊手套。她們有時候會和我一起來我們家的拳擊訓練館拜訪爸爸；爸爸會和我們說他以前的風光故事，我們則會在這裡進行有氧訓練。

「我很好。」我說。雖然我爸很酷，但我知道不管我跟他說任何培訓時發生的事，最後都會傳到我媽耳裡。我爸也不是不會保密。事實上，他自己就有一個大祕密沒有讓媽知道。「對了，你的課怎麼樣？」

他四下張望了一下，好像怕媽媽就躲在某一個沙包後面。但除了我和我朋友之外，現在訓練館空無一人，和平常一樣。「我的課都很順利。」他清了清喉嚨。「妳還沒有跟妳媽或莉亞說，對吧？」

我搖搖頭。我會知道爸爸偷偷在修法律學院夜間部的課，是因為有一次我來訓練館找他時，在辦公室裡看到了法律學院的教科書。我問他的時候，他很緊張，想要假裝那只是休閒讀物。不過最後他終於放棄抵抗，告訴了我真相，但他也要我保證不要告訴媽媽或莉亞。「還沒。但已經快兩年了吧？你不覺得該跟她們說了嗎？我是說，你都快要畢業了耶！」

「我不想要讓她們抱有期待。」他現在說的話還是和當時跟我說的一樣。「我們都知道訓練館的生意不太好。現在和以前不一樣了……」他頓了頓，而我回想起在紐約時的日子。因為過去的職業拳擊手生涯，爸爸在紐約算是小有名氣，而我們家在西村裡所開的訓練館也因此總是充滿人潮。我媽那時候則差一點就拿到了紐約大學的英語文學教授終身職。每個人都很忙，但我們四個總是有辦法找到機會相聚。放學之後，莉亞和我會去媽媽的課堂上旁聽，在那裡畫畫或寫功課。週末，我們則會在訓練館裡幫忙替拳擊手們遞水和毛巾，媽媽也會在辦公室裡幫忙，安排課程表和接收快遞。下班之後，我們會一起去買冰淇淋，然後帶莉亞去華盛頓廣場公園看街頭藝人吹超大的泡泡。

但現在一切都不一樣了。媽媽得在工作上雙倍努力才有可能拿到終身職，而且也許還要好幾年。莉亞每天下課後則要獨自一人好幾個小時，因為父母都在工作，我要不就是在寫作業，就是在試圖跟上培訓的進度。爸爸的拳擊訓練館……嗯，在我們搬來首爾之後，他就買下了這間館場，但事業一直都不見起色。有時候，我和我朋友們甚至是當週唯一入館的人。

這是今天的第三次，我的喉頭又湧起一股灼熱的感覺。我知道身為練習生，我爸爸是為我感到高興的，但他為了讓我能追逐我的夢想，卻放棄了自己的未來，這又讓我感到愧疚。爸爸搖了搖頭，給了我一個淺淺的微笑。「我愛這個訓練館，但我更愛妳、莉亞和媽媽。妳們三個才是現在最重要的東西，成為律師的話，也能讓我們的經濟狀況穩定一些。我只是……不想讓她們失望。尤其是莉亞。她才十二——十三歲！妳也知道，只要一點點小事就能讓她興奮過頭。再給我一點時間，看看我有沒有成功的機會吧。」

我理解地點點頭。讓我的家人失望——他們放棄了一切，只為了讓我能來DB受訓成為明星——這個念頭不斷在我腦中盤旋。所以這對我來說不是行不行的問題，而是時間的問題。除了成功之外，我沒有第二個選擇。

「老人的話題聊得夠多了。」爸爸說，試著讓自己保持語調輕快。「去跟妳的朋友玩吧。」

現在輪到明里抱著沙包，讓雙胞胎們輪流出擊了。趙慧利和趙朱玄是我在首爾國際學校最好的朋友，從我四年級開學的第一天，校長指派她們擔任我的歡迎委員之後就是了。我好害怕其他人會怎麼看待我的練習生身分——他們會覺得很奇怪嗎？還是嬌生慣養？或是他們只會希望我向他們鞠躬，就像米娜那樣？——但慧利和朱玄完全不管這一套，在我開口或動彈之前就抓住我的手，帶我在學校裡跑了一圈。她們對於我帆布鞋上縫的亮片更感興趣，還想知道住在蘇活區的精品服飾店附近到底是什麼感覺，也好奇時裝週的時候布萊恩公園的那些攤販逛起來是什麼樣子——只不過我對這些話題也沒有太多心得。她們都是又高又纖瘦的女孩，顴骨高聳，如絲般的自然捲（她們自己說的）棕髮披在肩上。如果她們願意，她們都可以當模特兒，而且作為Molly Folly化妝品集團的千金，她們一定有人脈。但慧利只想把他們家的整個技術設計部門都革新一遍。她嘴上總是講著像是製作發光眼線液需要的化學反應，也總是對為了新上市的眼影盤製作百分之百有機，可以生物分解的包裝之類的實驗興奮不已。至於朱玄，她在YouTube上的個人彩妝頻道也已經小有名氣。就算在訓練館裡汗如雨下，她臉上的妝還是完美無瑕，從她的霧面唇彩到黏得牢牢的假睫毛都是。

「要喝水嗎？」我提議道，一邊脫下自己的拳擊手套。

「老天，謝了。」慧利給出最後一拳，然後說道。「我聽說我們等一下要去吃冰淇淋和糖餡煎餅？」

「冰淇淋明明就是妳提的。」朱玄說。

「所以呢？」慧利咧開嘴，一邊在自己姊姊的肩膀上輕輕打了一拳。「是妳說『吃冰淇淋怎麼可以不配煎餅』的耶。」

朱玄哼了一聲。「我又沒說錯。」

明里放開了沙包，讓它來回擺盪了幾下。我們拿著自己的水壺大喝了幾口，明里把一點水擠在自己臉上。

「妳還好嗎，瑞秋？」朱玄問道，一邊用手背擦了擦嘴。「我們都看到妳今天特別賣力喔。」

「妳還在想米娜的事嗎？」明里擔心地問。

「喔，靠！那個賤人又幹嘛啦？」慧利呻吟一聲。

我告訴雙胞胎米娜在魯先生面前邀請我去參加夜間練習的事。她們理解地點點頭。這不是我第一次向她們抱怨DB和米娜了。

「她根本就陷害我！」我回想起自己和米娜說的話，臉色不禁漲紅。我重重嘆了口氣。「我不該說自己可以亂吃的。我媽從來不准我去練習生宿舍，但我今天如果不去，她一定會想辦法讓魯先生知道的。然後基本上我就可以跟我的未來說再見了。」光是這個念頭就讓我緊張得起雞皮疙瘩。

「那就去啊。」明里說。「讓她和那些練習生知道妳跟她們一樣有資格。」

「那妳呢？妳知道，她也邀請妳囉。」

明里聳聳肩。「今天是空軍基地的家庭之夜，所有人都得強制參加。如果可以的話我就去了——雖然這也不重要。我已經在DB五年了，但我覺得魯先生應該連我是誰都還不知道。如果不是因為俞真姊，他們大概早就把我裁掉了。」

我不由得皺了皺眉。雖然她和家人一起住在基地，但她每天都來DB培訓中心，和米娜及其他女孩一起訓練。明里的舞蹈技巧好得不可思議——俞真甚至說她超越了少女團體「小辣椒」裡的法蘭姬，那個公認是全韓國偶像團體中最會跳舞的女星。但大家都知道，在練習生的圈子裡，天賦就只能幫你這麼多了。這也就是為什麼大家都拚了命地想要引起魯先生和其他DB高層的注意。每三十天，所有的練習生都要聚集在禮堂裡，讓DB的管理層來評分、裁決，看誰有資格留在培訓計畫裡、誰又該打包走人。經過六年之後，這些從不間斷的批判已經感覺像是個例行公事了。但幾個月前的審判日過後，明里被叫進了魯先生的辦公室——這代表她要被開除了。代表她不夠努力、不夠突出。我不知道俞真說或做了什麼，但隔天明里就回來了，變得比較安靜、有點難過，但至少她還在這裡。在那之後，她還沒提過這件事。我瞄了雙胞胎一眼，她們則聳聳肩，無話可說。

「沒關係啦，我又不是在討拍！」她微笑著，很快地換了個話題。「只不過是一個晚上而已，我們在說的可是妳的職業生涯喔。」

「我覺得明里說得對。」慧利邊說邊蓋上水壺。「這是妳畢生的夢想，不是嗎？如果一個夜間練習會決定妳的成敗，那就得接受挑戰。」

我瞄了爸爸一眼。他正在館場的另一邊，努力地摧毀其中一個沙包，汗水淋漓。他現在狀態正好。「我不知道耶，」我說。「我媽會抓狂的。」

朱玄歪了歪頭。「妳覺得值得嗎？」

我把臉上的汗水擦掉。值得嗎？這問題我已經捫心自問了一整天。所有的訓練、我投入的那些週末、我家人們的犧牲，以及一直覺得自己不屬於某個自己最想去的地方的感覺。這一切都是為了讓我成為一名偶像歌手。我想著十一歲的瑞秋，那個總是在下課時間躲在廁所裡偷看音樂影片而上課遲到的小女孩。就某方面來說，一切似乎都還沒變。但從另一方面來說，一切都變了。

「這是我的一切。」

「所以囉。」明里說。

朱玄的雙眼在訓練館的日光燈下閃閃發亮。「米娜低估妳了，瑞秋小公主。」她脫下自己的拳擊手套，拆掉護手，露出下方精心彩繪的淺粉和深藍色指甲。「現在讓那個賤人看看誰才是老大。」

……✦

我按下十八樓的電梯按鈕。在我爸半哄半騙地讓我和明里跟他一起在擂臺裡練習了半小時之後，我現在只想趕快回家洗澡。

進了我們家公寓後，我聽見的第一個聲音是流行歌，伴隨著莉亞的笑聲和一群女孩吱吱喳喳的對話。我套上拖鞋，朝客廳走去。莉亞正趴在地上，和四個同學一起用手機看著Electric Flower最新的音樂影片。我立刻認出了那首歌——傳奇般的康基娜和她的團員們穿著螢光橘的連身褲裝，在純黑的舞臺上跳著舞。這是DB娛樂史上最快爆紅的影片，在公開後的二十四小時內就衝破了三千六百萬點閱率。莉亞從地上爬了起來，拿著一把梳子當作麥克風，跟著基娜強而有力的女高音唱起歌詞。我忍不住微笑。這小女孩真的是滿有天分的。

看到我出現，其中一個心型臉、戴著鑲鑽凱蒂貓耳環的女孩戳了戳莉亞的腳趾。「妳姊回來了。」她邊說邊朝我的方向點了點頭。

莉亞一個轉身，把梳子遞向我。「交給妳啦，姊！」

我漫不經心地伸手去接，但那首歌已經到了尾聲，在房間留下一陣尷尬的沉默。「可惜。」心型臉女孩說道。「本來有機會看真正的練習生表演的。」

另一個穿著條紋襯衫的女孩對我挑起眉，看著我油膩、濕黏的頭髮和鬆垮的運動褲。「呃，妳確定她是練習生嗎？也許莉亞說的是另外一個姊姊啊。」

莉亞尷尬地笑了笑，坐回地上，放下手中的梳子。「不……就是她。我只有一個姊姊。」

「獨一無二的唷。」我說。

條紋襯衫女孩看起來很錯愕。「妳認真的嗎？」

該死，米娜和其他人完全比不上這些該死的小朋友。

莉亞又笑了一聲，臉頰漲成粉紅色。「拜託，相信我。記得那些九年級的女生跟著她搭公車跑去DB培訓中心，就只是想要確認她是不是真的練習生嗎？不要跟她們一樣啦。」

「如果妳真的是練習生，那就跟我們說一些DB的事吧。」另一個女孩說。她向前傾身，雙眼睜大。「妳有見過李傑森嗎？」

「我聽說他有一個只能在滿月時見面的祕密女友。」第四個女孩說。「那是真的嗎？」

「好浪漫喔。」心型臉女孩嘆了口氣。「他真的會從社群網站上挑一個頭號粉絲，給她驚喜，然後和她約會一整天嗎？他超棒的！」

我在心中大笑出聲。就算是在DB之外，那些謠言也無法撼動李傑森「天使男孩」的地位一絲一毫。「嗯，好吧……其實呢，我平常也沒什麼看到他。」這是事實，但我知道這不是她們想要的答案。

「嗯，那Electric Flower呢？她們感情好嗎？我覺得魯先生一定偏心康基娜。她很明顯就是最漂亮的啊。」

「我也……不知道？」我的身體因為那三十分鐘的擂臺對打疲憊不堪，幾乎要跟不上她們的提問速度了。

條紋襯衫女孩挫敗地嘆氣，把瀏海吹了起來。「真是……有趣啊。」她打量著我丟在地上浸滿汗水的運動衫。「我想身為一個練習生不像我們想的那麼好玩，或是……光鮮亮麗。是我們錯了……走吧，各位。我們去地下街逛街吧。」她對著其他三個女孩點點頭，卻避開和莉亞的眼神接觸。她們全都站了起來，一個個從我身邊走過，穿上鞋子。

「呃，但是……等等！我也想逛街！」莉亞手忙腳亂地從地上爬起來，看著女孩們離開。心型臉把門關上後，她的肩膀便垮了下來。噢喔。

「抱歉，莉——」在我說完之前，她就轉過身，臉憤怒地漲紅，瞪著我。「姊！妳假裝一下自己是個很酷的練習生會死嗎？」

我受傷地向後退了一步。「什麼？不要說得好像是我的錯一樣！妳每個星期都帶一團不一樣的女生回家——為什麼不交一些真的喜歡妳這個人的朋友？不要一直拿妳可能知道的八卦來交換友情！」

「嗯……也許她們最後真的會喜歡我啊！如果妳沒有每次都用妳的老頭運動褲和噁心的頭髮嚇跑她們的話。」她反擊。「我知道爸爸的訓練館有女生的運動用品店。妳可以不要這麼懶惰嗎？」

我嘆了口氣。我知道這些女孩不是真正的朋友，但我也知道莉亞現在心情很不好。就跟爸一樣，她從來不想離開紐約、或是在這裡過著這樣的生活，但為了我的夢想，她也飛了半個地球搬來首爾，在每一個階段都支持著我。她之前還太小了，但我想她心中的某個部分也希望自己可以去DB的培訓計畫參加徵選。但在我經歷這一切之後，我媽絕對不會允許的，莉亞自己也知道。所以我也許可以為她的朋友表演一下的。有何不可呢？

但現在來不及了。

我想了一個可以讓她開心起來的方法。

「嗯，也許我之所以不想告訴妳朋友DB的事，是因為我想要讓妳第一個聽到。」我坐在沙發上，拍拍一旁的空位。「妹妹有優先知道內線消息的權利。」

莉亞半信半疑地在我身邊坐下，還故意不要坐得離我太近。她還沒準備好不生我的氣，但又好奇得無法克制自己。我全盤托出，告訴她今天和米娜在媒體訓練時的衝突、米娜強力邀請我去練習生宿舍、還有魯先生表明了我的未來就看我今天晚上露不露臉的事。隨著我的故事，她越坐越近，眼睛越睜越大，直到最後她幾乎都要爬到我腿上了。

「姊！」她尖叫道，一邊搖晃著我的肩膀。「晚上去練習生宿舍！這簡直就是美夢成真。」

我笑了起來，任她把我搖得像擺在車上的搖頭狗。「不要高興得太早了，小妹。妳知道媽絕對不可能讓我去的。」

「喔，對耶。」莉亞說著，用雙手捧住臉頰。

我回想著剛才和朱玄的對話。「當然。」我下定決心地說道：「我可以偷偷溜出去……？」

莉亞尖聲大叫：「我可以幫妳想逃跑計畫！我現在就有一個點子了！」

我瞇起眼睛。「妳該不會叫我從十八層樓高的公寓窗口爬出去吧。」在我們家，我妹妹對巨石強森的癡狂是出了名的。

「好啦，那我還有第二計畫。」她的雙眼閃閃發亮。「只要妳幫我拿到李傑森的簽名照就好。妳知道他是我的本命吧！」

「那我要讓他簽給誰呢？『金莉亞，我親愛的未來老婆』嗎？」

她又尖叫了一次，向後倒在沙發上，興奮地在空中踢著腿。「我會高興死！不行，我要先把那張照片裱框起來。然後我才可以死。」她跳了起來，抓住我的手。「妳要保證把照片跟我埋在一起喔！」

我大笑。

我們聽見前門打開，然後是媽媽喊我們的聲音。莉亞和我交換了一個眼神。我們用小指打勾勾，然後低頭親了一下我們的拳頭，臉頰互撞。這是我們金家姊妹幾年前創的打勾勾方式。

媽媽走進客廳，手中提著一袋裝滿外帶炸雞的袋子。晚餐到家了。媽媽是梨花女子大學的語言學教授，而隨著她的長聘審核日越來越近，她通常都累得沒有力氣回家煮飯了。不過我們也沒有什麼好抱怨的。我媽對於家常菜的概念，就是在辛拉麵裡打上一顆蛋、再加上一片美式起司——好吃歸好吃，但實在對消化不是很友善。再說，我覺得她是故意餵我吃麵，好讓我去訓練的時候看起來水腫到不行。這是一種下意識以卡路里為武器的暗算。

「餓了嗎？」她邊問邊舉起袋子。

我們從袋子裡挖出一盒盒冒煙的炸雞，還有一排小菜，包括蘿蔔泡菜和浸在類似大麥克醬汁裡的沙拉。以四月的天氣來說，今天很涼，所以我們餐桌下的地暖是打開的。我在桌邊坐下時，地面已經被加熱得暖烘烘了。我伸手拿起一塊韓式炸雞，甜辣醬沾得我滿手都是。媽媽從盒子裡拿出幾塊爸爸最愛的綠洋蔥炸雞，放到旁邊。他今晚會在訓練館待比較晚，進行沙包的每週例行清潔（其實只是因為他要去上智慧財產權法的課），所以今天的晚餐就只有我們三人。

「今天過得怎麼樣呀，莉亞？」媽媽問道。

莉亞開始叨叨絮絮地說起Electric Flower的康基娜（「她真的超正的。」）、李傑森（「我聽說他有一個基金會，要在韓國引進幼童的音樂治療耶。他人真的超好的對吧？」）還有Netflix上最新的韓劇（「如果《甜蜜夢鄉》的朴都熙再不趕快恢復記憶，我就要拒追了。」）。媽媽隨著她的話語適時點頭，一邊挑著自己的沙拉，一邊分心地微笑著。我小心翼翼地剝下炸雞的雞皮，一邊等著她問起我今天過得如何。今天是星期六，所以她知道我會在培訓中心。

莉亞的碎碎念終於慢了下來，我做好心理準備，並夢想著，這次媽媽會問我今天在訓練的狀況如何、對我和米娜及魯先生的狀況表示同情與理解，然後讓我今晚去練習生的宿舍。但當她終於轉向我時，她只說：「妳做完功課了嗎，瑞秋？還有我叫妳做的家事呢？」她意有所指地看向裝滿髒碗盤的水槽。

美夢破碎。

我咬牙，下巴緊繃。「我今天過得很好，多謝詢問。我整天都在受訓，然後我去訓練館找爸爸了。」我頓了頓。「對不起忘了洗碗。」我補充道，那幾個字就像卡在喉嚨裡的雞骨一樣難以吐出。我並不為自己專心訓練感到抱歉，但她又露出了那種「你會後悔自己出生」的眼神看著我，就像小時候我和莉亞在尖峰時段的紐約地鐵上玩過頭時那樣。

她嘆了口氣，伸手進她放在桌上的托特包裡。「又是訓練。妳為什麼不試試看別條路呢？這麼沉迷於某一件事實在不太健康。」她從包包拿出一大疊紙，推到我面前。我瞄了一眼，就看見封面印著大學通用申請的字樣。我感受到一股驚慌而造成的暈眩，我媽卻雙手一拍，臉上露出一個大大的微笑。「瑞秋！我特別幫妳帶了這些回家——明天在梨花女子大學有一場升學講座！這是為了高中生申請大學而特別舉辦的。妳要不要去聽聽看？他們可以教妳怎麼把這些表格填完，我說不定還可以帶妳去逛逛校園。」

我舉起手，準備把桌面上的申請表格推走，胸口一陣灼熱。但是接著我看見媽媽眼神裡帶著希望的微笑模樣，心中便湧起一股罪惡感。我們已經搬來這裡六年，而我到現在還沒有看過她工作的校園——過去我可是會在她和學生面談時，躲在她的辦公桌下看書的。我把申請表拉到自己面前，嘆了口氣。「媽媽，」我小心地說。「我當然很想去梨花看看，但是我……我不行啊。明天是星期天耶。」

「我們在討論的是妳的人生，小瑞，不只是明天。」媽媽輕快地說。

「我知道。但是……訓練就是我的人生。不是嗎？我是說，所以我們才會搬來韓國的啊？」

莉亞放下炸雞，雙眼擔心地來回看著我和媽媽。她已經很習慣聽到我們爭執這件事了。

媽媽低頭看著她自己的盤子，嘆了一口氣。「我們會搬來韓國……是有很多原因的。」她張口，似乎還有更多話想說，但她輕輕搖了搖頭。她轉向我，而我幾乎可以看見她眼中閃爍著淚光，但她的聲音平穩而清晰。「妳知道我以前是個排球選手。」

我忍住翻白眼的衝動——媽媽真的拿她高中時期的排球時光來和我的培訓相提並論？

「但如果我為了那個夢想而放棄一切，妳覺得我現在會在哪裡——我們的家庭會在哪裡？」

「但這就是妳在叫我做的，不是嗎？叫我放棄現在努力的一切，去參加什麼大學升學講座。」我把一塊雞肉塞進嘴裡，連皮帶肉。叫那些額外的熱量去死吧。

媽媽聳了聳肩，看起來難過但很堅定。「我只是在建議妳，盡量對未來保持開放的態度。」她用叉子撥弄著盤子裡的芥蘭菜。「妳永遠不知道未來會是什麼樣子，瑞秋。如果妳的訓練並不順利……我只是不希望妳感到失望。」

我的眼中充滿淚水。我用力眨著眼睛，不願意讓它流下臉頰。就算經過了六年，媽媽對我的培訓所抱持的態度還是讓我感到很受傷。有時候我很懷疑，她是不是後悔搬來首爾——她是不是希望自己當時是把外婆的公寓賣掉，然後讓整件事到此為止。或者她到底相不相信我的能力。我咬著嘴唇，準備離開餐桌，但莉亞在這時插了嘴，轉向媽媽，跪坐起身。

「啊！剛好妳提到升學講座，媽媽。」她說。「趙家雙胞胎這週末要在家裡舉辦一個讀書會，準備考大學。她們還請了一個家教，準備唸到半夜。我記得她們說這個叫做睡衣讀書趴。對不對，姊？」她天真無邪地對著我們的媽媽微笑。

我直起身子。**就是現在了，瑞秋**。「對。」我緩緩說道。

「妳怎麼知道的？」媽媽對著莉亞挑起眉毛。

「我聽見瑞秋跟慧利在電話上講到的。」莉亞輕鬆地撒謊道。

我專心地嚼著雞肉，試著保持面無表情。各位先生、各位女士，歡迎未來的奧斯卡得主。

媽媽的視線轉向我。「那妳怎麼都沒提，瑞秋？妳要走上正確的路，這正是妳需要的不是嗎？」

我點點頭，將另一股挫敗的感覺和著雞肉吞下。「我只是……在把碗洗完之前，不想在外面過夜。」我瞄了一眼滿滿的水槽。「對不起。」我又補充了一句。

「噢。」媽媽說。「洗個碗不會太久的。妳就洗完之後去趙家吧。我知道她們爸媽一定會請全首爾最好的家教。我把剩的炸雞包一包，讓妳帶去吧。」

「真的嗎？」我對於說謊感到內疚，但一股新鮮的能量滲透我全身，取代了罪惡感。這是我第一次在練習生宿舍過夜！我又離夢想更進一步了。「謝了，媽。」

她微笑著，開始收拾她的盤子，並把幾塊炸雞裝進一個小的綠色保鮮盒。當她轉過身去時，莉亞對我豎起大拇指。我對她眨眨眼，用唇語說：謝謝。

洗完碗後，我便衝進浴室淋浴，然後把濕頭髮編成麻花辮，套上一條黑色內搭褲，米色的落肩毛衣鬆垮地掛在身上。最後我在外面穿上我最舒服的那套睡衣——我去年春天在東大門買的史努比睡衣——以免媽媽看見我的打扮產生懷疑。我最後一次看了鏡中的自己一眼，抓起包包，拿過媽媽準備的保鮮盒，然後前往我在練習生宿舍的第一晚。

第三章

在我前往公車站時，媽媽說的話在我腦中迴盪。**如果妳的訓練並不順利……我只是不希望妳感到失望**。我當然知道沒人能保證我會不會變成明星，但是我已經努力了這麼久，我甚至無法想像如果失敗的話會變成什麼樣子。

一切都是從六歲那一年開始的。我的班上有另一個亞洲女孩，李吉娜。雖然她是中國人，但所有人都問過我們是不是表親或雙胞胎姊妹。我一直都沒有想太多，直到某一天，我被一隻蜜蜂叮了。我坐在保健室，等我媽來接我回家，接著我便看見李太太走了進來。護士還不知道自己做錯了什麼，只微笑地告訴我媽媽來接我了。那是我第一次發現，這個世界看我的眼光和我看待自己的眼光並不一樣，也和我的家人不一樣。他們只看到我的臉、我的眼睛形狀和我的鼻子，還有我濃密的黑直髮——這讓我和吉娜等其他女孩變得可以互相替代，儘管我們長得完全不像。當我媽終於出現來接我的時候，我哭個不停。蜜蜂叮的腫包還是很痛，但當媽媽問我發生什麼事時，我只想著李太太。「真希望我不是韓國人。」我記得自己抓著她的襯衫哭個不停。所以她抱起我，帶我回家，然後把我放在床上，拿來她的筆電。那是我第一次看到韓國歌手的音樂影片。我們看了好幾個小時，而我看著那些歌手出神——她們全部都好特別、好美、好有才華。

我完全著迷了。我一直找她們的影片來看，記住我最愛的歌詞，然後在週末表演給莉亞看。那些音樂讓我很自豪自己是韓國人。

我很想說那次李太太和護士阿姨的事件，是唯一一次讓我感到被世界拒絕的經驗，但這並不是事實。有些孩子嘲弄過媽媽幫我裝在便當裡的泡菜；我曾經在雜貨店裡遇到一個女人對我尖叫，要我「滾回家」（雖然我就住在轉角，但我知道她不是指那個家）；有一年萬聖節，我打扮成妙麗．格蘭傑，但所有人都堅持我扮演的是張秋。而在這一切之中，音樂總是在那裡。它讓我覺得有人理解我，好像這世界上還是有我的容身之處，在那裡，人們看見的我就是我。

我一邊走向公車站，一邊想著這一切。首爾的春天涼風陣陣，空氣冷冽，人行道上落滿了櫻花花瓣，黏在我的腳底，將整個城市包裹在珍珠粉色的花瓣之中。我走到街角，在GS25便利商店裡買了一罐寶礦力水得，然後搭上公車，前往距離培訓中心幾個路口的練習生宿舍。車上滿是穿著情侶裝的年輕情侶在共用耳機聽音樂、回家路上的上班族在看重播的《Running Man》，還有菜籃車裡裝滿雜貨和空罐的老奶奶們。我在其中一個座位上坐下，喝下最後一口飲料，讓窗戶吹進來的春風把我的辮子向後吹去。坐在我旁邊的老奶奶戳了戳我的身側，對我的空瓶打了個手勢。「這個妳還要嗎？」

「不用了，奶奶。」我邊說邊把瓶子遞給她。

「謝謝。」她說，然後捏捏我的臉頰。「啊，妳長得真漂亮呀！」

我低下頭。「謝謝您。」

公車沿著街道飛馳，在人們要上下車時才勉強停下來。在紐約時，我媽從來不讓我們自己單獨搭乘大眾運輸工具，所以搬來這裡之後，我花了很多時間才習慣。幸運的是，首爾的公車和地鐵就和這城市的其他部分一樣，快速、乾淨、而且容易上手。但這座城市最棒的地方，是到任何地方都有免費的無線網路供你使用。

我拿出手機，傳了一則訊息給慧利：

如果我媽有問妳，就跟她說我今天在你家過夜。

她立刻就回我了：當然了，閨蜜！朱玄也說，今晚少了我們，不要玩得太開心喔。

我笑了，但把手機塞回口袋裡，沒有回覆。她們知道的越少，被質問的時候就越不可能說溜嘴。對媽媽說謊和前往練習生宿舍讓我的腎上腺素噴發，所以我決定提早一站下車，用走的過去。在見到米娜和其他人之前，我需要消耗一下多餘的精力。

直到剩下半個街區的路時，我才意識到我還穿著睡衣。

我躲到人行道旁一叢夠大的灌木後面，解開睡衣扣子，塞進包裡。我看著街道，一邊脫著睡褲，一邊確保沒有人經過。褲管卡在腳踝上，我用手指摸索著，但我來不及阻止自己，就被腿上纏繞的褲管給絆倒，轉了半圈，然後狼狽地正臉朝下摔進泥土裡。

我呻吟一聲，緩緩爬起來，把塵土從毛衣上撥掉。還好沒人看到。

「哇喔……看起來很痛耶。」

我渾身一僵。我轉過頭，看見一雙嶄新的黑白Nike鞋站在人行道上。我的視線向上飄移，隨著那條剪裁完美的Adler Error慢跑褲，來到上半身穿的貴鬆鬆Burberry毛衣（或許比我整個衣櫃加起來還值錢），然後是穿著這一切，留著銀色挑染頭髮，長著閃爍棕眼，還有顴骨高聳得足以切割玻璃的男孩。

他可不只是一個普通的男孩。是那個天之驕子，李傑森。

要命。

「妳還好嗎？」他臉上掛著關心的笑容。「來，我幫妳。」他伸出手。

「你是……李……傑森。」我就像剛才被自己的腿絆倒一般，結結巴巴地回道。

在加入DB之前，李傑森就已經在YouTube上因為翻唱流行歌而爆紅。在他的某一部影片席捲網路之後。魯先生便親自飛往加拿大的多倫多，說服傑森搬來首爾，然後他很快就成了韓國家喻戶曉的大明星。他加韓混血的身分在這裡倒是吃得很開，從小朋友到跟蹤狂粉絲和大嬸們，所有人都為他的超大雙眼皮和橄欖色的肌膚而瘋狂，好像他的基因是他親自挑選的一樣。他的外國人身分讓他成了「韓國最性感藝人」，但我的卻讓我不得不去上韓國本土禮儀課程。

「喔，原來妳有聽說過我啊？」他揚起一邊的眉毛，笑容變得更開闊。他真的把「好像全世界都是你的好朋友」的微笑練得爐火純青——不過對他來說，這或許是事實。「聽說了哪些事啊？」

「嗯，我妹妹莉亞今天說你有個音樂治療的慈善——」

「天使般的嗓音？惡魔般的微笑？還是神一般的肉體？」

「呃……什麼？」

「妳知道，大部分的女孩子看到我的時候都會昏倒。但我想妳的確是跌倒了，那也算數吧。」他幾乎是在自言自語了。「所以，跟我說吧，他們最近又說了些什麼？」他對我露出一個可愛到近乎荒謬的笑容。

「主要都是說你從辦公室裡偷了魯先生的黑膠唱片。」我有點被他直接了當的高傲態度給激怒。這就是那個可愛、謙虛、發起慈善活動又愛護粉絲的明星男孩啊。「還有你有個祕密狼女友，只有在滿月的時候會見面。」

「什麼？真是太扯了！是誰說的啊？好大膽子！」他看起來很受傷，對我露出招牌的小狗眼神，然後一抹狡猾的微笑在他臉上蔓延開來。「我是絕不可能偷魯先生的東西的。」

我翻了個白眼。全世界最受寵愛的韓國明星居然是這個樣子？「當然不了。你怎麼可能會做這種破壞名聲的事呢。但你的神祕變身女友呢？」

「一個紳士是絕不會大嘴巴的。」他圓滑地回應道。「再說，妳也知道嘛：越多人講你的八卦，你就越有被八卦的價值啊。」

「也許只有你的世界是這樣運作。」我回嘴。神聖不可侵犯的李傑森，當然不需要認真遵守DB的禁愛令了。

傑森頓了頓，低頭看著我。「我覺得妳在生我的氣耶。」

「沒有。我沒生氣——只是想要在練習結束之前抵達練習生宿舍而已。」我邊說邊把毛衣的下襬拉好，一邊希望沒有讓傑森看到我的內褲。

傑森的雙眼一亮。「練習生宿舍！妳怎麼不早說呢？我也要去耶。我們一起走吧。」

「不用了，謝謝。」我回答，但他假裝沒聽到。

「所以我為什麼不知道妳的名字？」他問，一邊歪了歪頭。「敢穿著史努比睡衣上街的練習生，絕對很有被八卦的價值啊。」

我的臉頰再度因丟臉而漲紅，但我強迫自己的聲音保持冷靜。「我得告訴你，這是我最喜歡的一套睡衣。很可惜不是每個人都是美麗的狼人。」我邊說邊翻了個白眼。

「我不同意。」傑森說。

「你在說什——」

「妳的確很美啊。」他繼續說。

我的身子一僵。呃……什麼？

「我也很確定，如果妳想，妳絕對可以把我的頭咬掉。再說了，以防妳沒注意到，今天的確是滿月呀。」

我的天啊。我要離開這裡。憤怒與羞恥感在我的胸口交織，我掙扎著站起身，伸手解開我糾結的睡褲。我轉頭瞪了傑森一眼。

「我不需要有人欣賞這一幕好嗎？」我罵道。

他至少還有一點禮貌，臉紅了起來，卻故意慢吞吞地轉身背對我。「這樣有好一點嗎？」

我氣沖沖地扯下睡褲，但是我實在太急躁了，褲腰又纏住了我的腳踝。我向前摔倒，這次是一頭撞上傑森的背。我直覺地抓住他的腰想要穩住自己，臉頰埋在他的肩胛骨之間。我還沒意識到自己在做什麼，就深吸了一口氣氣。他聞起來有楓糖和薄荷的味道。

「妳還真是直接耶。」傑森說。我看不見他的臉，但我聽得出他話裡的笑意。他轉過頭，越過肩膀看著我。「還是妳很喜歡從背後來？喜歡這個姿勢嗎？」

殺。**了**。**我**。**吧**。我向後退開，一邊終於掙脫了那條害死我的睡褲，用力塞到包包最底層，臉頰熱到不行。等到我回家，就要把這些東西通通燒掉。

「多謝。」我朝他僵硬地點了點頭，然後快步朝宿舍跑去，留他一個人在人行道上大笑。

「不用客氣，狼女！」他在我身後大喊。很好，又多一個綽號。真是來得太是時候了。

當我推開練習生宿舍的大門時，我正在心中咒罵著我自己、傑森、還有整個查理．布朗家族。

要死。

這個地方塞滿了DB練習生和明星們，每一寸地面都躺著空燒酒瓶和汽水罐，音樂在房間裡迴盪，一面嶄新的三星電視牆播著各個最新推出的音樂影片。

然後我就懂了。傑森也要來——來練習生宿舍。這可不是什麼夜間練習。

這是個派對。

一群男生轉向我，揮了揮手，大喊著各種招呼。我認出了他們，但錯愕得無法認真思考。我緩緩地舉起手。

「唷，傑森！」其中一個人對著我的方向喊道。

我立刻垂下手，而傑森此時從我背後走了進來。他的朋友走了過來，握住對方的手，然後拍了一下彼此的背，用兄弟之間最典型的方式擁抱了一下。我真的不能繼續站在這裡了。

「你的正妹女伴是誰啊？」傑森的朋友問道，一邊上下打量了我一番。然後我突然發現了。他不只是傑森的朋友。他是敏俊——NEXT BOYZ的領舞和全球超人氣韓星。

「這位是……」傑森頓了頓，看了我一眼。

「瑞秋。」我說。至少我的聲音還能正常運作，還沒有被嚇到完全短路。「我是DB的資深練習生。」

「美國人喔。」他觀察道，眼光閃爍著。我幾乎要後退了，在心中準備應付任何可能的羞辱。「歡迎，瑞秋。我是敏俊。」他說道，但其實我妹就在她的床頭貼了他的海報，而且每天睡前都要親他一下。「來杯飲料吧。」

我困惑地眨眨眼，看著我背後的大門。我身上的每一寸直覺都在叫我快逃。我今晚預計要做的事可不是這個。

傑森的手扶在我的手肘後方，雙眼閃爍著光芒。「對啊，瑞秋，過來吧。」他惡作劇地挑起眉毛。「除非妳有另一場睡衣趴要去參加啦。」

我扮了個鬼臉。然後站直身子，把辮子甩到身後。我都已經想辦法來到這裡了，至少得要去露個臉。不管如何，今天沒幫莉亞拿到簽名照之前，我不能走。「好啊，我也喝一杯。」

派對已經進行好一段時間了，在前往看起來像是吧檯區的途中，我一直絆到地上的空啤酒瓶。吧檯圍繞著一個寬敞的下沉式客廳，有些人正在把一杯杯的葡萄柚燒酒倒進啤酒瓶裡，然後一口氣乾掉。有人塞了一瓶給我，我則輕輕地沿著瓶口啜飲。我不太喜歡那種會讓人失控丟臉的東西，尤其今天我已經丟臉丟夠了。

「瑞秋！」一個聲音從客廳的另一端傳來。我立刻緊繃起來。我到任何地方都會認得那個甜膩到不行的嗓音。米娜出現了，看起來完美無瑕，頭髮梳得十分漂亮、腳踩閃亮的細跟高跟鞋，顯然是為派對準備的。她調整著自己的短裙和短版上衣，恩地和麗茲則站在她身後，兩人都穿著合身的牛仔褲，頭上戴著小皇冠。「妳能來參加練習真是太好了。」她瞄了另外兩個女孩一眼，她們則遮住嘴，掩飾自己的笑聲。

「我也是。」我愉快地回答，拒絕認輸。「太謝謝妳們邀請我了。」

「衣服很可愛，瑞秋。」恩地說著，一邊打量著我，一邊塞了一片口香糖到嘴裡。「跟妳小妹借的嗎？」

「我喜歡妳的髮型耶。」麗茲補充道。她伸手把我的一條辮子撥到肩膀後方。「真是國小的復古造型。」

「妳看起來不是很舒服呢，瑞秋。」米娜說，她的臉上掛著虛假的關心。「魯先生不在這邊幫妳撐腰，妳應該不會覺得自己無法融入吧？就算是瑞秋公主，應該也知道怎麼開趴吧？」

米娜喝了一口自己的飲料，一邊冷冷地看著我。我想要回嘴，想要罵她是個骯髒的騙子、叫她滾回去好好做「夜間訓練」，但我一時鼓起的勇氣已經消失了。我只是喝了一口我的燒啤酒，卻因為酸澀的感覺瑟縮了一下，手掌緊握著杯子。

此時，傑森突然出現在我身後，眼神在我和米娜和其他女孩之間跳轉，嘴邊掛著一個淺淺的微笑。

「傑森！」米娜驚呼。「我不知道你在這裡耶！你是來找我的嗎？」她問，一邊故作隨性地啜飲著自己的酒。

「其實呢，我是來找瑞秋的。」傑森回答。

「什……什麼？」米娜結巴地說。「但是……你是怎麼認識瑞秋的？」我敢發誓，如果他現在提起我的睡衣，我一定會徒手殺了他。

傑森對我微笑。「喔，我們的歷史長得咧。我和瑞秋和胡士托。」米娜張開嘴，正要回應，但傑森把雙手放在我的肩上，將我整個人硬是轉向，帶向派對會場的更遠處。

「我得告訴你，我的睡褲上是史努比，不是胡士托。胡士托是那隻傻呼呼的小鳥，史努比是那隻忠誠的狗兼飛機機長。」我們在角落的一張沙發上坐下，我邊說邊大笑著。

傑森故作認真地點點頭，用手臂環住我的肩膀，把我拉近。「妳說得對。作為睡衣，顯然史努比是更好的選擇。原諒我吧？我剛剛只是想要快點閃人而已。」

我看了他一眼。「什麼意思？」

「嗯，我們剛剛可是被三個看起來想要把妳的臉扯爛的女孩給包圍耶。」他說著，溫暖的呼吸打在我的皮膚上。「我覺得換個地方應該是個好主意。」

燒酒正溫暖地流過我的體內，我露出微笑。「嗯，你知道他們都怎麼說的呀。」

「他們說什麼呢，狼女？」

「越多人盯著你，你就越有被盯著看的價值啊。」我咯咯笑起來，然後打了一個小小的嗝。我瞪大眼睛，用手摀住嘴。傑森只是看著我，表情看起來非常快樂。他把我拉得更近，我的腿幾乎已經要疊在他腿上了。我的大腦一片混亂——**現在這是真的嗎？我不應該和傑森調情的。這樣我注定會和崔蘇西同一個下場。但她明明沒有男朋友，傑森也不是我男朋友。我的天啊，我現在在想什麼？我現在沒辦法跟他要給莉亞的簽名照……**我閉上眼睛，試著停止這一串燒酒所引起的腦內小劇場。

敏俊戲劇化地一屁股坐在我旁邊的沙發上，染成金屬色的頭髮遮住了他的雙眼。

「我好無聊。」他撅著嘴。「而且好餓。」

傑森對他的朋友翻了個白眼，換了一下姿勢，手臂便離開了我的肩膀。我突然打了個寒顫，拉起毛衣的上緣，蓋住我的肩膀，試圖保持溫暖。「你去廚房看看大廚留了什麼給他們當晚餐啊。」他意有所指地說。

「廚房裡唯一能吃的東西只有蔬菜湯和菠菜奶昔。你記得以前當練習生的時候，他們是怎麼控管我們的飲食嗎？」敏俊的鼻子四處嗅了嗅。「你們有聞到雞肉味嗎？」

我驚呼一聲，突然想起我媽幫我打包的炸雞。我小心翼翼地伸手進包包裡。「呃，你是說這個雞肉嗎？」我難為情地說。

「啊哈！」敏俊大喊，從我手中搶走保鮮盒，快速打開。「炸雞！我的最愛！傑森，這個女生可以啊！」

傑森大笑起來，敏俊則開始大啖起我帶來的剩菜，一次兩塊往嘴裡塞。

房間的另一端，米娜正遠遠地看著我們三個，瞇著眼，像是要看穿我似的。她抽出作響的手機，對著螢幕上的東西垮下臉。她把螢幕轉向麗茲和恩地，她們也都苦著臉，對她皺起眉頭。她把手機塞回包包裡，跳了起來，在臉上展開一個完美的微笑。她輕輕拍了拍手，在原地跳了幾下。「注意，派對動物們！女孩談心時間到了，練習生限定！」她喊道。「你們懂吧……不是練習生的人，該走了！男生也是！你也是，傑森——如果你有辦法從瑞秋公主身邊站起來的話。」她對我們咧嘴一笑。

敏俊將油膩膩的手在牛仔褲上抹了幾下，然後抓住傑森的手，把他拉了起來。

「走吧，大明星，我們去梨泰院新開的那間夜店看看。」

傑森彎下身在我耳邊低聲說了一句：「祝好運。」讓我的背脊再度一陣發麻。他翻身跳過沙發椅背，加入他的朋友們，一邊高聲唱著〈假暗戀〉的副歌，一邊消失在門口。

喔靠。莉亞想要的簽名照。我跳了起來，想要追上去，但因為整晚都在和傑森調情還有喝燒酒，我一陣暈頭轉向，向後跌坐回沙發上，而米娜同時在我身邊坐下，手中拿著兩個裝滿香檳的玻璃杯。我們身邊的其他女孩，也開始幫自己倒滿香檳，並在泡沫溢出杯緣流到手上時尖叫大笑著。

「乾杯。」米娜把杯子遞給我。我沒有馬上伸手，她便嘆了口氣，翻了個白眼。「拜託，瑞秋。放輕鬆點好嗎？我們只是要一起玩玩而已。」

玩。我得承認，雖然今晚和我想的完全不一樣，但我的確覺得很好玩。我抿起嘴，放下我的啤酒杯，接過香檳。

米娜咧嘴，舉起她的玻璃杯，轉向其他女孩們。「敬我們的家人！願我們都能成為下個最大最閃亮的明星！」

女孩們歡呼著，互相勾著手，一口乾掉杯子裡的酒。我喝得比較慢，酒液經過喉嚨時比我想的還要灼熱。我差點就嗆到了，但我不想讓米娜看見我禁不起挑戰的樣子。我抬起玻璃杯，強迫自己整杯喝下。

我向後靠在沙發椅背上，其他女孩們在我身邊聊著天。我環顧四周，希望明里此刻在這裡，至少我還有個人可以說話。我想要拿手機傳簡訊給她，但我的手指沉重而不聽使喚，摸索著包包的背帶，最後只好放棄。我明天再找她好了。我握著玻璃杯的手感到冰冷，我把杯子貼到臉頰上，享受那股清涼感。我喝太多了。不，我是喝得太快。我覺得天旋地轉。恩地的大嗓門在我耳邊迴盪，音樂則聽起來像是用慢動作播放。我看向坐在我旁邊的米娜……但我卻看見了兩個她。我開始看見疊影了。我眨著眼睛，想要從噩夢中醒過來。

我深深陷入沙發中，隨著時間流逝，我的意識變得越來越模糊。我看見米娜的臉朝我靠過來。「真的有用耶！她現在不可能被選上了。」選上？她在說什麼？「呼叫瑞秋！妳好像需要一點新鮮空氣耶，公主。」她的聲音在我身邊緩緩盤旋，但我沒有力氣回答。

恩地和麗茲圍在我身邊，一邊大笑一邊啜著她們的酒。「漂亮的小公主瑞秋——現在就連魯先生都救不了妳囉。」麗茲幸災樂禍地說。

聲音在我耳裡像是隔著一層水。有人說了一句什麼，而我也笑了起來——身不由己——但我完全不知道為什麼。

「來啊，公主。我們來跳舞！」恩地把我拉了起來，我還在大笑著——還是她——還是我們都是？我不太確定了。隔著越來越沉重的眼皮，我看見米娜就站在不遠處，但沒有在跳舞。她的手機對著我的方向，臉上掛著邪惡的微笑。恩地抓著我轉圈，整個房間隨之旋轉起來，我陷入一片閃亮的燈光與人們的笑容之中。

第四章

當我醒來時，我注意到的第一件事是我頭痛欲裂。第二件事則是鋪天蓋地的小黃瓜味。

我一陣反胃，舉起雙手。我的臉上覆蓋著一層小黃瓜面膜。我驚恐地把臉上所有的黃瓜切片通通剝下來，丟在地上，一邊試著不要用鼻孔呼吸。胃酸在我肚子裡翻滾，我用盡全身力量才能逼自己不要吐出來。

昨天晚上到底發生了什麼事？

我坐起身子，卻感到一陣暈眩。我緊閉起雙眼，深吸三口氣，然後再度睜開眼睛，打量四周。我躺在一個客廳裡的沙發上，四處散落著空杯和翻倒的酒瓶。我的記憶慢慢恢復了。我在練習生宿舍裡。說好的夜間練習最後變成了一場派對。傑森看見我穿睡衣的樣子了。這個回憶讓我忍不住苦著臉。我們是一起進宿舍的。然後……發生了什麼事？其他人都到哪去了？

我還是頭痛欲裂，伸手探進包包裡，拿出手機看時間。我瞪大雙眼。靠、靠、靠。現在已經十一點了。現在是星期天的十一點。我跳了起來，跌跌撞撞地跑到走廊上，推開一扇扇門，試著找廁所。不敢相信我居然在培訓日睡過頭。這不是真的吧。

我在完全陌生的房子裡迷路了。一部分的我想要怪我媽。如果她願意讓我來練習生宿舍，我就會更熟悉一點了。但我也知道這不是她的錯，是我的錯。只花了一個晚上的時間，我就證明了她是對的，而所有相信我的人都錯了。**瑞秋，我的天啊，妳為什麼這麼好騙啊？**

我打開的每一扇門都通往臥室，還有一間更衣室，裡頭有一攤看起來（聞起來）像是嘔吐物的東西。我壓下自己反胃的感覺，把門甩上。

為什麼在我最需要浴室的時候，卻一間都找不到？我開的第五扇門後方是一個掃除櫃，我便挫敗地回到廚房，用水槽洗臉。我用一疊廚房紙巾擦乾臉，然後用手機鏡頭當作鏡子，試著讓自己可以見人。我的眼線畫得很急，但稍微擋一下已經足夠了。

我的衣服簡直慘不忍睹。我的內搭褲上有香檳的污漬，毛衣上則布滿小黃瓜面膜的殘渣。我勉強自己忍住乾嘔的衝動，咬牙拿出我包裡僅有的另一套衣服。看來傑森不會是唯一一個看見我穿史努比睡衣的人了。

我在跑出宿舍時，把已經散掉的辮子給拆開。也許我聞起來像是一坨腐爛的小黃瓜，但我希望我的頭髮還有救。我瞄了一眼手機螢幕，希望看見大波浪的髮型。但我只看見自己的半邊頭髮平貼在頭皮上，另一邊則像觸電的愛因斯坦一樣爆炸。

我現在完全是個災難。

但現在沒有時間拯救自己了。我已經遲到太久了。我沿著街道狂奔，朝培訓中心跑去，一邊把頭髮綁成一個不平整的馬尾。胃酸隨著我的每一步逐漸上升。

打開禮堂的門時，我整個人上氣不接下氣，史努比睡衣都被汗水浸濕了。魯先生正站在臺上，介紹著坐在第一排的DB高層。

管理層。高層們都在這裡。我的肚子一陣翻攪。今天是審判日。

所有的培訓長都在臺上。俞真姊。舞蹈培訓長。聲音培訓長。首席營養師。還有市場與公關的主管裴先生。所有人都在這裡，等著看練習生的進展，看我們有沒有辦法留在培訓計畫裡，看他們值不值得繼續砸時間和錢在我們身上。這偏偏是我最不能遲到、最不能看起來像是小黃瓜廚餘的一天。我的心臟跳到喉頭，並感覺到自己的眼淚開始湧了上來，但我強硬地把哭的衝動壓下。如果想撐過這一天，就得硬起來。

「我們很想看看你們過去一個月的進步。」魯先生說。他閃亮的淺藍色Prada西裝反射出來的光線讓我的眼睛刺痛。「我和管理團隊都知道，你們培訓得非常認真，所以——」

當他和我對上視線時，他頓了頓。看見我失控的髮型和可笑的睡衣，有那麼一秒鐘，他看起來很錯愕。禮堂裡的所有人都轉向了我。四周開始出現竊竊私語的聲音，尖銳的聲響讓我覺得頭快要裂開了。

「所以，呃，記得今天要展現出你們最好的那一面。」魯先生回過神來，繼續說下去。他對我揚起眉毛。「最好的一面喔。」

我現在只能假裝我沒有糗到快翻過去了。我抬頭挺胸，朝目瞪口呆的明里走去。看著她完美的妝容、高聳的馬尾，還有身上那件我們一起買的花上衣，我突然覺得一陣嫉妒。她看起來容光煥發，準備充分。而且有良好的休息。我應該也要是這樣的。就像所有人對我的期待那樣。

「妳怎麼啦？」我在她身邊坐下後，她在我耳邊低語。

「說來話長。」我嘆了口氣。「但我其實不太確定發生了什麼事……」

我看見魯先生在臺上看著我，臉上掛著一個危險的微笑。「就如我所說的，今天不只是你們每個月的例行檢查而已……」

我的眼角餘光看見米娜和其他女孩們摀著嘴竊笑。米娜對上我的視線，便動了動手指。她用手做出舉起香檳敬酒的動作，並用唇語說道：乾杯。昨晚的畫面如排山倒海般湧進我的腦海。香檳。米娜的臉。我錯亂的視覺。她用歡快的聲音喊著：「**真的有用耶！**」

「……也是個令人興奮的好機會——全國每一位年輕練習生恨不得能得到的機會。今天，我們會選出一人……」

我的胃一陣翻騰，讓我差點跌下椅子。

我沒有喝太多、也沒有失控。而且這也只不是個可怕而不幸的意外。這整件事都是米娜設計好的。她幹的好事。是她給了我那杯香檳，並在她的朋友們注視下逼我喝下的。

她一定在我的酒裡加了東西。

她對我下藥。

現實像一塊千斤重的磚頭砸在我身上。我僵在原位，無助而困頓。怒火中燒。我緊咬著牙關，直到覺得自己快要把牙齒咬碎。我覺得我快要爆炸了。在我腦中，我不斷重播著米娜站在我面前的畫面，聽見她得意地說著：「**她現在不可能被選上了。**」

「……和DB的超級偶像傑森合唱全新的單曲！」

禮堂裡一片此起彼落的抽氣聲，我的腸胃糾結成一團。明里轉向我，驚訝地張開嘴。「妳能相信嗎？」她興奮地問道。

我搖搖頭，腦中還在想著昨晚的事情以及米娜。「真的不行。」我回答。

「瑞秋！」明里用手肘撞了一下我的肋骨。「專心啦！妳真的有聽到魯先生說的話嗎？」

我呆滯地看著她，滿肚子、滿腦子都是香檳、怒火與小黃瓜。

「瑞秋。專心。高層和魯先生……他們要選一個女性練習生和傑森合唱。是一首真正的單曲——不是什麼練習而已。今天的審判日是選秀。就是今天。妳有可能被選上耶！」

她說的最後一句話重重擊中我的腦子。我思索著她的話。我有可能被選中的。

這不只是個尋常的例行檢查而已。這是和傑森合唱的機會。讓一個練習生——讓我——有機會和DB最紅的明星合唱。我有可能被選上的。

她現在不可能被選上了。

我倒抽一口氣，坐直身子。米娜一直都知道，她知道今天是什麼日子。她刻意設計我。

明里又戳了戳我。這次很用力。「什麼啦？」我被嚇了一跳，然後才看見魯先生把第一組人叫上臺去開始進行舞蹈選秀，其他練習生則開始往舞臺走去。

就某方面說，我很感激眼前的狀況。如果沒有外力逼我做出正常表現、逼我恢復行動，我也許永遠都不會回魂。但我必須這麼做。我必須繼續向前走。所以我就這麼做了——試著藏住我在顫抖的事實。

我們在後臺排成一排。高層們全部坐在第一排，手裡拿著iPad（幾年前，整間DB便把紀錄練習生的方式完全數位化了），鐵著臉，一個個把人叫上臺去表演。米娜擠到我旁邊的位子，打量著我，用虛假的同情表情看著我。

「昨晚很累吧，瑞秋？」她說。「妳看起來很慘耶，但睡衣很可愛。」

我腦中閃過自己把她撲倒、扯掉她假睫毛的畫面。但魯先生喊了我的名字，我便向前走到舞臺中央。

鎂光燈打在我身上。我無法想像只畫了半妝的臉在光線下會有多麼斑駁。但我把這樣的不安全感推到一旁，在臉上展開一個微笑，就像他們訓練我的那樣。我向高層們鞠躬，然後直起腰。抬頭挺胸，腿向內轉。肚子收緊，肩膀打直。我燦爛地微笑——**好像全世界都是我最好的朋友**。

幾個人回應了我的微笑，但大多數的長官只是對著我的服裝和亂七八糟的頭髮露出困惑的眼神。

讓他們忘記妳的外表、只要注意妳的動作就好了，我告訴自己。但是說的比做的簡單。至少今天沒有攝影機對著我了，我陰鬱地想著，一邊回想起昨天的媒體訓練。

音樂開始播放，是莉亞最喜歡的Electric Flower作品之一，我的身體便自動開始回應了。這完全是肌肉記憶。我已經練習這支舞不下上千次。但我的頭還是劇痛著，我的動作遲緩，一直錯過節拍，或是在該向右踏的時候踩成左邊。

挫敗的感覺在我心中堆積，讓我更沮喪。我的得失心變得越來越重，但我越想要放輕鬆，卻反而變得越緊張。我沒辦法讓動作夠俐落，也沒辦法把腿踢得夠高。當我終於跳完最後一拍時，我已經上氣不接下氣，一層薄汗覆蓋著我的前額。我壓抑住擦汗的衝動。別讓人更注意你的缺點。韓國流行舞蹈的重點是要讓聽眾更投入在歌曲之中——但看著高層們的臉，一張張帶著尷尬的微笑或是想要尖叫著衝出禮堂的表情，我知道我的舞帶來了反效果。

「喔噢。」當我回到隊伍中時，米娜在我耳邊低語。「真是不好看。」她靠向我，誇張地吸了一口氣，然後低聲驚呼。「我的天啊，妳宿醉嗎？在這麼重要的日子前一天，妳真的不該開趴開這麼晚的。不然至少記得刷牙吧。」

我沒有看她，但我真的氣到七竅生煙。我不會和她一般見識的。

儘管如此，唯一阻止我放聲尖叫的事物，是我腦中幻想著扯她頭髮的畫面。我不會把她頭髮拔光的，我只要從前面拔一大撮，讓她幾週都禿頭就好。

女孩們一個接一個上臺跳舞。明里一如往常地優雅，而儘管我一點也不想承認，米娜的確是全部人裡面最優秀的。她的動作有力地帶著她在舞臺上轉動，完美地對上音樂的節奏。有些女孩犯了幾個小錯誤，但沒有人像我這麼慘。很快地，大家都看出來我是最糟的那一個。

我從來不是最糟的那一個。

我沒辦法承擔最糟的後果。

我不像米娜和其他很多練習生那樣，能在鏡頭前活躍自如。當我剛加入DB娛樂時，我實在很興奮——我加入了一個培訓計畫，裡面全是和我用一樣眼光看待流行音樂和韓國的孩子——或至少我以為是這樣。但很快地，不間斷的「瑞秋公主」侮辱和其他背地裡對於我美國身分的討論，讓我感到和在美國一樣的疏離。他們的話語像是永不間斷的雜音，在我腦中盤旋。當米娜和她的兵團在鏡頭前昂首闊步，擁有那種與生俱來的歸屬感時，只要鏡頭一來到我身上，我腦中就只剩下這股雜音。就算經歷了這麼多年的訓練，我還是覺得攝影機是我的敵人——它一直在提醒我，外面的人會看著我的臉，然後想著：「她不屬於這裡。」所以我只專注在磨練技巧上，讓它們近乎完美無瑕——不會漏掉一拍、不會唱走任何一個音。截至目前為止，這很奏效。我也許並不完美，但我的天賦足以支撐我在月復一月、年復一年的篩選中，贏得現在的位置。

而現在一切都毀了。這是我的終點嗎？我會被踢出培訓計畫嗎？我試著要自己冷靜下來，安慰自己他們會參考我以前的表現，但我知道我在自欺欺人。有一年，他們裁掉一個女孩，只因為她拒絕去割雙眼皮。還有一年，他們把一整團練習生都踢了出去，因為他們在Instagram上貼了一張照片。他們可以為所欲為，而且十分無情。

我的喉頭一陣腫脹，我強迫自己嚥下口水。在臺上哭出來——或是展露任何情緒——只會更激怒高層而已。

當他們喊我上去唱歌時，我又深吸一口氣。這是我洗白的機會。我得唱得史無前例的好，否則一切就結束了。

有人遞給我一支麥克風，音樂就開始了。那是一首二〇〇〇年初的慢歌，流行歌經典之一。我深吸一口氣，開口唱起來。我的第一個音就唱壞了；我壓抑的情緒不小心流洩出來，讓我走了音。高層們的表情深不可測，但其中一人顯然正在勉強自己不要逃離現場。**不行，我不能讓這件事發生。我不會的。**

我閉上眼，繼續唱下去。我想著小時候躺在床上，和媽媽一起看著音樂影片的時刻。莉亞和我一起去中央車站的回音廊上，玩著歌曲接龍，一玩就是好幾個小時。還有，當我還是菜鳥練習生時，俞真姊會來學校接我，帶我去她最愛的卡拉ＯＫ，整個下午，就我們兩個人在那裡唱著九〇年代的老掉牙情歌。從我的孩提時期開始，音樂就是我的避難所。流行歌總是在那裡陪伴著我，讓我知道自己在這世上的立足點，給我一個理由以自己為榮，儘管全世界都覺得我不該如此。在一切的混亂中，只有它是真理，只有它是我的一部分。

我找到了我的節奏，嗓音像是衝浪選手般乘著音樂前進。然後我終於找到了。那股喜悅感，我之所以在這裡的原因。儘管我還是頭痛不止，我緊抓住這一絲希望，隨著歌聲，我的臉上露出笑容。

就在我唱到副歌的時候，我聽見一個嘹亮的合聲和我自己的聲音並駕齊驅。觀眾席上的人們倒抽一口氣。**現在是怎麼回事？我宿醉產生幻覺了嗎？**但那不是我的聲音。那是一道厚實的男高音，而當我轉過頭，我看見傑森從後臺走了出來，和我一起唱著。

我嚇了一跳，但這並沒有擾亂我的步調。事實上，他的聲音就像是另一波強力的水流，帶著我更深入歌曲之中，將我抬得更高。他看了一眼我的睡衣，對我揚起眉毛，像是他想起了一個只有我們才懂的笑話。我們的聲音交纏、相融，而我們並沒有轉開視線。他從舞臺的另一端朝我走來一步。雖然他沒有拿麥克風，他的聲音仍然嘹亮，完美地和我的歌聲結合在一起。我朝他也走了一步，和他相對。我們之間的空氣像是有某種電流，我們的聲音相撞，像夜空中的閃電般點亮了舞臺。整個觀眾席屏氣凝神，看著我們。

一個念頭閃過我的腦海。**我們注定要合唱的**。

我們朝對方走去，直到兩人之間只剩下一根手指的距離。他現在近得就像我昨天摔到他背上時那樣，或者當他在沙發上把我拉近的時候。

他向前傾身，而我可以看見他虹膜中的金棕色線條。他緊盯著我，讓我手上的麥克風接收他的聲音。我們現在真的是一起在唱歌。我們的聲音完美地合在一起，彼此搭配。

音樂緩緩地漸弱，他的手臂環住我的腰，我們一起唱出副歌的最後一句。我們對著彼此微笑，微微喘著氣。他的手臂圍繞在我身邊，顯得溫暖而強壯，而有那麼一刻，我們被沉默的空氣所包圍。

接著觀眾們爆出一陣掌聲與歡呼。其他的練習生和年輕訓練員雀躍地拍著手。只有米娜和她的黨羽們仍然保持沉默，一臉陰沉。

我不確定剛才發生了什麼事，但那一定是某種魔法。我微笑著，心臟在胸口跳動，而傑森回應了我的微笑。這不像他昨天傲慢的笑容，而是溫暖得讓我屏住呼吸。

他幾乎讓我忘了現在我的感覺有多麼糟糕。

然後，我的腸胃無預警地一陣翻攪。我只有一秒鐘的時間在心裡想道，靠，完了。然後我就一股腦地吐在傑森的白鞋上。

傑森眨了眨眼，低頭看著幾秒鐘前還潔白無瑕的Nike球鞋。四周的沉默震耳欲聾。然後有人爆出一陣大笑。我不需要回頭也知道那是誰。

我的臉頰因羞愧而漲紅，而我的身體則在胃酸的翻騰下不斷顫抖。我得離開這裡。我衝下臺，跌跌撞撞地衝出禮堂，飛奔過走廊，前往最近的廁所。我衝進其中一個隔間，同時又感覺到胃酸和膽汁從肚子裡湧上來。至少這一次我吐出來的東西是進了馬桶，而不是某個國際知名的韓星鞋子上。呃啊。

我一直吐到覺得自己的胃都翻了過來。

我把肚子裡所有的東西和自尊全都吐光了。

我低吟著在地上坐下，把頭埋在膝蓋裡，覺得厭世無比。我不知道地上的磁磚乾不乾淨，但我現在實在不太在乎。我很確定剛剛那是DB史上最可怕的大災難。我永遠都沒有臉回到舞臺上了。再見了，傑森。再見了，明星夢。

廁所的門被人打開，而我在隔間裡緊繃起來，緊縮在牆邊。我聽見恩地和麗茲的聲音出現在洗手臺邊，伴隨著唇蜜蓋子打開的聲音。

「所以，妳覺得呢？」麗茲問道。

「真不敢相信，他們居然沒有把她踢掉。」

他們沒有裁掉我。我的身體差點因鬆了一口氣而癱軟下來。

「魯先生說他們今天不淘汰任何人，因為今天就只是為了幫傑森找合唱的女歌手。」

我聽見口香糖泡泡破掉的聲音，而我可以想像恩地癟著嘴的模樣。

「但有人拍到那一幕嗎？我們應該要讓人把影片外流到媒體上的。」

靠。有人錄到剛剛的災難嗎？我豎起耳朵，想聽恩地接下來說的話。

「沒，但相信我，光是那個畫面就夠記憶鮮明了。這應該夠大家討論好幾個月了。」

麗茲咯咯笑著，然後嘆了一口氣。「妳說得對。我們應該做件T恤之類的。『二〇二〇瑞秋公主嘔吐慘案生還者』。」

「我只是很想看看最後米娜被選中的時候，她會有什麼表情。」恩地說。

呃。我希望她們只是說說而已。

「她很快就會知道了啦，那個表情一定很經典。」

當然了，最後她們一定會選米娜。

「我們想辦法拍張照吧——就可以放在T恤上面了！」

麗茲咂了咂嘴脣。「好啦，討論夠瑞秋公主了。魯先生剛剛在講ＤＢ秋季的家族巡迴，他一直看著我……」

我猛地一抬頭——有點太快了——她的聲音再也進不了我的腦海。我摀住嘴，身體因突然的動作而瑟縮了一下。我低聲哀嚎。新的一場家族巡迴。七年來的第一次。

DB要推出一個新的女團了。

我突然把一切都串了起來：米娜不只是想要和傑森合唱而已。她想要把我踢開。她一定早就知道家族巡迴的事。她也知道能和傑森合唱的人，最有機會會在秋季巡迴開始之前出道。

我聽見廁所的門又打開一次。笑聲和喊聲從走廊上傳來，然後門再度關上。我現在要怎麼出去？麗茲說得對——現在這是大家唯一的話題了。

人們八卦得越多，你就越有被八卦的價值。傑森昨晚的話在我腦中迴盪。

我緩緩站起身，朝廁所後面牆上的鏡子走去。一個女孩面孔蒼白、大汗淋漓——我的天啊，我肩膀上那是嘔吐物嗎？——但正眼神堅定地回望著我。米娜也許覺得自己大獲全勝，但她還沒有贏得最終的競賽。我還在這裡。而且我要確保我有被八卦的價值。

第五章

「動起來，瑞秋！」

我彎下身，用網球拍擋住臉，一顆螢光黃的小球則從我頭上呼嘯著飛過。呼，差一點。我隔著網球拍，看著我們最新的網球教練無奈地站在我對面。我們學校不請體育老師的，只聘專業運動員來當指導員——亞當．里彭來教溜冰，凱蒂．萊德琪教游泳，還有西蒙．拜爾絲教體操。現在，我則是被一位十六歲的加拿大網壇傳奇教訓，她才剛在澳網打敗席琳娜．威廉斯，並剛登上最新一期的《運動畫刊》和《Vogue》雜誌封面。

「網球的打法是用球拍打球。」她翻了個白眼。「不是用球拍當美國隊長的盾牌。」

「對不起，史洛特教練。」我直起腰，調整一下自己的白色網球裙，和成套的白色中空帽。

大部分的上課日，我都在倒數著週末的到來，好讓我回到ＤＢ進行培訓。我的手機上甚至有個倒數的應用程式，幫我倒數到每週五三點半的放學時間。但現在我把那個應用程式關掉了，因為學校是讓我轉移注意力的最佳選擇，好讓我不要一直回想自己當著所有練習生、訓練員和高層的面吐得傑森一腳的畫面。

過了三天，那股羞愧的火焰，已經從威脅著要把我整個人吞噬的熊熊大火，縮小為灼傷完後的傷疤。雖然還是會痛，也需要幾個重點的災難控管，但我會活下來的。應該啦，只要我不在體育課被飛來的網球打死就好。

我朝趙氏雙胞胎跑去，她們正在球場的另一邊，對著球場旁的三角錐發球。

「瑞秋，妳的黑眼圈也太慘烈了吧。」朱玄說著，一邊垂下球拍，靠近檢視我的臉。「我置物櫃裡有抗水腫覆盆子舒緩眼膠，妳可以拿去用。」

「真的有這麼慘嗎？」我問，有點緊張地摸了摸臉。

「嗯，這麼說好了，如果妳告訴我妳和米娜大打出手還打輸了，我也不意外。」慧利開玩笑地說道，一邊完美地把一顆網球打進角錐裡。她對著天空揮起拳頭。「啊哈！完全是角度的問題，親愛的。」

我嘆了一口氣，壓下一個呵欠。「我真希望她只是揍得我兩個黑輪。從那場意外之後，我還沒有好好睡一覺過。」

「妳得停止一直重播那個畫面。」朱玄說。「不要回想妳是怎麼毀了選秀、還吐在全韓國最紅、最受人喜愛的明星身上。」

「只有鞋子好嗎？」我防衛性地說。

「對啊，就是這樣。沒有那麼慘啦。全新的白色Nike，是不是？」

慧利哀傷地嘆了一口氣，抬頭望向天空。「安息吧，李傑森的鞋。你的生命真的太短暫了。」

雙胞胎躲在球拍後方笑個不停。我正準備回嘴，卻被一個巨大的呵欠打斷了。

「要命，妳真的整晚失眠、一直在想，對不對？」慧利說。

「不只是想而已。」我說。教練從一旁走過，我便假裝前後揮舞著我的球拍。她認可地點點頭，繼續往前走。我從網球裙裡拿出我的手機，打開Instagram，給雙胞胎看傑森和米娜合唱的照片。「我還得看著。DB已經宣布傑森和米娜要合唱了。」我扮了個鬼臉。他們的合唱從我的手機麥克風中流洩而出，而我唯一能得到一點安慰的地方是，米娜的臉又擺出那種扭曲的痛苦表情了；在經過六年的聲音訓練之後，我對她的那個表情再熟悉不過——這代表著她沒辦法真的唱到傑森那首歌副歌的音高。但顯然DB沒有注意到這一點。就像所有的韓國唱片公司一樣，DB對於社群媒體有嚴格的零容忍政策（跟零容忍的禁愛令同進退）——也就是說，他們不讓練習生公開自己的身分、也絕不會貼出練習生的照片。因為如果練習生被淘汰、或是真的像流言所說被送去軍校的話，之後處理就太麻煩了。如果他們願意公開張貼米娜的影片，這代表他們對這個合唱組合有很認真的計畫。對她有很認真的計畫。

慧利往下滑看著留言，大聲讀出來。「『吼，我這輩子都在等李傑森出獨唱曲啦。而且這個女生也太正了吧！』」

「『如果她和傑森合唱，她一定是DB最好的練習生。』」朱玄在她妹妹身後跟著讀道：「『他們站在一起實在太搭了。想想他們的孩子會長什麼樣子！』」

我哀嚎一聲，把手機搶回來塞進口袋裡。「拜託喔。我已經熬夜看了一整晚了。我不需要聽妳們唸出來好嗎。」

球場的另一邊，史洛特教練吹響了哨子。「打球時間，女孩們！準備雙打。排隊了。」

「嘿，朱玄！好喜歡妳昨晚那部激細眼線筆的影片喔。」元昭彌對雙胞胎露出甜美的微笑，硬是擠進我和慧利之間，當她推開我的時候，球拍還狠狠撞上我的膝蓋。

我已經習慣了。首爾國際學校是全韓國最排外的私立高中，收的學生全是上流社會中的上流人士：演員的孩子、政府官員的孩子、或是像昭彌這種女孩，她的爸媽和祖父母過去五十年一直經營著極星企業。她一直在拍朱玄和慧利的馬屁，但我既沒有信用基金，也沒有大公司可以繼承，我從來就沒有重要到會被她列入狩獵範圍。我的練習生身分也沒有引起她的興趣。我從自己的水壺裡喝了一口水，但昭彌突然旋過身來面對我。

「嗨，瑞秋。我聽說合唱的事了。」

我被自己的水嗆到。元昭彌在跟我說話？我瞄了雙胞胎一眼，但她們看來也和我一樣困惑。

她假意地抿起嘴，露出同情的表情。「朱米娜是大中超市老闆的千金，對吧？我們小時候有一起在普羅旺斯過一次暑假。」當然了。「有錢又有才。」她對我吐了吐舌頭。「她得兩分，妳還是只有零分。我還以為DB對他們的練習生有個基本的要求呢。」

朱玄向前踏了一步，像是準備要拿自己的球拍砸昭彌的臉了，但我們的另一個同學古慶美，卻突然擠到我和昭彌之間。

「別聽她亂說，瑞秋！」慶美大喊。我錯愕地瞪視著她。慶美是朱玄的頭號粉絲，總是追著朱玄說要幫她拿書或午餐托盤，還會在她的置物櫃上偷貼小禮物。有一次她甚至帶了一隻小狗來學校，就只為了要讓朱玄在下課時間可以玩，但後來小狗在南邊草坪上撒了一大泡尿，校長就叫她帶回家了。這是她第一次跟我說話。

慶美用雙臂環住我的肩膀，她的馬尾幾乎要甩中我的臉。「妳對這個合唱組合一定覺得心情很複雜吧。妳還好嗎？妳知道，如果妳需要找人聊聊的話，我一直都在，對吧？跟練習生有關的任何事，妳都可以告訴我的。」

「謝了……慶美……」我一邊說一邊從她鉗子般的雙臂中抽出身來。「但我沒事啦。」

「真的嗎？妳確定？嘿，我們應該要穿著網球裝自拍一張啊！」她抽出手機。

「球場上不准用手機！」史洛特教練說道，一邊朝我們大步走來。她伸手指著昭彌和慶美。「妳們兩個，上去吧。換妳們雙打了。」

昭彌發著牢騷，拖著腳步往球場走去。慶美遺憾地看了我一眼，跟著昭彌往前走。史洛特教練轉過身來看著我，瞇起眼睛。

「抱歉，教練。」我急急忙忙地說，開始做起青蛙跳。「我在熱身了！」

「等等。」她說，回頭看了一眼其他學生們，然後靠在我耳邊低語：「傑森跟米娜真的在交往喔？」

我目瞪口呆地望著她。認真的嗎？就連著名的網球冠軍和雜誌封面明星都在八卦這個？

她看見我的表情，便抓了抓後腦勺，笑了起來。「我只是在開玩笑啦，看不出來喔。」她尷尬地清了清喉嚨，然後轉頭面向球場上的兩人。「發球發得好，慶美！」

⋯⋯⋯⋯✦

首爾國際學校設在漢南洞的邊緣，和江南隔著漢江對望，是首爾最時尚的地區之一。它被全城最富有的三個住宅區所包圍，房價高居不下，因為首爾的菁英們熱愛這裡的設計師名牌和高級餐廳，而且和首爾的其他地方比起來，這裡的空間寬敞舒適。這也許就是為什麼我們學校可以在全世界人口最密集的都市之一中，一口氣占用五畝半的完整土地。除了標準尺寸的網球場、奧運等級的室內游泳池、完整的跑道和足球場之外，我們學校還有室內與室外的劇場、電影放映室和溜冰場。園藝社在學校川堂種滿紫紅色的蘭花，沿著車道一路延伸至中央的教學大樓，每週三，煙火協會和攝影社還會上演一齣足以媲美國國慶日的煙火秀。

下課後，我和雙胞胎們一同前往更衣室的途中，我看見一張巨大的海報，在宣傳下個月的職業博覽會。還不知道未來要做什麼嗎？馬克·祖克柏和梅根·艾莉森將親自為你解惑！我打了個寒顫。我知道我媽會希望我去的。她和爸之所以犧牲這麼多，讓我和莉亞進這間學校，有一部分的原因也是為了這個。當外婆過世時，她有留給媽媽一些錢，而我知道這些錢大部分都拿來繳我和莉亞的學費——而不是幫助爸爸做他的拳擊訓練館生意。「想想妳會接觸到的機會。」當我跟她我可以去我們家附近的公立學校時，她叫我安靜，然後這麼跟我說。

我的未來在哪裡呢？我一邊想著，一邊任淋浴間的溫水灑在我的身上。自從選秀日之後，已經又過了三天，但我還是不知道該如何得到大家的注意。我回想著網球課時昭彌和慶美第一次跟我說話的場景。但那是因為DB的Instagram貼文啊。他們不可能會貼關於我的東西。對吧？

等我們盥洗完成後，我便跟著雙胞胎走出更衣室，卻差點迎面撞上一位留著鬆軟中分頭、戴著金屬細框眼鏡的男孩。當他舉手打招呼時，還故作面無表情。

「大鎬！」慧利說。她的臉頰一陣泛紅，嘴角出現一抹淺淺的微笑。

「嗨。」他越過我的肩頭望去。「準備一起上工了嗎，慧利？」

「你不用大老遠過來接我啦。我可以過去工程實驗室找你的。」

「沒關係。」大鎬說。他瞥了一眼朱玄。「我不介意。妳好嗎，朱玄？」

「我很好，謝了。」朱玄說。她挽住我的手，對我擠眉弄眼了一番。「我是不是該帶妳去學生中心，讓慧利去工程實驗室宅她的實驗去？現在天氣比較暖一點，他們好像又把紅豆冰的機器擺出來了。」

大鎬的耳朵豎了起來。「妳們喜歡紅豆冰嗎？我剛好是個紅豆冰專家。我用科學方法調整了刨冰和紅豆的比例，創造了最完美的食譜。我還發明了自己的刨冰機。」

「呃……哇喔，大鎬。真不知道你原來這麼有深度。」朱玄說。大鎬看來對朱玄的評論感到非常快樂，我則咬住嘴唇，壓抑住一陣笑意。

慧利來回看了朱玄和大鎬幾眼。「我很愛紅豆冰啊。」她提議。「你下次可以做給我吃吃看嗎？你的食譜聽起來超棒的。」

大鎬點點頭，頭髮在臉頰兩側擺動著。「當然了。」

慧利愉快地笑起來。

「我可以做給妳，然後妳再分給朱玄。」

「喔……好啊。當然。聽起來不錯啊，大鎬。」她漫不經心地對我們揮了揮手，跟著大鎬沿走廊前進。「待會見啦。」

我同情地對她揮了揮手，然後看了朱玄一眼。她正用手機檢查著自己的眉毛，完全沒意識到自己眼前才剛上演一齣三角戀的戲碼。作為一個聰明的女孩，她有時候真的是遲鈍得可以。

「走吧。」她把手機丟進體育課的提袋裡，然後抓著我走過走廊。「刨冰在等我們了。」

我拖著腳步往前走，陽光透過學校的巨大玻璃窗灑在地上。學生中心是我現在最不想去的地方。那裡總是聚集著圍繞在電視旁的學生，電視上則經常播著音樂影片。我現在實在不想被人追問傑森和米娜的事情。

「還是我們去彩繪玻璃圖書館啊？」我轉過身，試圖引誘朱玄跟我一起去學校另一端的大圖書館。這間圖書館的彩繪玻璃窗，是由某一屆的學生為畢業展設計的《美女與野獸》開場畫面，因而得名。

「怎樣？好讓妳躲在圖書館角落自怨自艾嗎？」

「我是沒打算要自怨自艾啦。」我說。技術上來說，這是實話。我的打算是縮在圖書館的某一張扶手椅上，用筆電看《噬血Y世代》的重播。

「對不起了，瑞秋。妳現在需要的是正面迎戰，不是什麼克勞斯和卡洛琳給你的精神撫慰。」

可惡。她實在太了解我了。

隨著學生中心越來越近，我聽見了學生們興奮的嘈雜話語聲。「連到大螢幕上！」我認出慶美尖銳的聲音，身體一僵。他們是在把傑森和米娜的照片傳到電視上嗎？我才剛逃離我的Instagram惡夢，我實在不想這麼快就進入另一個。

「所以，圖書館……」我開口，但在我說完之前，朱玄就已經把我推進了學生中心。一大群學生聚集在平面電視前，手上抱著刨冰的碗，坐在鬆軟的皮沙發上，全都傾身向前，看著……一個美妝部落客的影片？嗯，這跟我想的不一樣。

慶美轉過身，看見我和朱玄走向他們。「欸，妳們！看看這個新的部落客！一個住在水原市的女生。她的眼影技法真的是前所未見。」

在我身邊的朱玄愣了愣。「她的點閱率有多高？」朱玄問。

「喔，超扯的——十二小時就要破五十萬點閱了。一夕爆紅耶。而且她現在有快要四百萬訂閱了！」

「可是……我都還沒有四百萬訂閱。」朱玄不可置信地說道，然後朝刨冰區踱步而去。我看著螢幕上的女孩用閃亮的粉底打底，接著便把自己的眼皮化成一枝枝粉紅櫻花盛開的樹枝，每一朵都以一顆小珠寶作為點綴。朱玄把一碗刨冰塞進我手中，但隨著時間過去，冰逐漸融化，變成一碗混合了牛奶和果醬的湯汁，我還是無法轉開視線。這部影片有某種魔力。

「不覺得很扯嗎？她以前只是個普通的女生，在房間裡玩化妝品而已，然後下一秒就變成網路紅人了。」

我眨了眨眼睛，思索著我同學說的話。一部走紅的影片的確可以帶來巨大的影響。我腦中的齒輪開始轉動，朱玄則在此時挽住我的手臂。「呃，這裡討厭死了。我們可以去圖書館了。」

我大笑著，靠過去吻了吻她的臉頰。「那個女生根本就比不上妳。妳有發現她的化妝品甚至不是有機的嗎？慧利會氣死！」

朱玄露出微笑，好像真的有被安慰到了，我則把剩下的融化刨冰喝完。

「好吃吧？」朱玄說。「妳正需要這個，不是嗎？」

「喔。」我咬著湯匙微笑。「百分之百。」

第六章

我剛開始在ＤＢ受訓時，總是很想家。當我忍受不了時，俞真姊會讓我躲在她的辦公室裡哭。她會輕輕撫摸著我的背，我則會深呼吸，吸進她放在書櫃和桌上的盆栽所散發清新的尤加利葉味。直到現在，尤加利葉的味道，就和紐約每個街角都會有的炒堅果味一樣，會讓我想起家。

「坐吧。」俞真姊說，在我和明里和她低頭打了招呼後，便催促我們進她的辦公室。她對著桌子前的皮椅打了個手勢。然後她瞇起眼看著我的臉。「妳的眉毛發生什麼事了？」

「喔，呃……」我心虛地微笑著。「我是在嘗試新造型啦。」今天的美姿美容課程教的是眉毛修整。明里天生的粗濃眉毛，很容易就能符合韓國理想型的「平眉」，但我的就需要多一點照料，而我拔眉拔得有點太過頭。我搓搓我的左眉，希望至少我的眉筆能遮掉一部分被我拔光的地方。

她皺起眉，向後靠在椅子上，雙臂交疊。「我能幫上什麼忙嗎？」她問。

她的聲音中帶著一絲我不太熟悉的冷冽感，讓我不太自在。我瞄了明里一眼，她則鼓勵地點了點頭。**好，我可以的**。我深吸一口氣，然後開口。

「我有個點子，或許可以讓我贏回和傑森合唱的機會。」我說。我對明里點點頭，她便抽出她的手機。她舉起螢幕，播放起那部美妝部落客走紅的影片。「妳看過這個嗎？」我問。

「當然。櫻花季是上週末，到處都看得到這個影片。」她的眉皺得更深了。「妳想表達什麼？妳想要靠某種誇張的眼影影片來挽救妳的舞蹈表現嗎？」

我瑟縮了一下。我知道，隨著我越來越近出道的年紀，現在事情已經不一樣了，但我有時候還是很懷念俞真姊會讓我坐在這裡哭的時光。「不完全是。」我繼續說下去。「但妳自己也說了，到處都看得到這部影片。現在就連SKII都想要贊助她，她擁有了她這輩子想都沒想過的各種機會。只要有一部影片走紅，人們就會口耳相傳。其他人就不得不聽。」

我撥弄著飛行夾克的袖口。我幻想著自己像參加大都會美術館慈善晚宴的珊卓布拉克那樣，昂首闊步地走出俞真姊的辦公室，像是什麼犯罪集團的首腦，還有一群超猛的女人當我的後盾。我深吸一口氣。「我們都知道米娜的聲音配不上傑森。我在想，如果我唱歌的影片能紅起來，也許高層會注意到我吸引了多少眼球，然後再給我一次機會。」

俞真姊沉默著。明里和我期待地傾身向前。

「這是我這輩子聽過最荒謬的點子了。」

我的肩膀一垮。我的《瞞天過海：八面玲瓏》小幻想就這樣破滅了。

「妳在選秀上的表現不只是讓人失望而已，瑞秋。那根本就是一場災難。」俞真姊瞇起雙眼。我陷入椅子裡，但俞真姊還沒有說完。「妳已經在ＤＢ待了六年。妳知道這些事是怎麼運作的。沒有人逼妳待在這裡，妳得自己做選擇。妳得有那個決心。我還一直接到報告，說妳連媒體訓練課都還沒辦法通過，我怎麼能相信妳能唱好跟傑森的合唱？而且妳還是有鏡頭恐懼症，要怎麼靠拍影片走紅？」

我的喉頭湧起一股灼熱。她說得對。她當然說得對。一股羞恥與慚愧的感覺流過我全身。我怎麼會覺得自己能輕易補救這一切？我咬著嘴唇，點點頭，低頭看著自己的大腿，逼自己不要哭出來。

「我在跟妳說話的時候，請看著我。」俞真姊銳利地說。我猛地抬起頭。「我們全都對妳有很高的期待，瑞秋。我對妳有很高的期待。妳不止羞辱了你自己，瑞秋，妳也羞辱了我。作為ＤＢ的訓練長，我的名聲現在岌岌可危！妳的表現讓我們兩個都蒙羞。所以告訴我，妳憑什麼有第二次機會？」

沈甸甸的羞恥感讓我喘不過氣。「我真的、真的很抱歉，俞真姊。我知道我讓妳失望了。但我也知道我還可以做得更好。請給我第二次機會，因為……因為……」

俞真姊冷酷的目光直直打在我的身上，讓我回想起嚴格而空洞的攝影機，我低下頭，覺得我的語言能力正在一點一滴流逝。我還能說什麼呢？沒有任何文字能讓我彌補這一切了。

「因為妳記得瑞秋和傑森合唱的時候是什麼樣子。」明里握住我的手，插嘴說道。她直直望著俞真姊的雙眼，振振有詞。「我知道妳也感覺到那股電流了。我們都有感覺，他們注定是要一起唱歌的。妳能否認嗎？」

俞真姊用著同樣強烈的目光回望她。「那妳們又計畫怎麼面對ＤＢ的社群禁令？」

「如果是我們自己貼文，那的確是違反規定了。」明里調皮地微笑。「但如果那部影片沒出現在瑞秋自己的頁面上，那技術上來說就不是她的錯了。如果一部她在唱歌的外流影片正好走紅了，那有什麼關係呢？」

好，也許我不是珊卓布拉克，但明里就是這場戲裡的凱特布蘭琪了。我心想著，並對她在對的時機說正確的話的能力感到讚嘆不已。**她現在只需要一套閃亮亮的合身褲裝就好了**。

俞真姊的眼神朝我掃來，而我快速抹掉在眼角威脅著要落下的淚水，一不小心就抹糊了我的眉毛顏色。靠。我真是一團糟。也許我太傻太天真，才會以為俞真姊會和以前一樣幫我的忙。就算是我的心靈導師，她也是有她的極限的，而我顯然已經遠遠超越了那個極限。

我小心翼翼地抬頭，對上她的視線。她的眼神軟了下來，嘆了口氣。「那個表現是真的不錯。」她說。

我的心臟用力一彈。「如果我有第二次機會，我保證我不會搞砸的。」我很快地說道。我深吸一口氣。「是妳教我要相信自己的，我知道我做得到。」

俞真姊摩挲著她桌上的一小盆竹子。然後她從一個小托盤上拿起一張名片，翻過來，用俐落的筆跡寫下幾個大字。她把名片推給我。上面寫的是梨泰院的某個地址。

明里和我抬眼看著俞真姊，她則給了我們一個淘氣的微笑。

「明天晚上訓練結束之後。到這裡來找我。」她說。「確保沒人跟蹤妳，聽懂嗎？」

明里尖叫一聲。「這代表妳會幫我們囉？」

「這代表這段對話已經結束了。」俞真姊對著門點點頭。我則把名片收進外套口袋裡。

「瑞秋。」當我們準備離開時，俞真姊說道。我回頭，她則微笑著。「明天想辦法處理一下妳的眉毛，好嗎？妳在接下來要紅遍全世界的影片裡，應該會希望自己看起來是最好看的吧。」

我的心中湧起希望。我低頭鞠躬。「謝謝妳，俞真姊。我不會讓妳失望的。」

我站在臥室的鏡子前，把頭髮盤成芭蕾舞者的高髮髻，好露出我淺紫色上衣的小圓領。呃，我看起來像個圖書館員。

我把髮髻拆開，脫下上衣，抛在地上一大團被我放棄的衣服上。還是我應該要穿全身黑，搭配皮夾克和破褲？也許試試看豹紋蓬蓬袖長裙？我把高腰褲拉到腿上，然後穿上一件成套的寬鬆丹寧襯衫，看了一眼鏡子裡的自己。我想要穿得像是「嘿，你可以相信我的。選擇我，你不會後悔的」。而不是「嘿，我是瑞秋，我是一隻迷路的藍色小精靈」。

我打開衣櫃，繼續搜尋其他的搭配選項。衣櫃門的內側貼了幾張照片，而其中一張吸引了我的注意：十一歲的我和幾個表親在一間首爾的ＫＴＶ裡，那是那年的家族旅行。我整個暑假都在期待去那間ＫＴＶ的行程：那些塞滿麥克風和皮沙發的小房間，還有鏡球在牆上灑下七彩霓虹光線、小鈴鼓、吃不完的點心。在那之前，我從來就只會在我們紐約的小公寓裡唱歌——我等不及要進行一場真正的表演，好像一個真正的明星歌手，就像我這麼多年來在音樂影片上看到的那樣。

這也是我認識俞真姊的那一晚。我剛唱完泰勒絲的那首〈超有型〉，我的表親們全都在歡呼叫好，我突然聽見某人在我身後鼓掌。我轉過身，看見一個女人留著鐵青色的頭髮，靠在打開的門邊（我表姊去上廁所回來之後忘了關門）。她問我叫什麼名字，說我讓她想起了一個她以前認識的歌手。然後她眨了眨眼，給我名片，然後叫我請爸媽打給她。

我拿出一條灰格子的寬褲和一件短版白色高領毛衣。關上衣櫃門，在桌上的飾品盤裡面翻找，直到我找到那兩個金色大圈耳環，我把它們滑進耳洞裡，然後把頭髮在頭頂上盤成一個慵懶的髮髻。「完美。」我對自己說，然後抓起我的包包，踩進一雙懶人涼鞋裡。

在那之後，俞真就一直在我身邊。孩提時期，我就已經深深愛上流行音樂。但她幫我把我小小的、看似遙不可及的童年夢想變成了現實。她讓我知道，在這個世界上，有一群人，和我對流行音樂有一樣的感覺——因此成為一個流行歌手才會這麼特別。我想說故事、想要和全世界的聽眾有所連結。她告訴我，身為韓裔美國人，在這個產業裡是多麼與眾不同。她讓我以一種全新的方式愛上了流行音樂。我不能讓她失望。不能再一次。

✦

「我覺得我們應該迷路了。」

我低頭看著俞真姊給我的名片。過去二十分鐘，明里和我在梨泰院的同一條街上走了好幾趟，但這個地址根本就不存在。我們已經路過同一間辣炒雞排餐廳太多次，裡面用餐的客人都開始懷疑地看著我們了。

「我們再往那邊走一次好了。」明里說。她調整了一下自己黃色削肩上衣的領口，而我已經可以看見她的脖子後方開始泛紅出汗，那是她開始焦躁的證明。「我們還沒有看過咖啡豆專賣店的後面，對不對？」

「只看了大概六次吧。」我說。我把一綹頭髮從臉上吹開，嘆了口氣，繼續盯著我手上的地圖軟體。「我不懂耶，應該要在這裡才對啊。」

「我的天啊。」明里說。

「我知道，對吧？我連我們在找什麼都不知道！」

「我不是在說那個！」明里抓住我的手臂，把我拖到一排停在路邊的摩托車後方。她指著對街，一名留著落腮鬍和小馬尾的高大男人，正從一間棕色小屋的破爛鐵門中走出來。他戴上太陽眼鏡和一頂毛帽，一路遮住自己的前額。「他是《甜蜜夢鄉》的韓旻奎！」明里驚駭地喊道。

我一臉呆滯地看著她。過去這六年，我實在沒有時間看劇。

「妳一定知道啦。他就是在朴都熙摔下男朋友的摩托車，失憶之後綁架她的人啊。他假裝是她的醫生，溜進病房裡。瑞秋，他還讓她以為自己一直以來愛的都是他！」她的額頭擔心地皺了起來。「我們最好躲起來。誰知道他還能做出什麼事？他現在就可以綁架我們兩個了。」

「呃，明里，那只是個角色而已。妳知道，他本人可能不真的是一個會竄改人家記憶的綁架犯。」

「喔，對啦。」明里頓了頓，朝他消失在巷口的方向瞇起眼。「但不管怎樣，我就是不相信他。」

我朝那棟房子瞥了一眼。它毫不起眼——我先前甚至沒有注意到它：所有的窗戶都加了窗貼，看不到裡面，所有的外牆也都斑駁得需要好好粉刷了。但也許……好奇心油然而生，我向明里打了個手勢，要她跟上我。

我一拉門把，門就平滑地打開了，露出一條狹窄的木頭走廊。我們踏了進去，門便在我們身後關上。明里轉向我，面孔一片蒼白。「我們剛剛是不是說好了今天不要被綁架？」我叫她安靜，一邊豎起耳朵。

「妳聽見了嗎？」我問。

「妳說我們即將身亡的聲音嗎，當然了。」明里戲劇化地低語道。

「不是啦，阿呆。我是說音樂聲。」

走廊盡頭是一塊厚重的紅色簾幕。我聽見另一側傳來陣陣樂聲。我轉向明里。「準備好了嗎？」

她緊張地四下張望了一下。「還沒？」

我大笑，牽起她的手，然後鑽過布簾。

我們四周的牆上全是精緻的畫作，畫面就像是直接從某個法式花園裡擷取下來一般栩栩如生。我們頭頂上的天花板爬滿了粉色與紫色的紫藤，從一個巨大的水晶燈上垂下來，反射著金色與乳白色的光芒。房間裡盡是寶石色的蓬鬆座椅，人們坐在位置上聊天，聽著房間右側一座巨大舞臺上，一個男人正用鋼琴彈著爵士樂。房間裡瀰漫著可頌麵包與玫瑰花瓣的味道。我瞥了一眼離我最近的桌子，看見一個女人手中的咖啡杯，上面的拉花天鵝精緻完美得像是要展翅從杯中飛出來。

我的媽啊。這是什麼地方？

一個聲音喊道：「瑞秋！明里！」將我從出神的狀態中喚回。俞真姊朝我們跑來，她的粉紅色頭髮和青銅耳環在她身後飛舞。她一手一個環住我們的肩膀，神色愉快。「妳們也差不多該到了，歡迎來到光澤俱樂部。」

「這是什麼地方？」明里問。「還有，妳知道韓旻奎嗎？」

「我可以告訴妳。」俞真姊一邊帶領我們穿過房間，一邊笑著說。「但我覺得另一個人的故事應該說得更好。」

她在一個舒適的角落包廂前停下來，一個看起來似乎很眼熟的年長女性坐在那裡，用瓷器茶杯喝著茶。她看起來就像是從一九四〇年代的好萊塢走出來的明星，銀髮梳成一個老派而華麗的髮髻，肩上隨性披著一條我這輩子見過最奢華、繡工最精美的絲綢披肩。

「瑞秋、明里，這是我媽媽。」俞真姊說，一邊在女人身邊坐下。「鄭宥娜。」

鄭宥娜？俞真姊剛剛說她媽媽是鄭宥娜？

我聽見身旁的明里倒抽一口氣。「妳就是鄭宥娜？」明里說。她轉向俞真姊。「哇，姊，妳怎麼從來沒告訴過我們，妳媽就是流行樂壇的傳奇偶像？」

我簡直不敢相信。鄭宥娜是個傳說般的人物。在她之前，韓國流行樂壇幾乎等於不存在。現在，在她退休了四十年之後，全世界的人都還是知道她的名字——而且都還愛著她。Electric Flower 去年的演唱會，甚至還有花二十分鐘的時間，致敬她幾首最經典的成名曲。

我立刻挺直身子，向前行了一個九十度的大禮。「您好。」

明里很快地跟上我的動作。宥娜輕笑了起來，拍拍身旁的空位。「哎，那是很久以前的事啦。我把歌壇留給妳們這樣的年輕女孩了。」

俞真咧嘴一笑。「妳們兩個怎麼變得像魚一樣？在蒼蠅飛進去之前，趕快把嘴巴閉上吧。」

我逼自己閉上嘴巴，並強迫自己露出一個平靜的微笑，儘管這一切都讓我覺得驚愕至極。「所以，我們現在究竟是在哪裡？」我瞥了明里一眼，她的雙眼看起來還是像要彈出眼眶的樣子。

「光澤俱樂部是一間地下咖啡廳，是我為韓國名人們所開設的。」宥娜邊說邊從茶杯裡啜飲著她的茶。「這裡是讓人放鬆、躲避粉絲和狗仔的地方，就算只有一下下也好。我還在這個產業裡的時候，並沒有這樣的地方，但這是我自己夢寐以求的環境。然後幾年前，我突發奇想：如果我真的這麼想要這樣一個地方，我何不自己打造一個？我花了一點時間才找到適合的地點，但目前這裡我們都挺滿意的。」

「這真的超酷的。」明里說，她的眼睛瞪得更大了。「我的意思是，我聽說過有個專門給明星去的祕密咖啡館，但我從來沒想過這是真的。」

宥娜笑了起來。「如假包換。現在，告訴我，妳們覺得這些紫藤花如何？我一直在考慮，是不是要走更極簡一點的路線……」

明里露出燦爛的微笑，和宥娜討論起裝潢。桌子的另一邊，俞真牽起我的手，站了起來。「我們很快就會回來。」明里對我們揮了揮手，宥娜則開始和她聊起碎絨和平絨的優缺點。

「俞真姊。」當我們穿過咖啡廳時，我說道。我試著不要一直盯著我身邊的名人們看，但——我的天啊。坐在那裡的是朴都熙和金燦宇嗎？他們在《甜蜜夢鄉》中飾演一對戀人，但看著他們隔著一盤馬卡龍彼此對望的眼神，看來他們在現實生活中也在交往。我撇開視線——畢竟，他們來這裡，就是為了要避人耳目的。「妳怎麼沒跟妳媽媽一樣成為一個歌手呢？她是好多人的繆思女神啊！」

「我的確是受她啟發。」俞真姊輕鬆地同意道。「只是是用不同的方式實踐。我很年輕就知道，我是不屬於舞臺的。我只想要把我從媽媽身上學來的一切，用來指引下一代的明星們。」她握了握我的手。「那些屬於鎂光燈的人。像是妳。」

我的心跳倏地加快，我嚥了嚥口水。屬於鎂光燈的人。我回握了她的手。

她領著我走到一張靠近舞臺的桌子，並拉開椅子讓我就座。我坐了下來，因為自己身在全韓國最出名的明星們之間和俞真姊聊天而心滿意足。這感覺就像以前一樣（嗯，如果把首爾的社交名流們換成幾盆植物的話就更像了），但我還有一件事搞不清楚。

「俞真姊，這個地方真的很酷。但是，呃……」我壓低聲音。「我們究竟在這裡做什麼？我們的影片呢？」

俞真姊眨眨眼。「妳等一下就知道了。我先幫妳倒杯飲料，馬上回來。」

她消失在舞臺邊的咖啡吧檯旁。我的手開始緊張地不知所措，所以我抓起一張紙巾，開始在角落塗鴉。俞真姊有什麼計畫？也許她是要讓我和她媽媽一起合唱？那絕對會爆紅的。喔，或者是她要讓都熙和燦宇在影片裡客串？我暗自笑了起來。莉亞的朋友們絕對會很吃這一套的。我在整張紙巾上畫滿了奇怪的曲線和小花，然後我把它推到一邊，開始玩起桌上的茶匙。我嘆了口氣。俞真姊為什麼這麼慢？

我打量了房間一圈，本來是要尋找她的身影，卻正好看見都熙和燦宇坐在他們的桌邊，雙唇相接。啊哈！他們果然在交往！莉亞聽到了一定會瘋掉。我完全沉浸在自己的思緒裡，一不小心把茶匙彈飛，不偏不倚地砸中我的鼻子。

「噢！」我揉著撞到的地方，四下張望，希望沒人看見。幸好在這個地方，我絕不在引人注目的名單上。我放鬆地嘆了一口氣，向後靠著椅背。

「哇……那看起來很痛耶。」

第七章

傑森拉開我身邊的一張椅子，坐了下來。他的毛衣袖子捲到手肘，而我不得不注意到他的手臂有多漂亮。他的皮膚黝黑，肌肉結實，光滑得驚人。而且很壯。我腦中閃過我們在合唱的最後，他用手環住我的畫面，忍不住嚥了口口水。就在我把一整晚的燒酒和香檳都吐在他的鞋子前一秒。

這段記憶不禁讓我的臉頰灼燒起來。「你在這裡幹嘛？」我結巴地說。冷靜啊，小姐。

「是妳坐在我的老位子上唷。」他說。他傾身向前，眼角微微皺起，嘴巴湊在我耳邊低聲說道。「讓我猜猜看，妳在跟蹤我吧。」

我逼自己笑了一聲。也許我做的這一切都是為了要搶到和他合唱的機會，但我實在不想滿足他已經夠膨脹的自我。整個DB已經為他貢獻夠多八卦了。

他靠回椅背上，咧嘴一笑。「我覺得我讓妳很緊張。」

我的臉紅得無地自容。「並沒有。」我有點太用力地說。「我覺得你有妄想症。」

「真的嗎？因為妳的臉超紅的。」他把一隻手貼到我的臉頰上。「而且很燙耶。」

我把他的手拍開。「不好意思喔，我不記得我有准你碰我。」

他投降地舉起雙手。「妳說得對，對不起。我只想確認妳沒事……我們不會希望有人在鄭宥娜的地盤上出事，對吧？那會把所有的影星都嚇跑的。」他裝模作樣地壓低聲音，對著都熙和燦宇打了個手勢。「他們腸胃不好的事可是眾所皆知的呢。」

此時，一位服務生來到桌邊，手上端著一個盛著兩杯咖啡及甜點的托盤。傑森伸手接過咖啡，一邊對她露出一抹完美的微笑。「時間點抓得真好。妳怎麼知道我現在正需要這個？」

她咯咯笑著，低下頭，然後退開。老天，他就非得要對所有人放電嗎？

「順帶一提，我原諒妳了。」傑森邊說邊把半罐糖倒進自己的咖啡杯裡。「我是說妳吐的事。」

我緊張地看向他。

「我是說，我不得不把我最喜歡的球鞋扔了，但除此之外……」他咧開嘴，現在轉而對著我露出那抹完美的微笑。

我感覺到自己的肚子一陣緊縮，但我逼自己忽略這一點，只對他翻了個白眼。「多謝喔，很高興有人會被我這輩子最糗的體驗逗笑。」

他的臉微微垮了下來，咬了咬牙。「好啦，好啦！鞋子的事，我是開玩笑的嘛。但認真說，我知道ＤＢ的選秀有多讓人緊張。我也經歷過。」

如果我當下只是緊張就好了。但我知道這次他是說真話。我點了點頭。「謝了。」

我是說真的。」

他露出微笑，然後把整壺牛奶擠進自己的杯子裡，直到一滴也不剩。他把牛奶壺甩了甩，然後對我抱歉地皺了皺眉。「對不起喔，妳想要加嗎？」

「沒關係，我喜歡黑咖啡。」我對著他焦糖色的飲料皺起鼻子。「而你顯然喜歡喝奶昔口味的咖啡。」

「我能說什麼呢？我就嗜甜啊。」他眨了眨眼睛，啜飲著他那杯可怕的飲料。我們之間降下一陣沉默，雖然感覺並不尷尬，但也不是舒服的那種。我的心中仍然在擔心那部影片的事。俞真姊究竟在打什麼主意？

「所以瑞秋，告訴我。」傑森邊說邊伸手探向一塊糕點。「除了熱愛時尚睡衣和咖啡基本教義派，妳還有什麼特質是我必須知道的？」

我在腦中搜索著可以說的話。我是個練習生？但他已經知道這一點了。我為了出道會不擇手段？但他自己已經體驗過了。我在這裡，是希望能拍一部會走紅的影片，讓所有人知道我的聲音比米娜好得多了，這樣魯先生和DB高層就會看到，然後讓我和你合唱？但我當然不能這樣跟他說。幸運的是，那名女服務生再度出現在桌邊，將一個小小的白色托盤放在桌上。傑森的臉上露出微笑。「妳一定會喜歡這個——這是宥娜最出名的點心。」他拿起托盤旁的一個小碗，開始將溶化的牛奶巧克力倒在碗中央一顆剔透的翻糖球上，球體內像是塞滿了草莓和可以食用的花朵。球體融化，裡頭的內餡漫了出來，覆蓋在一層層的黑莓奶酪和碎薑餅上。呃，哇喔。

「這的確比我上一次吃的點心好多了。」我滿口都是巧克力和草莓，口齒不清地對傑森說道。「我媽上次帶了一些糕餅回家，我就拿了一塊，以為會是水果夾心之類的——但那裡面塞的是香腸！還有玉米！還有一種甜甜的醬。」

「香腸小麵包偽裝成普通的甜點。」傑森邊說邊放下他的湯匙。他失望地搖搖頭。「爛透了。」

「為什麼韓國人一定要什麼都加熱狗？」我邊說邊挖起另一大口奶酪。

「還有起司。」傑森補充道。「他們什麼都要加起司。起司拉麵。」

「起司拌飯。」

「起司炒雞排。」

「起司香腸。」

他大笑起來。「可以在起司香腸上再加上一份起司香腸嗎？」

「當然了！這裡可是韓國。你當然可以點一份起司香腸口味的起司香腸。」

我們爆笑出聲，而有那麼一秒鐘，我決定放下一切。沒有DB、沒有米娜，沒有任何計畫或爭取最後機會的打算。好像我和傑森只是平凡生活中的平凡朋友，一起喝著咖啡、吃著高級的點心。但接著那一秒就結束了，我的笑聲也隨之消逝。我不確定DB的禁愛令範圍有多廣，但我很確定，練習生和一名DB的超級明星一起說說笑笑、吃著糕點的行為，絕對不在認可範圍內。我彆扭地轉開視線，拿起我的紙巾，準備把嘴巴上甜膩的醬汁擦掉。

在我意識到他的行為之前，他伸出手，抓住我的手腕。我身子一僵，看向他的雙眼。他正盯著我的嘴脣。**我的天啊。他是要……？**但是不行啊！

「妳的紙巾上畫的是什麼？」

呃？他把紙巾從我手中抽走，壓在桌上攤平。喔。所以他剛才真的不是要……我的臉頰一片緋紅。

「什麼都不是啦。」我邊說，邊試著把紙巾從他手上拿回來。他把紙巾拉得更遠，直到我伸手可及的範圍之外，我嘆了一口氣，放棄掙扎。「那只是塗鴉而已。我無聊的時候會畫畫衣服之類的東西。」

「衣服？」

「對啊，衣服。我是在世界的時尚中心長大的。我一直都很喜歡觀察路人的衣服。」

他什麼也沒說，眼神掃過整張紙巾。我突然覺得很赤裸，好像他正在翻我的衣櫃一樣。

「這些真的是妳畫的啊？」他說。他的聲音聽起來很意外，但並不會不友善。「畫得很好耶，真的很好。」

當他再度看著我時，他的表情很坦然，很真誠。也許甚至有一點驚艷。我覺得他下一秒就會開口要我畫他了。所以，不。我把紙巾撈了回來，揉成一團，然後流暢地扔進他的咖啡杯裡。

他的下巴掉了下來。「告訴我這不是真的。」

「又沒關係。那些也不是什麼正經的設計，而且你的咖啡也甜到不能喝了。我是在防止你拉肚子。」

他用兩隻手指把濕答答的紙巾拎了出來，哀嚎一聲。「真可惜。如此完美的咖啡，就這樣被妳的塗鴉摧毀。」他頓了頓。「其實這兩句聽起來還不錯耶。」

我給了他一張新紙巾。「你應該要寫下來。」我開玩笑地說道。「你知道，如果DB真的決定讓你們自己寫歌詞的話。」

他臉上閃過一絲陰鬱的神情，那是我從來沒有見過的。他所有的魅力，還有如煙火般的精力，有那麼一瞬間全部消失了，他的肩膀向前弓起，看起來很沮喪。

「傑森？你還好嗎？」

他開口，像是準備要回答我的問題，但在他真的說話之前，一聲麥克風的尖銳聲響打斷了他。

四個男孩占據了靠近鋼琴旁的舞臺位置。其中一個人正拍著麥克風，對我們咧嘴笑著。我認出他了。事實上，我認出了他們每個人。那是傑森的團體NEXT BOYZ，而拿著麥克風的，正是敏俊，那個身為國際巨星卻狂嗑從我包包拿出來的炸雞的人。

「舞臺呼叫李傑森和他的女性朋友。」敏俊說道，他的聲音悠揚，帶著淘氣的語調，在咖啡廳裡迴盪。「咖啡廳規定。如果妳想要喝免費的，就得上臺唱歌喔。」

臺下一片歡呼聲。直到現在，我才意識到鋼琴聲已經停了，整個房間都在騷動。人們用手遮著嘴竊竊私語，並對我們投來好奇與讚嘆的目光（應該是對我感到好奇、對傑森感到讚嘆），就像我先前看到都熙和燦宇的時候那樣。我看見俞真姊坐回了她的角落包廂，和她媽媽及明里坐在一起。她對上我的目光，對我眨眨眼。

傑森一手環住我的椅子，懶洋洋地笑了笑，先前那抹黑暗的神色已經消失無蹤。「哎，別管他們啦，瑞秋。敏俊只是因為之前派對結束之後，我從KTV提早閃人，現在在報復我而已。我等一下會買單的。」

我瞄了俞真姊一眼，她正對她的手機打著手勢，並對舞臺的方向揚起下巴。我轉向傑森，突然間理解了。所以俞真姊才帶我來這裡。不只是為了拍我唱歌的影片。而是要拍我跟傑森合唱的影片。我只有一個機會了。

我鼓起全身上下的勇氣，然後抓起傑森的手。整個空間裡的窸窣對話聲變得更響，他的雙眼則錯愕地瞪大。我站了起來，對他露出微笑。「走吧，大家都在說了。我們最好給他們一點八卦的素材。」

有那麼一秒鐘，我擔心他不會跟上我。但他隨即回應了我一個微笑。「妳知道他們會怎麼說的囉，狼女。」他回握我的手，我的心跳便亂成了一團。我拉著他往舞臺走去。

整個咖啡廳的人都在歡呼與吹口哨。敏俊給了我一支麥克風，臉上掛著饒富興味的表情，其他NEXT BOYZ的成員們則在舞臺前跺著腳，歡呼著。

「我們都站在妳這邊唷。」他眨眨眼說。

傑森從另一個麥克風架上拿下一支麥克風。他從舞臺的另一端看了我一眼。「妳準備好了嗎？」

我在人群中搜尋俞真姊的面孔。她對我豎起大拇指，然後把手機轉向舞臺。

我嚥了一口口水。攝影機都對準我了。「我一生下來就準備好了。」

「三百二十五。」他說。他的頭轉離了麥克風，所以只有我聽得見這句話。

我困惑地皺起眉頭，他則對著他的鞋子點點頭。

「這雙花了我這麼多錢，三百二十五美金。上次我放過妳了。但這次如果妳又毀了我的鞋，我會期待妳全額付清。」

我忍不住對著麥克風放聲大笑，肩膀開始放鬆。

鋼琴師開始彈起一段熟悉的情歌前奏，觀眾們便逐漸安靜了下來，然後集體讚嘆一聲。那是鄭宥娜的經典曲目之一。那是一首會讓我熱淚盈眶的八〇年代對唱情歌。一段記憶突然閃過我的腦海，我媽和我爸曾在我們紐約公寓的藍色小廚房裡，聽著這首歌、跳著慢舞。我記得自己坐在桌子底下看著他們，而儘管那時我還年幼，我也知道，這就是找到真愛的模樣。自從爸爸開始在拳擊訓練館越待越晚，還有偷偷去上法律課程，以及媽媽為了獲得長聘而在週末額外加班，我已經很久沒有看見他們這樣跳舞了。

傑森開始唱起第一段主歌。他的聲音就和他的手臂一樣，強壯卻溫柔，他所唱出的旋律就像是一隻手，用溫暖的擁抱將你包圍。

我看向觀眾們，看見俞真姊緊抓著手機，正直直對著我們。我看向攝影鏡頭，開始感到一股熟悉的驚慌感在我的胸口擴散開來。我的思緒在腦子裡炸開，擋住了音樂聲。**我在想什麼？我決定要拍一部影片，然後我的鏡頭恐懼症就會奇蹟般地自己消失嗎？我真是個白痴。我應該要在舞臺上又吐一次才對——這樣一定會紅的。**

在我身邊，傑森已經快要唱到副歌了。這是我和聲加入的時刻，但我僵在原位動彈不得。我張開嘴，但一個音都唱不出來。我轉向傑森，眼神中寫滿驚恐。他順著副歌唱下去，抓住我的手，想要將我帶到舞臺的另一邊，但我的手臂就像是被鎖在身側一樣抬不起來。在第二段主歌開始之前，中間還有一小段間奏，傑森便走到我身後，雙手放在我的腰上，旋轉我的身體。我受訓的直覺立刻告訴我順著他的力道轉圈，朝舞臺的另一邊前進。我感覺到微笑在我臉上綻開，我想起以前我是如何在廚房裡和莉亞這樣玩，一邊高唱著流行歌，她則興奮地尖叫著。我屬於這裡。我抓住傑森的手，眨了眨眼，一股暖流開始流過我的身體。**就像上次一樣**。我在第二段主歌開始前用脣語對他這麼說道。觀眾席一片靜默。我把心思專注在傑森的手上，我們的聲音就像交握的手指般纏繞在一起。就像在公司禮堂的那一天。我們注定是要一起唱歌的，而從他眼中，我知道，不管我感覺到了什麼，他也和我有一樣的感覺。

我溫和地掙脫他的手，來到舞臺另一邊，唱起我自己的獨唱段落。我想著六歲時第一次聽到韓國流行歌的瑞秋，那是她第一次覺得身為韓國人是件如此獨特的事。我想著十一歲的瑞秋在ＫＴＶ裡掏心掏肺地唱著歌，心中懷抱著一個不可能的夢想。她們看到我現在站在這個舞臺上，會很開心的。我們離夢想又更近了一步，我們要一起向全世界分享對音樂的愛。然後傑森的聲音再度和我的融合在一起，再也沒有人能阻擋我們，感受著每一波樂聲、每一個高音，還有我們被腎上腺素激發的心跳。

他朝我走來，直到來到我身旁，一手握住我的手，另一手則抬了起來，像是要準備碰觸我的臉，但他停了下來。那是個問句。我決定要回答他，而當我們的聲音來到最後一句時，我讓我的臉頰貼上他的掌心，就只有短短那麼一瞬間。

歌曲結束後，我緩緩抽開身。我們看著彼此，視線如火炬般燃燒，我們之間的能量在在說明了一切我不能說出口的話。一切我甚至沒有正確的字眼可以形容的感覺。**和你一起唱歌，簡直就像某種魔法**。

突然間，觀眾席爆出一陣歡呼聲，人們跳了起來，對我們行注目禮。我們眨了眨眼，從對視中脫離出來。他微笑著，牽著我的手，轉向人群。我們深深一鞠躬。宥娜從她的包廂中站了起來，走上臺，緊緊抱住我。

「剛才的表演真是太甜美了。」她捧著我的臉說。「這是我歷年來聽過最好的翻唱。」

我低下頭。「真的很謝謝您，希望我們沒毀了這首歌。」

她轉身去擁抱傑森。我在人群中看見俞真姊放下手機，臉上掛著一個大大的微笑。我深吸一口氣，回到現實。計畫的第一階段已經完成了。

✦

那天晚上，我躺在床上，回想著傑森的微笑，以及我們的聲音是如何完美融合成美好的合聲。利用他達成我的計畫，這讓我忍不住有點罪惡感，但他也說過了——他也經歷過的，他知道在DB培訓有多困難。我們得用盡手段地追求夢想才行。

但是我還是感覺到罪惡感在侵蝕著我。我滑著自己的動態（除了趙家雙胞胎之外沒追蹤其他人的那個帳號），試著讓自己分心。看來慧利和大鎬做完一天的實驗之後跑去吃辣炒年糕了。真可愛。我在心中筆記了一下，提醒自己晚點要去調侃慧利的暗戀，然後點了照片的讚。

我的房門外傳來一聲敲門聲，媽媽把頭探了進來。「瑞秋，妳已經要睡了嗎？」

「我只是在休息。」我從床上坐了起來。「培訓一天之後很累。」

她癟了癟嘴。「妳功課做完了嗎？」

我想著那堆碰都沒碰過、如小山般高的作業。「做完了。」

她的視線掃過房間一圈，好像在尋找什麼可以拿來責備我的東西，最後她看向地上那堆同樣疊成小山的衣服。「看看妳的房間，簡直是場災難！妳不能老是期待我幫妳整理啊。」

「我沒有叫妳幫我整理啊。」我嘆了一口氣，再度倒回床上。我閉上眼睛，回到我腦中的幻想世界，在那裡，媽媽會問我訓練的狀況如何，而我會告訴她跟傑森合唱的感覺有多麼不可思議。也許我們還可以一起聽著鄭宥娜的原唱版本，我則會告訴她我還記得她跟爸爸在廚房跳舞的畫面。但是那不是真的，我還是可以聽見她喋喋不休的碎念。

「我回來囉！」爸爸在大門喊道。

「老公，你來看看你女兒的豬窩。」她說。

爸爸來到我房間，和她站在一起。他的黑眼圈好深，而且看起來比我上次見到他時瘦了一圈。在拳擊訓練館加班和夜校似乎真的讓他付出不少代價。也許我該給他一點朱玄的消腫眼霜。

「跟你女兒講講理啊！」媽媽說。

「瑞秋，把房間收拾乾淨。」爸爸疲憊地說。

「好的，爸爸。」我說。我不想讓他承受比現在更多的壓力了。「我明天會整理的。」

「好啦，處理完成。金家的一天又平安地度過了。」爸爸露出一個微笑，但眼神裡毫無笑意，然後拖著腳步離開我的房間。媽媽擔心地皺起眉頭，急著跟在他身後，連房門都沒關。我從床上滾了下來，想要去關門，但我還來不及抓到門把，莉亞就把頭探了進來，用時速六十公里的速度開始說話。

「姊，我跟妳說！」她對著我的臉揮手。「妳知道今天在《甜蜜夢鄉》裡發生什麼事了嗎？朴都熙和金燦宇的角色分手了！顯然她這段時間一直都和他的哥哥有一腿！但那也不是她的錯，因為他催眠她，讓她相信自己是個單身的特技演員，還以為她和他之前在澳洲同居過——」

我回想起光澤俱樂部。我等不及要告訴莉亞我在那裡看到她最愛的螢幕情侶了，但現在不是時候，這樣她就永遠不會離開我的房間了。我把她帶到門邊，推了出去。

「晚點再說吧，小妹。現在是休息時間了。」

「但我沒有別人可以說——」

我把門關上，鎖了起來。我嘆了口氣，再度摔回床上，閉上眼睛。但現在這樣已經沒有意義了。罪惡感在我體內流竄，好像我才剛喝了三倍濃縮的咖啡一樣。我不斷想著爸爸疲憊的雙眼和和莉亞甜美的臉龐。如果我已經出道了，這一切都會有了回報。他們就會知道他們為我做的所有犧牲——換工作、離開朋友、搬離美國——都不是徒勞的。出道就可以彌補這一切了。

我的手機收到一封訊息。是俞真姊。

看你的Instagram。

我的天啊。我打開手機上的應用程式時，手都顫抖了起來。我和傑森在光澤俱樂部唱歌的影片從我的首頁跳了出來。

這影片已經被按了超過兩百萬次的讚了。

我滑著其他Instagram上我有追蹤的大型粉絲專頁和八卦帳號，也都轉貼了這個影片。不管俞真姊是怎麼把影片外流的，這真的奏效了。

而且人們為之瘋狂。

我滑過下面一行行的留言，大氣也不敢喘一口。

那是李傑森的女友嗎？

她的聲音也太棒了吧。他們聲音超搭的！

#滿月女友現身？

我的天啊這首歌！我要哭了！

有沒有辦法下載啊？我想要當鈴聲用啊！

我的手機被趙家雙胞胎和明里的訊息灌爆（我的媽啊！俞真姊真是英雄）。我的Instagram訊息也跳了通知，我看見史洛特教練傳了私訊給我（恭喜呀，瑞秋！如果妳和傑森想要私人網球課，記得告訴我！）。我的房間門外傳來敲門聲，莉亞大喊著：「姊！快開門！這真的是妳嗎？」但我沒辦法同時吸收這麼多資訊。

我躺回床上，把手機抱在胸前，臉上揚起一抹無法壓抑的微笑。我先前所感受到的罪惡感突然全部消失無蹤，我看著讚數越來越多，忍不住發出一聲驚喜的尖叫。

我做到了。我真的做到了！

我終於離第二次機會又更近了一步。

我絕對不會錯過的。

第八章

十二雙眼睛緊盯著我，看著我的一舉一動。我拉平襯衫，並撫平黑色窄管褲上的一小條皺紋。今天我看起來非常女性化、又很專業——完美的練習生形象——因為我就需要DB高層們看到我的這一面。

魯先生坐在長方形長桌的主位，臉孔反射在桃花木的桌面上，手指交叉著抵在下巴處。俞真姊和我則以完美的姿態站在他的對面。只在幾天前，她還是我的共犯之一。今天，她卻感覺像是我的律師一樣。

「那部外流的影片在網路上爆紅。」俞真姊解釋道。「人們喜歡聽傑森跟瑞秋合唱。現在這是本週Instagram最熱門的影片，也已經有超過三百萬的點閱率了。他們之間有一股電流。如果讓瑞秋跟傑森合出單曲，那股電流只會更強而已。我們一定會成功。」

「稍等一下。」一名姓林的高層舉起手。他比魯先生更老、更具批判性，細框眼鏡掛在彎彎勾起的鼻尖上。「妳現在是覺得，我們該給瑞秋第二次機會吐在我們的明星身上嗎？鄭小姐，恕我直言，我覺得妳對這女孩的私人情感，已經影響到妳的專業判斷了。」

我保持面部表情平靜，提醒我自己讓俞真姊去說就好，就像我們討論的那樣。

「傑森自己都不介意了。」俞真姊邊說邊對自己的手機打了個手勢。「也許我們也是時候放下了。」

「是時候了？」另一位姓沈的女士不可置信地說，青筋從她細得嚇人的脖子上爆了出來。她的嘴角扭曲成一抹看似永遠不會退去的責備神情。「那才過了幾週而已。瑞秋要贏回我們的信任，這段時間是遠遠不夠的，如果真的還回得去的話。那是我在DB這麼多年來看過最慘烈的選秀。」

幾個高層同意地喃喃自語。我的雙手在身側緊握拳頭，但一句話也沒說。雖然我很討厭被人當作不存在一樣，當著我的面討論我，但對練習生來說，當沒有人在跟我說話時，我是絕對不可以開口的。就算我現在是最紅的也不行。

魯先生舉起一隻手，所有人便安靜了下來。

「我想今天的討論已經夠了。顯然大多數的管理層們，還是覺得瑞秋……還沒準備好。」他說。他聽起來幾乎像是失望了。「有人還有什麼話要說嗎？」

我的體溫瞬間飆高。**什麼？不！這件事不能這樣就算了啊**。我就差一點點就要成功了。我覺得自己就要爆炸了，但俞真姊輕輕碰了碰我的手肘。她用幾乎不可見的動作，輕輕搖了一下頭。別讓場面更僵。她的意思是這樣的：妳的狀況已經岌岌可危了。我的心沉了下去。她是對的。我寧可失去跟傑森的合唱機會，也要留在培訓計畫裡，更別說是兩者盡失。我們的計畫失敗了。

我將一切都吞了下去——我的眼淚、自尊以及最後一絲希望。我轉身，準備跟俞真姊一起走出會議室，但這時突然有個人站了起來。

「等等！」他說。我們轉過身，看見其中一位高層——比較年輕的一位，臉還帶著一點男孩子氣，髮型像是剛剪過的——舉起他的手機。「我覺得我們應該要先看過這部影片，再決定要不要結束這個談話。魯先生，可以讓我把手機接上投影機嗎？」

魯先生頓了頓，然後點了一下頭。「請吧，韓先生。」

韓先生瞥了我一眼，然後對我眨了一下。**什麼？他真的要幫我嗎？**我心底又燃起一絲希望。

他把影片接到投影幕上，霎時間，傑森的歌聲便充滿了會議室。有些高層在認出了鄭宥娜名曲熟悉的副歌後，表情便柔和了下來。我左邊的沈小姐快樂地嘆了口氣，臉上掛著一抹夢幻的微笑，雙手合在胸口，看著螢幕上的傑森唱歌。世界上還有人能逃得過這個男孩的魅力嗎？

我屏住呼吸，等著我上場。當我聽見我自己的聲音傳出來時，我便看了魯先生一眼。他的眼睛藏在眼鏡後方，一如往常地跟著音樂的節奏打節拍。事實上，所有的高層們都是。有些人甚至露出微笑，開始跟著唱。唱到最後一段時，我看見沈小姐擦了擦眼角。我露出微笑。眼淚耶！永遠都是好兆頭。

音樂結束，畫面變回黑暗。所有人都鼓起掌，韓先生甚至吹了一聲口哨。我心中的希望逐漸茁壯，但我還不敢太放心。這樣足夠了嗎？

「我得承認，那真的還不錯。」沈小姐幾乎是懊惱地說。

「人們喜歡他們合唱。」韓先生滑著動態說道。「為了這個表演，整個網路都爆炸了。」

「這也許是真的。」林先生陰沉地說道。「但我們質疑的從來不是瑞秋的能力。我們都知道這女孩很會唱。但是她夠專業嗎？我們都看過她的媒體訓練報告。她能在攝影機前表演嗎？她有辦法扛起DB家族的招牌嗎？那是完全不同的兩回事。」

「這是事實。」沈小姐說。「如果她要和傑森搭擋，我們希望她的形象是完美無缺的。但她在選秀上的表現和完美無瑕差得遠了。」

「但為什麼需要是完美無瑕的？」韓先生回擊。「我們都知道他們的合唱一定會超賣——我們已經有數據來證明了。這是策略性的商業行動。而且真要說起來，最近的選秀趨勢更著重在看見表演者的真實性，而不是完美度。就像這部影片——人們想看的是真實的、能讓人產生連結的人，展現出真實的能力與紀律。而瑞秋的確有這個能力。再說，看她唱歌的樣子，我們也都知道她一定克服了鏡頭恐懼症了。」

最後這句話讓我的臉一陣灼燙，但我還是不敢開口。

說真的，我不敢相信現在聽到的一切。所有的韓國流行音樂產業，尤其是在

ＤＢ，高層們都是極度嚴格、極度守舊的，他們只接受表演者把ＤＢ的利益擺在第一位。傳統永遠淩駕於創意之上，經過排練的完美表演也永遠高過於真實的演出。這就是流行樂壇的趨勢。但是韓先生似乎有不同的看法。我不知道這代表什麼，但我發現我不斷點頭贊同他說的話。

「瑞秋。」魯先生直接對著我說。

我立刻直起身。「是的，魯先生。」

「我們為什麼該給妳第二次機會？」

我差點下意識地轉頭去看俞真姊，但我強迫自己直視魯先生。他現在只想聽我說話。我深吸一口氣，抬起下巴。「因為，」我說。「我未來的光芒無可限量。那部影片只是小試身手而已。如果給我第二次機會，我會加倍努力，讓自己加倍耀眼。給我三次機會，我就加三倍努力。而且，我知道沒有人能做得比我更好了。」

房裡一片寂靜。魯先生向後靠在椅子上，他的雙眼透過反光的鏡片，直直望著我。我對上他的視線，站直身子。他認可地點點頭，臉上出現淺淺的微笑。

「會議結束。」他說。

我眨著眼，看高層們收起自己的東西。我瞄了韓先生一眼，然後看向俞真姊，兩人似乎也都看起來和我一樣困惑。

「等等！」眼看魯先生朝門口走去，我大喊出聲。我發現自己正直接對著他說話，這違反了所有的規則，但我必須知道。他轉過身，挑起一邊的眉毛。「這代表我會和傑森合唱了嗎？」

他臉上露出一個大大的微笑。但他嘴角上揚的弧度像是經過算計，讓我手臂不禁起了雞皮疙瘩。

「是的，瑞秋。」他說。「妳會跟傑森合唱。但這不是雙人對唱，而是三人。妳、傑森……還有米娜。」

三人合唱。我要和傑森和米娜一起唱歌。

「喔，有一件事，金小姐。」

我的頭倏地抬起。「是的，魯先生。」

他的眼神變得犀利而嚴肅，直直看著我。「我可沒有給人三次機會的習慣，不管妳會有多耀眼。」

……✦

在我回家的路上，我決定去甜甜圈店幫莉亞買個點心，我買了一盒六個淋上糖漿的甜甜圈，還有她最喜歡的草莓香蕉奶昔。

我覺得自己好像活在一場夢中，而我一點也不想醒來。我要和傑森合唱了。我，金瑞秋，要和李傑森合唱了！我的臉上掛著巨大的笑容，只是米娜要和我們一起唱的事實讓我有點不開心。她並不在我一開始的計畫裡面……

管他的。那是明天才要擔心的事了。

我朝我們的公寓跑去。「莉亞！」我一進門就喊著，邊踢掉腳上的鞋。「姊姊回來了，還帶了妳最愛的兩樣東西，點心和八卦喔！」

我踏進客廳，然後腳步突然煞住了。媽媽正坐在沙發上，手中緊緊捏著她的手機，手指關節因用力而泛白。她對我瞇起眼睛，嘴脣抿成一條僵硬的線。

「媽。」我猶豫地開口。「妳提早回來了呀。」她臉上的表情讓我的腸胃一陣緊縮。我腦中閃過一絲念頭。爸爸出事了。她發現他的法學院課程，所以她現在很生氣我們都在隱瞞她。我想著有什麼話可以用來解釋，但她搶先一步開口了，語調完全不帶任何起伏。

「妳要告訴我這是怎麼一回事嗎？」她邊說邊舉起她的手機。

我緩緩走上前去，莉亞的奶昔在我手中凝結出斗大的水滴。螢幕上正播放著一部影片。不是隨便一部影片，而是我的影片。

而且不是剛爆紅的那一部。

影片中的我在練習生宿舍，身上的衣服被酒精和汗水浸透，從我的背心透出了內衣的顏色。我完全失態，毫無理由地狂笑著，一手握著香檳酒瓶、一手抓著淺綠色的保鮮盒，站在桌上跳舞。我注意到媽媽的眼神緊盯著保鮮盒，而麗茲和恩地則在背景為我火上加油，吹著口哨歡呼。我的天啊。那甚至稱不上是跳舞，我只是揮舞著手腳，讓自己丟臉至極。我對這一段一點印象也沒有。米娜到底在那杯酒裡加了什麼鬼東西？

我回想著那場派對，想著自己在沙發上睡著，以及看見米娜在房間的另一端，手機鏡頭直直對著我。我嚥了一口口水，喉頭緊得發不出聲音。

「媽，妳是從——」

「今天有人發了這個影片給我。」她輕聲說，眼神像是在燃燒。

我用力吞了一口口水。我早該知道米娜不可能在下藥毀了我的選秀之後就滿足的。我張開嘴，但媽媽舉起一隻手阻止我。「在妳試著解釋之前，先告訴我，這是練習生宿舍嗎？」

我低頭看著地面，啞口無言。我點了一下頭。

「那我有沒有告訴過妳，不准去練習生宿舍？」

「有。」我聲音沙啞地低聲說。

「所以妳說要去趙家和雙胞胎一起唸書是騙我的。然後跑去一個我特別禁止妳去的地方。妳甚至把自己喝得爛醉，又在妳那堆酒肉朋友面前跳起脫衣舞？」

我抬起頭，熱淚盈眶。「媽媽，拜託，這跟妳想的不一樣。」

「妳在哭什麼？」她罵道，聲音提高。我向後瑟縮了一下。我從來沒看過她這麼生氣。「妳有什麼資格哭？眼淚只配悲傷的人，而妳甚至不覺得自己有做錯事。」

「我有啊！」我喊道。「對不起我說謊了。我也不希望妳是這樣發現的，我想都沒想到——」

「等妳爸看到這個，妳覺得他會怎麼樣？他會心碎的。」她搖著頭，聲音哽在喉頭。「我就知道這個流行歌壇會帶壞妳。妳已經被荼毒了。」

「沒有。」我堅持。眼淚順著我的臉頰滑落，我急著想把它們擦掉，卻還是哭得停不下來。「拜託，媽媽，請讓我解釋。」

「我女兒什麼時候變得這麼丟臉了？妳怎麼有辦法忍受自己是這個樣子，啊，瑞秋？妳已經失控了！」

在罪惡感與懊悔之間，我感覺到另一股情緒油然而生。憤怒。她難道連幾秒鐘讓我解釋的空檔都不願意給我嗎？她應該是我媽才對，她應該要站在我這邊才對。

「如果妳能夠至少支持我一次，我也許就不用騙妳了！我們搬來這裡的原因就是要讓我受訓，但妳講的好像這只是我過去六年的一個小嗜好一樣。」我爆炸了。「妳以為我喜歡背著妳偷溜出去嗎？我是不得已的，就因為妳跟妳的那些規定！我得想辦法爭取機會，讓高層們注意到我。而且我成功了。大部分的父母都會很驕傲，自己的女兒可以和李傑森合唱下一首單曲！」我突兀地停了下來，上氣不接下氣。

她臉上閃過一絲驚訝的表情。「妳得到對唱的機會了?」

「那已經不是對唱了,但是,對。」我深吸一口氣,試著讓自己冷靜下來。「我成功了。」

「嗯……恭喜,瑞秋。我知道妳有多想要這個機會。」她又強硬了起來。「但這並沒有改變妳得付出的代價,這個產業會害死妳。」

「這個產業並不邪惡,媽媽。只是很競爭。這裡只接受頂尖的人才。」

媽媽發出一聲短暫的嘲弄笑聲。「頂尖?」她舉起手機。「所以這是妳最好的樣子嗎?喝得爛醉如泥、在所有培訓的練習生面前變成一個天大的笑話?」

我的臉因羞愧而泛紅,當我開口時,我一個字也說不出來。我想要告訴她米娜對我做了什麼,告訴她為什麼我在影片裡會醉成這樣——但那只會讓她更堅信自己是對的。但她錯了。至少關於這一點,她錯了。

媽媽的目光毫無轉圜餘地,她的聲音強硬而乾脆。「我已經讓妳這樣搞太久了。我不會再讓妳繼續這樣下去了,尤其當培訓讓妳變成這樣的時候。」

她轉身走出客廳。我不可置信地瞪視著她。她真的要這樣把一切都結束掉?

我追著她衝進廚房。

「妳說我不能繼續這樣下去是什麼意思?妳沒有聽到我說的嗎?我要和李傑森合唱了。就在DB的秋季家族巡迴之前。這是DB七年前讓Electric Flower出道的模式,媽媽。這代表我這六年來努力的一切終於要準備開花結果了。這代表他們要讓我出道了。」我現在已經是在哀求她了，我聲音中所有的怒火都已經蒸發。我只希望她能正眼看我、相信我——或許也希望我真的能百分之百相信我自己說的話。

「拜託，媽媽。拜託，我只差這麼一點點了。」

她從冰箱裡拿出一顆洋蔥，開始切了起來，一句話也沒說。洋蔥的氣味和我心中的驚慌感交織在一起，讓淚水再度爬滿我的臉頰。當媽媽轉過身來看著我時，我止不住自己的哭聲。她的姿態仍然僵硬，但雙眼已經不再充斥著怒氣——事實上，她看起來幾乎像是難過了。

「瑞秋。」媽媽說。「妳有好多事情不懂，妳在十七歲的年紀是不會懂的。」她嘆氣。「但妳是我的女兒。這代表妳得去嘗試。所以，妳就和傑森把這首歌唱完，然後我們再看看。」

當我的肩膀開始放鬆時，媽媽舉起一隻手指。

「但是。」她說，口氣像是在做結論。「妳自己也說了。如果妳在家族巡迴開始之前還沒有出道，我就要讓妳退出DB的培訓。就這樣。」

她把切到一半的洋蔥留在流理檯上，然後走回臥室去，重重把門關上。我跌坐在一張椅子上。莉亞的奶昔和甜甜圈孤零零地躺在桌上。在短短幾小時內，我的心情怎麼能從世界頂端一頭栽到谷底？我又發出一聲嗚咽。和傑森及米娜合唱的這首歌，已經不再是前往出道途中的其中一步了。它是我唯一的一步。如果這首歌沒辦法讓我出道，我所努力的一切、我所有的夢想……就要結束了。

第九章

說運動會讓你產生腦內啡的人，一定都沒有當過韓國練習生。

「也許該休息一下了，姊。妳看起來好慘啊——而且妳的未成年抬頭紋大概一輩子消不掉了。」

莉亞盤腿坐在我的床上，一邊吃著一大包蜂蜜奶油洋芋片。我們金家姊妹至少有一個人很愛韓國這種把鹹食都變成甜食的習性。

我對著牆上鏡子中的她皺起眉頭，向前傾身，審視我自己的影像，一邊用手撫過我的前額。「妳說什麼紋？」

「妳看起來就是一臉『我壓力超大，我三天沒大便了』的樣子啊。」她把一片洋芋片拋到空中，然後用嘴巴接住。「基本上，妳跟米娜的合唱訓練開始之後，看起來就一直是這樣了。妳真的要放鬆一下。」

她對著我的鼻子揮了揮手中的塑膠袋，但那個味道只讓我扮了個鬼臉。

她其實沒說錯。距離我當面迎戰魯先生已經過了一個星期，而從那一天開始，一切都變得前所未有地瘋狂。我開始不斷地量體重、進行訪談訓練，還有沒完沒了的有氧運動。我每天早上四點就要起床，好在天亮時抵達ＤＢ，整天訓練，然後在午夜之前睡著——好讓我隔天可以再跑一次一樣的行程。

雖然我的訓練還是只有在週末進行，但我不打算和我媽討價還價。我和她之間的關係已經夠緊繃了；自從她上次的爆發之後，我們幾乎沒有說話。日子一天天過去，距離家族巡迴和女團出道的時間越來越近，所以我不能休息，一秒都不行。

幸好平日還有莉亞在這裡監督我的自我鍛鍊。而且她幾乎跟ＤＢ的訓練員一樣嚴格。

「再一次吧，瑞秋。」在我回到最初的姿勢之後，莉亞說。「從頭開始。」

莉亞按下手機上的播放鍵。我跳起這個晚上第一百次的舞蹈動作，肌肉抗議地尖叫著。我只有在停下來看我和米娜訓練的錄影時會停下來。在主歌的第二段，有一個動作我一直搞砸，而訓練員不間斷的批判一直在我腦中迴盪：

妳如果沒辦法把這步跳對，妳是不可能出道的，瑞秋！

妳的舞姿讓ＤＢ蒙羞，瑞秋！

妳跳起來像是動物園裡的大象，瑞秋！

瑞秋！

我一直練習到深夜，直到莉亞睡著在我床上，下巴沾滿蜂蜜奶油的餅乾屑，我自己的眼皮也快要撐不住了。我把毛毯拉到她身上，把洋芋片的包裝袋拿起來準備丟掉。裡面還剩下一片。我餓到覺得連這片甜的洋芋片都看起來好誘人。

不。我不可以吃。DB每天都要量我們的體重，而我和米娜明天就要試穿音樂影片的拍攝服裝了。

當俞真姊跟我說他們會幫我們拍音樂影片時，我差點嚇壞了。訓練員們的批評一直像蜜蜂般在我腦中盤旋，而我也知道DB的高層們當天會像老鷹似的緊盯著我，看我如何面對鏡頭的近距離拍攝和特寫鏡頭。但她接下來又告訴我會有試裝日，讓這消息比較沒有那麼像噩夢了。試穿一整天的衣服？絕對值回票價。現在我只需要讓高層對我的身材挑不出毛病就好了。

我嘆了一口氣，把洋芋片的袋子丟進垃圾桶裡，然後再度按下莉亞手機上的播放鍵。

⋯⋯⋯✦

「唉呀，看看妳的肚子！跟隻牛一樣。快點把那個東西脫掉。」

穿著這件紫色亮片馬甲讓我連呼吸都有困難。它緊緊勒著我的肚子，我得縮緊小腹到會痛的程度，才能防止這整片布料爆開。

「太可惜了。」造型師葛蕾絲說道，一邊幫我解開馬甲上的束帶，她的造型團隊一邊幫著我踏出那件洋裝——這條紫色的皮革簡直是一場惡夢，後面還接著一大片薄紗。「我原本還希望美人魚的概念可以成功呢。下一套。」

謝天謝地。

她拉著我穿上一套六〇年代的崔姬式橘色格紋洋裝，配上誇張的蓬蓬袖，然後她退開一步，皺起眉頭，在半空中旋轉著手指，示意我們再換下一套衣服。

白色的皮夾克配上一套的高腰蛇紋短褲。

金黃色的連身短褲搭配裝飾荷葉袖，幾乎快要戳到我的耳垂。

帶著花紋的連身褲配上粗重的銀色腰帶，再加上蕾絲長袖，讓我手臂癢到不行。

當一個換裝紙娃娃不像我想像得這麼有趣。我一套衣服還穿不到十秒鐘，就被葛蕾絲強迫換上下一套。米娜站在我左邊，也在進行同樣的換裝實驗，當人們想辦法把一件粉紅乳膠長裙拉到她身上時，她的臉整個皺成了一團。老天，她看起來就像一顆口香糖。如果不是他們要讓我穿上一套一模一樣的裙子，我大概會覺得這很好笑。

「妳知道，真的不是每個人都可以被所有顏色的衣服給吃掉。」米娜邊說邊瞥了我一眼。「我幾乎都快看不見妳了。妳直接跟牆融為一體了耶。」

我看見葛蕾絲的其中一個助理朝我的方向竊笑，揚起了眉毛。我的臉一陣灼熱，但我不認輸。我不能認輸，尤其在我知道米娜會為了阻礙我成功而不擇手段之後。

「幸好重要的人還是看得見我，不然他們不會覺得妳無法一個人承擔和傑森合唱的重責大任。」我平靜地說。

這讓房裡的幾個人笑了起來，而米娜的嘴則憤怒地張開。但在她來得及反脣相譏之前，葛蕾絲就擠進我們兩個之間，從衣架上拉起一件黑色的蛋糕流蘇裙。

「我們來試試飛來波女郎的造型好了。」她說。我踩進裙子裡，她則在我的頭上插進一串鑲著珍珠的髮飾。她在我身邊繞著圈，一邊撥弄著流蘇，一邊抓著自己的下巴。「好喔。我覺得可以，我覺得可以。」她對著其中一名助理彈了一下手指。「把這套註記成可能清單之一。然後來讓瑞秋試鞋子吧。」

然後其中一名訓練員熙真衝進了試衣間，手上拿著一臺iPad和一瓶麥茶。

「瑞秋，米娜，過來量體重了。」她簡短地說。「動作快點，我沒那麼多時間。」

造型團隊幫助我踏出我的裙子，讓我可以穿著內衣褲去量體重。我走向熙真旁邊的體重計，米娜則緊緊跟在我後面。

「妳先請，瑞秋公主。」米娜搭配著誇張的手勢說道。

我忽視她，然後踏上體重計。熙真蹲下身看著計算的數字，手中的筆已經對準了手中的平板電腦。

數字一路上升，我……比上週胖了五公斤？

什麼鬼啊？怎麼可能！

我的下巴掉了下來，我結巴地說：「我……這是……這個體重計一定是壞了。」

「這是怎麼回事，瑞秋？」熙真說，不可置信地轉頭看著我。「妳知道這種誇張的體重增加量，我一定要回報給魯先生的！妳這樣是不可能繼續參與合唱的。妳到底怎麼辦到在一個星期內胖五公斤的？」

米娜在我身後竊笑，而我轉過身，正好看見她把腳從體重計上移開。我瞇起眼。米娜。當然了，她就是會踩在我的秤上，好讓我看起來比現在更胖一點。這真是可悲出一個新高度啊。我覺得我已經快要氣炸了。「要暗算別人的時候，手段也高明一點，米娜。妳是不是有點太緊張了？」我低聲說。

「我真的不知道妳在說什麼，公主陛下。」她回答，她的聲音很甜，但眼神裡帶著仇恨。

「我只要告訴俞真姊妳對我做了什麼，妳就會被踢出DB的。」

米娜虛偽地微笑著。「妳是說，妳只要向俞真姊承認，她完美的瑞秋小公主跑去參加練習生宿舍的派對，還──哦喔！──喝得酩酊大醉？」

「我不是『喝醉』的，米娜。妳在我的酒裡加了東西！妳對我下藥！妳和其他練習生是故意的，要讓我──」

「真是個好故事，瑞秋。」米娜打斷我。「但妳要拿出證據來呀。」她對我咧開嘴，而在我無話可說之後，她就走開了。

我想要追上去，但是這樣做一點意義也沒有。她說得對。我沒辦法證明，而且就算可以，那對我又有什麼好處？那樣我就得承認我跑去參加派對，而且還喝酒。我會失去和傑森合唱的位置，而如果那部影片流出來，我大概也會被踢出ＤＢ。

於是我只是轉回去面對熙真，咬緊牙關。「請讓我再量一次吧。」我請求道。「這一定是故障了。」

熙真不耐煩地嘆了口氣。「那就快點吧。」

我走下體重計，等了幾秒，然後再量了一次，一邊憤怒地回頭看了一眼，確保米娜這次沒跟我一起站在秤上。此刻螢幕上出現的數字，和上週一模一樣。我鬆了一口氣，而熙真滿意地點點頭。

「好了，米娜，換妳。」她邊說邊把我的體重記錄到iPad上。

米娜踩到體重計上，屏住呼吸。數字跳出來的時候，她的臉色就變了。

熙真抿起嘴。「比上星期重了五百克。」她嚴厲地說。「這也是故障嗎，米娜？」

「我……」米娜低頭看著自己的腳趾。「對不起。」

「告訴我。」熙真的聲音又低又可怕。「從上次量體重之後，妳都吃了些什麼？」要命。拷問她的菜單耶。如果她不是米娜，我會同情她的。

「我吃了希臘沙拉、妳推薦的奶昔，還有……」米娜的聲音漸弱。當她再度開口時，她的聲音變得很小。「披薩。」

「幾片？」

「三片。」

我吹了一聲低低的口哨，像是在讚嘆，哇喔，三片耶。米娜用眼角餘光怒視著我，而我腦中閃過一瞬間的愧疚感，直到我回想起米娜試著摧毀我人生的種種舉動——而且還不過就是這幾個星期的事而已。

熙真搖著頭。「真是一點自制力都沒有。」她喊道。「一點都沒有。如果妳不想好好參與訓練，妳就打包走人。現在就出去。妳想要放棄嗎？啊？妳想嗎？因為妳看起來已經放棄了。」

米娜羞愧地看著地面。「不，對不起。我不想退出。」她咬著嘴脣。「我下週會減回來的。」

「我希望妳會。不然我就會去告訴妳爸，說他女兒胖到沒辦法當明星了。」熙真說。「如果妳不想讓他失望，妳最好離披薩遠一點。」

米娜聽到她提起自己的父親，臉色瞬間變得絕望。她一直在炫耀他和魯先生是多好的朋友，她爸還會辦派對和晚會宴請所有的DB訓練員和高層，她也會一直說她和他們有多熟，但現在對她來說，現在這些人脈顯然不太值得高興了。

米娜直起身子，把肩膀挺了起來。「不需要告訴他。我不會再變重的，我保證。」

熙真垮著臉，很快地打下一行筆記。她的眼神朝米娜的腿掃過去。「還有，如果妳的飲食控制不了，我們就要考慮對妳的蘿蔔腿動刀了。妳所有的體重都直接集中到小腿上去了。」

要命。我真的該向熙真學學怎麼壓制米娜的。熙真蓋上她的iPad，快速走出房間。米娜從磅秤下走下來，我則對她露出燦爛的微笑。

「剛剛很好玩吧，喔？」我說。

她對我擺了個臭臉，轉身去拿她的衣服，從我身邊經過時還撞了一下我的肩膀。

⋯⋯⋯✦

下午時，我穿回我最喜歡的愛迪達運動套裝，準備進行舞蹈訓練。在量完體重之後，米娜就一直無視我的存在，但說實話，這對我來說再好不過了。如果接下來這幾個月，都能想辦法避開所有對話⋯⋯

就在我們走過走廊時，我聽見一個熟悉的嗓音在唱著歌。「再唱一次！」某個人說道。「妳的高音掌控力還是很差。」

米娜和我走過轉角，然後我便看見明里在一間聲音訓練室的外面進行靠牆深蹲，她的訓練員正站在她面前，雙手抱胸。明里再度開口唱起來，汗水在她額頭上凝結。

「用丹田發聲！」訓練員喊道。

明里的腿開始發抖，但她繼續唱著。然後她的高音突然破音了，訓練員彎下身，重重拍了一下她的肚子。明里瑟縮了一下，但沒有停下歌聲。

靠牆深蹲是訓練員會祭出最嚴厲的懲罰之一，逼我們背貼著牆，膝蓋彎成九十度，然後唱歌。這樣拍打我們的肚子理論上是要讓我們的橫隔膜變得更強健，但大多數時候，那只是造成我們疼痛而已。

我看著明里的臉隨著時間過去越變越紅，連我都開始覺得痛了；而明里顯然正努力地憋著自己的眼淚。

訓練員又打了她一下。這次更用力。「妳太弱了。如果妳連這個都撐不過去，我們怎麼期待妳完成其他的要求？再一次！」

可憐的明里。我嘆了口氣，朝米娜的方向瞄了一眼，但是——等等？她人上哪去了？我看了一下錶。

靠。我的舞蹈訓練遲到了。

我盡可能不聲不響地溜進練習室裡，但米娜一看見我，便刻意盯著牆上的時鐘。「哇喔，瑞秋。居然遲到三分鐘。我懂了。」她轉頭面對訓練員，一邊搖著頭。「她顯然不懂時間對妳來說有多重要。」

「夠了，米娜。」俞真姊對她厲聲說道。我幾乎要露出微笑了，但俞真姊隨即轉向我，瞇起眼睛。「現在妳們兩個都到了，我們就開始練舞了。好嗎？」

她又看了我一眼，而我抱歉地向其他訓練員低下頭。今天有三個高層在練習室後方，手中都緊抓著一臺iPad。

靠，我得把皮繃緊一點。而且速度要快。

米娜和我在房間中央就定位。音樂開始，俞真姊則打開了攝影機。米娜對我露出高傲的微笑，而突然間，攝影機上的紅色光點，就像是一隻被關進我腦子裡的蚊子，惱人地盤旋不已。但接下來，明里的臉——急切而充滿決心，在走廊上奮力唱著高音的模樣——閃進我的腦海。蚊子的嗡嗡聲並沒有消失，但似乎變小聲了點。我試著專注在她的影像上，忽略距離我正前方不過一．五公尺的攝影機。

我們要和傑森合唱的歌曲叫做〈Summer Heat〉，充滿了能量和歡樂的氣氛。那是一首快節奏、朗朗上口的流行歌，唱著年輕人在夏日的無所畏懼和無憂無慮。

哈。

我撐過了第一段主歌，腳步都踩得很準，和米娜一起進入了副歌的部分。但隨著音樂越來越接近第二段主歌，我便開始緊張了。就算莉亞盯著我練了一整個星期，我似乎還是沒辦法把那一段跳好。

我的雙眼緊盯著鏡子。**拜託，瑞秋。妳可以的。**

我的第一步踩的點還行，但當我們進入第二步時，我的身體告訴我往某個方向轉，大腦則堅持要往另一邊，而最後我便錯過了整個節奏。可是米娜的舞步卻看起來完美無瑕。我都不得不承認，她每一個動作都跳得非常好。我用眼角看著她，不可思議地看著她的腿帶著她在房內移動，然後我才意識到自己又錯過了下一步。

該死。我快速找回節奏，但我的體溫快速飆高，而我的腦子裡則充斥著成千上百隻蚊子飢餓覓食的聲音。我不知道要看哪裡。俞真姊？攝影機？還是高層們？

我掙扎著度過最後一段歌曲，當音樂終於結束時，我不禁心懷感激。

一秒後，練習室的門被人推開，傑森拖著腳步走進來，手上拿著儂特利速食店的外帶紙袋，另一手抓著吃到一半的雞肉漢堡。他對高層們露出一抹微笑，沈小姐的眼睛便亮了起來，對他揮手致意，另外兩名高層則跳起來和他握手。真是典型。傑森的訓練遲到，吃著雞肉漢堡，但高層還是對他溺愛至極。

「好了。」俞真姊說。「現在來聽聽歌聲吧。我們需要決定，妳們兩個女生誰唱哪一個段落，所以妳們一人唱一次整首吧。米娜，從妳開始。」

我將汗水淋漓的身體滑進其中一張椅子裡，聽著音樂和米娜的歌聲。就算沒有麥克風，我也覺得她的聲音可以直達DB總部的屋頂。傑森在我身邊的椅子上坐下，對我舉起漢堡的紙袋。

「要吃薯條嗎？」他低聲說。

我忽視他，試著專心聽米娜唱歌。

「再更有感情一點，米娜。」沈小姐喊道。「妳唱得很好，但我什麼都感覺不到。」

傑森把紙袋直接貼在我臉上。「我保證裡面沒有偷藏起司香腸啦。快點，吃一根。」

我繼續假裝沒聽見，但我無法阻止自己的嘴角微微上揚。我立刻壓抑住笑意，但是太晚了。他咧開嘴。

我的嘴巴居然背叛我。

「我們居然能合唱這首歌，也太酷了吧。」他說。

「呃，是滿酷的吧。」我緊盯著米娜的表演。

「米娜，妳的臉看起來像是有人殺死了妳的小狗一樣痛苦！成為ＤＢ的明星對妳而言是這種感覺嗎？笑一個！」另一個高層喊道。隨著他的評論，我可以看見她的頸部緊繃起來。

「我知道我是很興奮啦，妳知道為什麼吧？」傑森靠得我好近，我都可以聞到他呼吸裡的薯條味了。嗯……聞起來倒是不差。我已經不記得自己上次吃薯條是什麼時候了。

我沒有回應。他期待地等待著，小狗般的棕色大眼盯著我，我嘆了一口氣。

「好吧，我放棄。你為什麼要——」

「瑞秋！」一個聲音低聲喊道。其中一名訓練員正瞪著我，一隻手指壓在嘴唇上。「專心。妳怎麼這麼沒禮貌？」

我的臉一陣緋紅。俞真姊在練習室的另一端，一手遮著額頭，看起來非常困窘。我從傑森身邊轉開，專心在歌曲上，但我的內心正在冒火。明明是傑森在跟我說話，為什麼是我被教訓啊？

一會之後，他又靠了過來，低聲說：「妳還沒聽到我的答案耶。」

我直直看著前方，忽略他。我今天已經惹夠多麻煩了。

「妳一定會喜歡的啦，我保證。」

他把頭靠在我的肩膀上，我則聳肩把他推開。

「妳真的不想聽嗎？」

夠了就是夠了。我轉過頭去面對他，準備把他轟走，但我沒想到我們之間的距離這麼近。我們的鼻子幾乎相碰，而他正直直看著我的眼睛。

「喔。」他的聲音小得只有我能聽見。「我一直以為妳的眼睛是棕色的，但近看才知道，原來裡面還有金色的細紋。我猜大部分的人一定都沒注意到這一點。」他微笑著。「太可惜了。妳的眼睛真的很美。但話說回來，我又滿高興我是少數幾個知道的人之一。」

我目瞪口呆地看著他，一句話也說不出來。米娜終於把歌唱完了，然後傑森抬頭看了一眼時鐘。

「抱歉了，各位。」他對著整個房間裡的人說道。他站起身，把速食店紙袋揉成一團。「我和魯先生有個會議，要討論……呃，一些重要事項。我當然不想早退，但如果魯先生開口了……」

他心知肚明地瞥了大家一眼，而所有的訓練員和高層們便咯咯笑起來。他最後對我露齒一笑，然後走出了訓練室，把門重重關上。

第十章

我又和傑森回到了練習室，但這次只有我們兩個人。他手中抓著一包聞起來好油好好吃的薯條，我們靠在鏡子牆前，邊吃邊大笑著。突然間，他轉向我，深深看進我的眼裡。「我一直以為妳的眼睛是棕色的，但近看才知道，原來裡面還有金色的細紋。我很高興我是少數幾個——」

「呼叫瑞秋！醒醒，瑞秋！」

啊？

我的眼睛倏地張開，看見朱玄和慧利兩雙一樣的深棕色眼睛，正由上而下地俯視著我。

「我的天啊，瑞秋，妳還好嗎？」慶美說道，她的臉突然出現在雙胞胎之間。「妳完全被網球打暈了耶。」

我在上體育課嗎？

我雙手撐著泥土地面，小心翼翼地坐起身來，卻聽見像是從我的頭裡面發出來的喀喀怪聲。

我的天啊。我的腦子受到永久性傷害了嗎？

我轉頭，看見史洛特教練從慶美手中抽走手機。「走開吧，慶美，去跑球場五圈。」她低下頭檢視著我額頭上的腫塊，一邊咋舌。「妳在球場上得更專心一點，瑞秋。妳去保健室吧。」

「我可以帶她去啊！」慶美在不遠處喊道。

「慶美！該起跑了！現在！」教練喊回去。

「沒關係。」朱玄防衛地站在我旁邊。「我們可以帶她去。」

慧利一手環住我的肩膀，我便讓雙胞胎把我帶離了球場。

「謝了，兩位。」穿過更衣室時，我對她們說道。我從一旁的鏡中看見自己的模樣。哇喔。我的眼睛看起來迷茫、恍惚，而我的額頭上有一塊暗色的瘀青。希望這不會維持太久，我可不想要讓米娜看見我紫色的額頭。

「不敢相信，我剛剛居然在體育課昏倒了？」我緩緩搖著頭。

朱玄和慧利交換了一個眼神。「但……我們不意外耶。」慧利說。「妳整個星期都在放空啊。」

「像是園藝課的時候，妳一邊修剪盆栽一邊唱歌，然後妳太專心在想歌詞，就把整顆樹都剪光了。」朱玄說。

「還有在學校餐廳裡，妳一邊排隊一邊練舞，然後把大鍋的湯餃直接打飛了。他後來整天都是豬肉水餃的味道。」慧利微笑起來，但她很快就收起笑容，關心地望著我。

「還有戲劇課的時候——」

「好啦、好啦。」我說。「我懂啦。只是最近我要擔心的事情有點多。妳知道，訓練的事。」

還有傑森的事，我想著，一邊回想起被網球打到時腦中的白日夢。但我不打算提起這部分。

「還好暑假快到了。妳可以好好充電、休息，順便鍛鍊妳的園藝技巧。」慧利在取笑我，但我幾乎沒聽到她說的話。

放假了。就算沒課，我媽還是不會讓我平日去訓練的，但現在我並不在意。這就是我最需要的。沒有學校、沒有訓練、沒有承諾。我等不及要在家裡耍廢一整天了。

✦

「姊，該起床了！」我感覺到一隻手指戳著我的臉頰。

距離上次的對話已經過了一個星期，學校終於放假了。我計畫要好好睡到自然醒，和朱玄跟慧利吃炸雞，然後剩下的時間就在Netflix上看《唯一的戀曲》直到晚上睡覺時間。

那根手指又戳了我一次。

我呻吟一聲，眼睛撐開一條縫。莉亞穿著一件格子裙和奶油色的落肩毛衣，看起來像是我上個月買的那件，站在我的床邊。她爬上床，坐在我身上。

「莉亞，天啊，拜託，不要說話好嗎？睡覺啦。噓。」我邊說邊閉上眼睛。

「姊，拜託起來啦——這很重要耶！」

「莉亞，放假的時候，沒有什麼事比睡覺更重要了。除非妳的小妹在三小時之後帶著早餐回來。」我閉著眼微笑著，然後翻過身，準備再度打瞌睡。

「好吧，姊，那就待會見了。」我感覺到莉亞從我床上溜下去，但她聲音裡的某種情緒讓我的心中產生一陣罪惡感。

我睜開眼，撐起身子坐起來。「好吧，什麼事情這麼重要？」

拜託告訴我是《她的祕密生活》電視劇馬拉松……

「嗯哼……」莉亞咬著嘴唇。「我中獎了。所以要帶妳去一個地方。」

「真的嗎？但妳從來沒提過啊——」

「我本來想要早點告訴妳的，但是妳最近訓練跟學校都好忙，我……」她的聲音漸弱，我心中的罪惡感則油然而生。我嘆了口氣，然後露出最燦爛的微笑。「嗯，所以我宣布，今天是金家姊妹日！看妳要做什麼都行！」莉亞露齒而笑，我抓住她的腳，開始搔她的癢，她則掙扎著想要溜走。「好吧，別賣關子了，妳要帶我去哪裡呀？」

「我參加了NEXT BOYZ的粉絲見面會抽獎，我抽中了！」她在我的搔癢之間喊道。「妳相信嗎？我們要去參加簽名會耶！就是今天！」

我的手（還有我的整個身體）僵住了。我直瞪著她，想要她告訴我這只是個玩笑。但是她從床上跳了下去，一邊歡呼一邊在我房間裡跳著舞。我的天啊，她是認真的。她當然是認真的。這可是莉亞，未來的李太太耶。

「不。」我說。「不行。絕對不行。我們不可以去。」

莉亞停下腳步。「為什麼不行？妳說我要去哪裡都可以的！」

我搖著頭。「除了這個之外都可以。拜託，莉亞。我不能去參加NEXT BOYZ的簽名會啦！」

「為什麼不行？」

我有千百個不行的理由，而第一個就是，我不確定我是不是該減少一點和他碰面的機會。每次只要他在旁邊，我的肚子就會有一種奇怪的糾結，我見到他越多次，這種感覺就會越常出現。更糟的是，這感覺也許會變得更強烈。現在不行——我離出道就差這麼一步了。傑森占據我腦中的份量，早已超越我願意承認的範疇了；真要說的話，我可能還得進行一點記憶消除手術，把傑森的部分洗掉一點。但我可不能跟莉亞這麼說。我已經夠有罪惡感了。我最近已經讓她失望太多次，不能再加上一條搶人暗戀對象的罪名。

「因為這樣很糗啊。」我最後說道。「我應該要是傑森的合唱夥伴，而不是他的迷妹。」

「對啦，我就知道妳會這麼說。」莉亞鬱悶地說。她的嘴角揚起一抹惡作劇的微笑。「但我是不是忘了告訴妳，這場簽名會是辦在『時尚之屋』呢？」

靠。

時尚之屋是首爾新開的一間服裝店，只有受邀者才能進入。這間店去年才開，但現在排隊名單早已經排到一年後了。我聽說就連康基娜都得排兩個星期才預約得到。那裡的服裝，據說囊括了高級時裝、精品和復古風格，價位由低至高應有盡有，所有風格的服裝造型都能在那裡找到。光是想到能踏足那間服裝店，就讓我手癢得想要畫畫了。

「我是說，如果妳不想去的話，我就只好把我們的名額讓給別人了……」莉亞邊說邊從我的床邊退開，臉上掛著作弄的笑容。

「妳想都別想，小惡魔！」我喊道，把她一把拉回我的床上。「我想……我們只好去參加這場簽名會啦。但那是因為我是全世界最棒的姊姊，聽懂了嗎？」

莉亞尖叫著抱住我。「耶，耶，耶！妳最棒了！我就要親眼見到傑森了耶！」

而我就要親自踏進時尚之屋啦！

三小時後，我們兩個人的興奮感都已經消失殆盡了。

當我和莉亞出門的時候，外面天還是黑的——當她凌晨四點叫我起床時，我還沒有意識到這一點。但根據莉亞的說法，就算已經有了簽名會的保障名額，還是得要天還沒亮就起床。因為光是人到現場還是不夠的，妳也同時得排隊排在最前面才有意義。

當我們抵達時尚之屋時，已經有不少人在排隊；我們排進隊伍裡，但莉亞累得不斷打瞌睡，還一直把自己的應援海報弄掉——那是一張巨大的手工海報，上面剪輯了傑森成名之路的所有照片，從他還是多倫多當地的網紅開始，變成國際級的巨星，並用閃亮的粉紅色紙膠帶做裝飾，加上手寫的筆記。

「好啦，我幫妳拿啦。」我邊說邊把海報從她手中抽走。

「謝了，姊。」她說，壓抑住一個呵欠，眼皮沉重地下垂。

隊伍越排越長，一路排到我們後面的路口，我低頭瞄了一眼手錶。距離簽名會開始還有一個小時。「我要去那邊的咖啡廳買飲料。」我邊說邊指向對街。也許一點糖分可以讓她精神好一點。「我馬上回來喔。」

她半閉著眼點點頭。

我手中抓著海報，衝過街道。在我進入咖啡廳之前，我還特別左右張望了一下。我可不希望古慶美突然出現，然後拍下我拿著李傑森應援海報的照片。幸好四周並無異狀。只有幾個早起的人在喝咖啡，還有一名店員在拖地。

我幫自己點了一杯冰咖啡，幫莉亞點了一杯草莓奶油冰沙。就當我要走到一旁等餐點時，一個穿著連帽衫的人跑了過去，不偏不倚地撞上我。我在剛拖好的潮濕地面上打滑，伸手想扶住最近的桌面保持平衡，海報就從我手中滑落。

「妳還好嗎？」一個聲音在我身後響起。等等。這個聲音是……

我轉過頭去，看見傑森正低頭看著我。「瑞秋？」他不可置信地說，一邊把連帽衫的帽兜拉了下來。

「嘿。」我微笑著，一邊試著用腳把海報踢到身後，但他比我快了一步。

「我幫妳拿吧。」他彎身撿起海報，翻到正面，臉上立刻露出一個驕傲的笑容。

「那是為我做的嗎？」他愉快地說。「是金瑞秋親手做的嗎？」

天要亡我啊。

我把海報搶了回來，卻注意到底部裂開了一條縫。「我……這不是——」我的舌頭不知怎麼地打結了。「這是我妹做的。她今天跟我一起來的！我是說，我是跟她來的。如果她不想來，我今天就不會來了。現在學校放假，所以我就答應要陪她了。」

我的天啊，我為什麼就不能閉嘴？

「所以，這樣懂了嗎？我們再說一次重點，以免你誤會。這個海報是我妹做的。我只是陪她來，而海報現在壞了，她一定會——」

「十七號的飲料好了！」咖啡師喊道。

感恩讚嘆咖啡師。我背過身，拿起我的飲料，把海報夾在腋下。

傑森咧嘴一笑。「嗯，我得去簽名會啦。我想待會就在隊伍裡見囉。」他眨眨眼，然後小跑離開了咖啡店。

我回到隊伍旁，看見莉亞被一群女孩包圍著。我露出微笑，以為莉亞在排隊時交了些朋友，但當我再走近一點，卻發現莉亞的雙臂在胸前交抱，表情看起來像是快哭了。「如果妳的姊姊真的像妳說的，是DB『首席練習生』，妳為什麼還要來粉絲見面會才見得到李傑森？」她身邊的那群女孩咯咯笑了起來，莉亞的臉則漲成了深紅色。「妳姊搞不好是那裡最爛的——所以他們才讓她離傑森這種真正的大明星這麼遠。」

我來到隊伍旁，然後認出了其中一個女孩熟悉的心型臉。我的心一沉。是那群來過我家的小女孩。

我跑向莉亞，一手拿著兩杯飲料，一手推著莉亞向前走。我微笑地轉向心型臉女孩。「隊伍在移動囉。妳們最好先回到後面的隊伍裡。」

她對我擺著臭臉，但開始向後退開。然後她突然轉過身來，臉上露出一抹甜得要死的微笑。「對了，莉亞，多謝妳告訴我們簽名會的事。只是我們都不想跟妳一起來——如果我知道妳沒有其他朋友可以邀請，只好拉妳姊一起來的話，我搞不好還會重新考慮的！」她大笑著，然後小跑步追上她的朋友們。

我低頭看著莉亞和她被淚水沾濕的小臉。「莉亞。」我猶豫地說，但她沒有看我，而是大步跨過時尚之屋的雙扇門。我跟在她身後，剛才發生的事沉甸甸地壓在我的心頭，像是一袋磚塊。莉亞在紐約時還太小，沒有太多社交生活，但我知道搬來韓國之後，這對她來說更難了。學校裡的每個人都知道莉亞是誰，因為他們都知道我是誰——傳說中的DB練習生，未來的明星。有一半的人因此而完全不想理她（流行樂壇的名氣，或者任何一種名氣對我們學校裡的某些自大狂而言，簡直就是眼中釘），而另一半的人只想利用她來打探最新的歌壇八卦，或編造關於我的陰謀論。

我被隊伍推著進入時尚之屋裡，幾乎完全沒有注意到我身在何處。但當我抬起頭時，莉亞和那群小太妹的衝突就飛到九霄雲外去了。一座巨大的玻璃電梯妝點著竹子裝飾，座落在店內的正中央，一路通往七樓的透明圓頂。每一層樓都裝飾著不同顏色，一樓是白色，七樓是黑色。我們四周全是一排又一排的衣服，顏色完美地擴散出去，從米白、珍珠白、到象牙白，還有亮眼得讓我無法直視的螢光白。

我真想要直接飛進衣架裡，把一切占為己有。

我的心思全在衣服上，完全沒注意到我們已經來到隊伍的最前面。一張長桌擺在電梯的正前方，鋪著白色桌巾，上面擺著小彩球，後面則是透明的椅子。

敏俊先注意到我，他拍了拍傑森的肩膀。「你怎麼沒說你女朋友要來啊？」傑森也露出一樣燦爛的笑容，對我們搖了搖手指打招呼。「哎呀，真高興見到我的忠實粉絲。」

莉亞的整個身體都在發抖，用力肘擊了我一下。她笑得合不攏嘴，我都可以看見她的喉嚨了。看來剛剛的小太妹已經完全被遺忘啦。

「很痛耶。」我邊說邊搓了搓身側。

她直接無視我。「姊，快點，快點，把海報給我！」她邊說邊抓著我的手臂。

「呃……關於那個海報嘛……」我把弄破的海報遞給她，垂下頭。「我在咖啡廳不小心把它弄破了，對不起，莉亞。」

她的臉垮下了一秒鐘。但她又露出微笑，捏了捏我的手。「沒關係啦，姊。妳又不是故意的。再說——」她從裙子的口袋裡掏出一捲紙膠帶，開始動手撕。「——我早就準備好了。」

她神速修補好海報，並熱切地把它攤在傑森面前的桌面上。「傑森哥，這是我做給你的。我想要讓你知道，你是如何從一個網紅變成現在的大明星，靠你的歌聲和完美的髮型擄獲全世界！」她的雙手合十，抵在下巴，面露笑容。「我是你的頭號粉絲！」

傑森仔細看過海報的每一個角落。「我太喜歡了。」他讚嘆地說。「妳還有貼暴龍隊的貼紙耶！我一定要跟這張海報合照。」

他拿出手機，拍了一張和海報的自拍。然後他微笑著對莉亞招手。「我們兩個也自拍一張如何？」

莉亞倒抽一口氣，指著她自己。「自拍？跟我？」

她爬到簽名桌的另一邊，靠在傑森身邊，用手指比出小愛心的形狀，他則拍了一張又一張的照片。我在一旁看著這一幕，心頭一陣暖流。最近開始排練和傑森的合唱之後，我一直沒有時間好好陪莉亞，而現在她看起來好開心——光是這一點就值回票價了。

當然，如果我能好好看看這些衣服，那就更好了。

我正打算從一旁溜走，但莉亞轉過身，對我說：「姊，我可以跟妳借手機嗎？我今天早上忘記拿了，但我也想要照片！」

我把手機遞給她，他們又拍了幾張。莉亞開始一一喊出各種表情的名稱（「驚訝臉！女神臉！還有傑森頭號粉絲臉！」），讓我覺得丟臉至極，但傑森只是照著她的指示做，看起來玩得很愉快。然後他突然轉向我。「欸，妳也過來啊。我們應該三個合照才對。」

「我？喔，不用了。不了，謝謝。」我搖搖頭，向後又退了一點。「今天是莉亞的日子。」

「但我想要我們三個的合照！」莉亞尖叫。

「妳看吧。」傑森說。「莉亞想要合照，而今天是莉亞的日子嘛。」

她慎重地點點頭。「他說得對。今天是莉亞的日子，而莉亞就是我。」她跑過來抓住我的手臂，把我拖到她和傑森中間。傑森把手機還給我，然後用他的手機拍了一張照片。莉亞整個人都快融化了，兩手都比著愛心的手勢。我盡可能露出燦爛的微笑，但離傑森這麼近讓我的心跳加速。我就是拚命想要避免這件事發生。

他的手臂壓在我的手臂上，我瞥了他一眼，卻正好看見他直視著我。他露出微笑，我的肚子便一陣緊縮。

可惡。別說什麼心跳加速了；它現在都要從我的胸口飛出來了好嗎？我的眼角餘光看見敏俊對著我們偷笑，我便很快轉開視線，不再看著傑森。

「好啦，自拍拍夠了吧！」我有點太大聲地說。

「我會傳給妳的。」傑森說。「我們來交換電話吧。」我猶豫著，他便揚起眉毛。

「幹嘛，我們的確該有對方的電話不是嗎？我們是一起工作的啊。」

這倒是。我翻了個白眼，把手機解鎖遞給他。

我們後方的隊伍裡，一個染著綠色頭髮的女孩提高了音量。「妳們不是這裡唯一的粉絲，記得嗎？」她聽起來超不爽的。

「對啊，我們也想看傑森啊！」另一個穿著NEXT BOYZ演唱會黑色T恤的粉絲附和道。

她的朋友穿著白色版的演唱會T恤，瞇起眼看著我的臉。「等等，這不是金瑞秋嗎……影片裡的那個？她就是和傑森合唱的女生啊！」

「我的天啊，對耶！」黑T恤女生說道。「瑞秋，我超愛妳的歌聲的！」

我受寵若驚地紅了臉。我第一次在公開場合被人認出來！「謝謝——」

「我可以和妳跟傑森一起合照嗎？」白T恤女孩問。

「等等，我也想拍！」綠頭髮的女孩喊道。

「瑞秋，瑞秋！我們愛你！」群眾開始往前擠，人們從四面八方喊著我的名字。

我緊張地微笑著，從簽名桌後方退開，一手環住莉亞。

「那個賤人真的是傑森的女朋友嗎？」另一個人喊道。

「她還沒漂亮到可以跟他交往啦！」又一個人尖叫。

哇喔。有兩秒鐘，成名的滋味還是不錯的，但一下子就有點超出負荷了。人群擠得離簽名桌更近了，伸出雙手想要碰觸我們，傑森立刻跳了起來。「嘿，大家冷靜點！退後！」

他的聲音被這陣混亂吞沒了。一個女孩的距離太近，一伸手就從莉亞手中搶走了莉亞的海報。「嘿！」我大叫著，試圖把它搶回來——但是太遲了。四處都是人。

突然間，NEXT BOYZ的保全團隊跑了過來，包圍住我和莉亞，帶著我們穿越仍在尖叫的粉絲群們。我回頭看著傑森，儘管一整群的女孩尖叫著他的名字，他的臉色依然難看而緊繃。我們被護送出了時尚之屋的大門。

「剛剛超猛的啦。」事後，當我們往地鐵站走去時，莉亞這麼說道，她的臉上閃爍著興奮的光芒。「不敢相信有人搶走我的傑森海報！」

「妳不會難過嗎？」

「什麼？當然不會！超酷的！我們剛剛在簽名會引起粉絲暴動耶！」

更像是群魔亂舞吧。我牽住她的手。「快走吧，莉亞，我們回家。」

……✦

那天稍晚，我躺在床上，試圖專心讀園藝學的書，卻一直失敗——我們有一趟去濟州島的校外教學，但只有成績高於九十的人才可以去——接著我的手機通訊軟體上出現了一則訊息。訊息是來自一位名為「甜咖啡愛好者」的人。

傑森。

一部分的我想要把訊息刪除，然後把手機丟到一邊，但我的手好像不受我控制。我發現自己臉上掛著愚蠢的微笑，一邊滑著手機，看他剛剛發來的所有自拍照。有一大堆他和莉亞自拍的照片，還有一系列我們三個的自拍。

這讓莉亞當下一張海報的素材吧:)

我暗自微笑，等不及天亮時給她看照片了。

然後我的訊息又響了。

喔，還有這個……

又一張照片跳了出來。我屏住呼吸。照片上的我們兩人填滿了螢幕。那一定是我們對看時他偷拍的照片，他的嘴唇揚起一個微笑的弧度，我的嘴則因為發現他看著我而驚訝地張開。我的手指在刪除鍵上游移。我知道我不該保留這張照片的——有什麼意義？如果有人看見了，以為我跟傑森之間有什麼，但其實我們之間什麼也沒有的話呢？我好像不值得冒這個險。但接著，最後一則訊息出現螢幕上。

這張是專屬於妳的。晚安啦，狼女。

在我意識到之前，我的嘴唇也勾起了一絲微笑。

第十一章

右踏，擺臀，滑步，然後……不對。擺臀，滑步，然後右踏……還是左踏？

我把落到臉上的髮絲吹開，怒視著我自己在訓練室鏡子中的身影。這是整套舞步中最簡單的腳步之一了，所以我到底為什麼跳得這麼崩潰？

在每週五下午，這間訓練室會有一段時間開放給所有人來自由練舞。平常時候，我都會在學校待到太晚，來不及到DB練習，但今天雙胞胎的司機在送朱玄和慧利去江南逛街的時候，順道載我來了一趟。現在這裡擠滿了練習生，包括正躲在後方休息的米娜，此刻和恩地及麗茲起勁地聊著八卦。我聽見米娜的大笑聲，回頭看了一眼，卻和她正眼對上，便立刻轉開了頭。我今天不想和任何人互動。我只想把這段舞練好。

我又一次從頭開始。我檢視著自己在鏡中的影像，卻只在腦海中看見我們的舞蹈訓練長在玹對我板著臉的模樣。

「全錯了！」我們最後一次練舞時，他這樣對我尖叫。「這麼簡單的舞步妳居然還會搞砸！我真不懂俞真到底看上妳哪一點。再一次！」

我讓自己的表情保持冷靜，拒絕讓他的聲音進入我腦中早已不斷迴盪的各種批評聲浪中，並再度集中我身上所剩的力量。但音樂幾乎才剛開始，他就立刻又切掉了。

「不對。又錯了。光是妳踏步之前，我就知道妳又開始想太多了。再一次。」

我深吸一口氣，試著不要咬牙切齒。但是在玹還是注意到我臉上的挫敗感。

「聽著，如果這對妳來說真的太難，那就打包回家。」他把音樂關掉，然後大步朝我走來。「妳覺得對我擺臉色會讓妳跳得比較好嗎？別再耍公主脾氣了，努力一點。如果妳連這個都跳不好，其他的妳想都別想。」

直到現在，我還是沒辦法擺脫他的那些評論。那些話語就像某種可怕的旋轉木馬，在我腦中轉個不停——我越專注在那些聲音上，我就跳得越糟，而我跳得越糟，我就越被那些聲音影響。我跌坐在地上，對鏡中大汗淋漓的自己惱怒不已。我看見米娜在後方看著我，但不知道為什麼，她的表情不像平常那麼嘲弄。她看起來比較像是不爽，也許還有一點……同情？

我用雙手摀住臉。如果連米娜都在可憐我，我大概看起來真的很可悲。當練習室的門被人一把推開時，她看起來甚至像是要朝我走過來了。

所有的練習生都同時轉頭看著走進來的韓先生，然後竊竊私語的聲音立刻在房間中炸開。

「現在是自由練習時間，高層進來練習室幹什麼啊？」

「我覺得一定是魯先生派他來做什麼骯髒事。」

「你覺得他會把誰踢出去嗎？」

「秀敏最近看起來是有點太放鬆了……」

麗茲坐直身子，一隻手指纏繞著自己的頭髮，一邊對著他的方向眨著自己又大又深的雙眼皮。我不怪她。和高層其他人比起來，韓先生就像是韓國版的克里斯．漢斯沃。如果我不是親眼看過，我真的會很難想像他和一群長著皺紋、穿著西裝的老人坐在一起開會。

他大步走過房間——完全無視一半的人在討論他，另一半人則垂涎三尺地看著他的事實——然後在我面前停了下來。我的身子一僵。等等——他是因為我才過來的嗎？所有人看著我們，耳語聲趨於寂靜，全都光明正大地偷聽著我們的對話。

「哈囉，瑞秋。」韓先生愉快地說。他彎下身，壓低聲音。「妳媽打電話到辦公室來了。」

我猶豫著。「沒事吧？」

「喔，當然，一切都很好。她好像只是想看看妳的狀況，然後問妳什麼時候會回家吃晚餐。」

房裡爆出一陣低聲竊笑。

我不知道現在哪一種感覺比較強烈：是我得離開訓練室，永遠不要回來的感覺；還是跑去總機那裡把電話給砸爛的感覺。在DB培訓中心時，練習生是禁止使用手機的，所以當我們的父母真的需要找人時，他們就會打給辦公室。

但是從來沒有人的爸媽真的打來過。這就像是跟整個DB的人宣告爸媽還是把你當小孩。我住在家裡，還去上學，而其他人都住在練習生宿舍、全職受訓，這樣已經夠糟了。現在這樣，更是給了米娜和她的跟班在週末欺負我的題材。

我拖著腳步跟在韓先生後面，試著不要看任何一個人的臉。在我經過時，我聽見恩地低聲說：「拜託，大家，這樣很可愛耶。她媽媽可能只是想確認她今天有去尿尿吧。」我的臉一陣灼燒。

來到門邊時，韓先生頓了頓，對米娜露出微笑，後者也快速地對他報以笑容。麗茲對她揚起眉毛，米娜則擺了擺手。「他是我爸朋友啦。上星期他才來我們家吃飯的。」米娜在我們離開練習室時說。

「呃，謝謝你來帶我，韓先生。」我跟著他走過走廊。「希望我沒有打斷你處理重要的事。」

「一點也不，瑞秋。」韓先生說。「我只是剛好在辦公室裡，接到妳媽的電話，所以我想說剛好來看看妳。別擔心，我懂的。」他補充道，一邊對練習室點了點頭。「我媽也是個緊張大師。她一天大概要打給我五次吧。我一直告訴她用簡訊就好，但她說手機鍵盤的字母太小了很難打。」他邊說邊挽起袖子看了一眼手錶。「其實呢，我應該剛好錯過她的電話了。」他對我微笑，而我微笑以對，看著他手上的錶——它看起來很有歷史了，皮錶帶已經有些磨損，但看起來相當柔軟，方形的金色錶面閃爍著恰到好處的鏽蝕痕跡。

「你的錶好美啊，韓先生。」我說。

他低頭看著錶，笑了笑。「謝了。這是我爺爺的。我接下他在DB管理層的位置時，他就把這隻錶傳給我了。」他把手腕轉向我。「看到錶面邊緣的紅寶石嗎？」我點點頭。「這些是他特別請人鑲上去的，好展現我們家族的座右銘——『韓家無可匹敵』。他一直都這麼說。但我跟妳說一個祕密。」他對我打了個手勢，我便靠了過去。「我覺得他只是個超級足球迷而已。」他仰頭大笑，而我跟著咯咯笑了起來。像韓先生這樣的高層，我想我可以接受。

「所以星期天的正裝彩排，妳有把握嗎？」我們繼續走時，他問道。他意味深長地揚起眉毛。「所有的練習生、訓練員、還有高層，都會來看你們三個的進展喔。妳準備好了嗎？」

我回想起在玹責備的面孔。「應該還沒。」我承認道。在這種情況下，我真的不知道我有沒有準備好的那一天。我打了個寒顫。

「繼續練習吧。」他鼓勵道。「妳很快就會了。」

我虛弱地微笑了一下。我真的很希望他說得對。

隔天早上，我打起精神去和米娜一起進行舞蹈訓練。我其實沒有很想再見到傑森，但如果我真的想把這支舞跳好，我遲早都還是要面對他的。

在練習開始之前，我在門口徘徊著，不是真的很想踏進去，但當我探頭看向練習室裡時，我發現裡頭除了米娜之外沒有其他人，她正在鏡子前拉筋。她轉頭看向我，將手叉在腰上。

「妳也差不多該到了。」她說。「快點，我們開始吧。」

我把包包丟在地上，皺起眉頭。「在玹在哪裡？還有其他訓練員呢？」

「他們現在正在附近的高檔汗蒸幕做按摩和泡湯啦。」米娜說。我揚起眉毛，她則打發地擺了擺手。「我想我說我們可以單獨訓練一下，所以我請我爸給了他們一點獎勵，說他們『給了他寶貝女兒滿滿的支持』。他們完全買帳耶。」

「可是……為什麼？」我完全不想掩飾口氣裡的懷疑。我朝門邊退了一步。「我不懂耶。」

米娜嘆了口氣。「妳就非要讓事情變得這麼困難嗎？聽著，我們都知道妳跳不好某些舞步，這首歌我也有一些部分唱得很掙扎，所以我就這麼想了。」她朝我這邊走來，我們現在是面對面站著。我一手抓著門把，以免她又要耍什麼爛招，但當她再度開口時，她的聲音很誠懇，而且似乎還有點興奮。「我們何不交換一下彼此負責的部分呢？像是妳幫我唱那段我唱不好的歌詞，然後我就在妳跳不好的舞蹈段落領舞。這樣是雙贏。」

「嗯，是啊，只不過訓練師和高層知道我們要反對他們的決定之後，絕對會氣到炸毛的。」我說。「拜託，米娜，妳真的覺得我會讓妳用這麼明顯的手段陷害我嗎？妳對我下藥，想要毀了我的選秀。而且妳還把派對的影片傳給我媽！我們都知道我沒辦法證明妳做了什麼，但妳別以為我會天真到再被妳騙一次。我要是傻傻照妳的話做，妳是不是就會跑去告訴高層，說我對妳下藥，然後逼妳幫我跳我的橋段？所以……離我遠一點。」

她翻了個白眼，但她的臉頰變得有點紅。「好啦，是我做的。妳說得對。我不會道歉的——」

我吹了一口氣。「真是意外啊。」

「但我保證我這次不是在要妳。我知道一開始大家一定都會生氣，但他們看到我們彩排之後，他們就會懂了。我們都訓練得這麼努力了，為什麼不能稍微做一點小改變，好讓我們都能發揮自己的長處呢？」

她說得對。

「拜託啦。」米娜雙手合十。「我們至少可以試試看？」

我猶豫著。這是我第一次注意到她看起來有多累。她以往眼中的光芒，已經被浮腫的眼袋所代替，而且她不斷按摩著自己的肩膀，好像和我的肩膀一樣疼痛。她看起來……就和我一樣。充滿決心、卻疲憊至極。我想，不只是我一個人的訓練行程排得跟瘋子一樣。我在付出一切，她也是。

「好吧。」我緩緩地說。「好，我們就試試看——但就只有這場練習。然後我們看著辦。」

米娜深深吐出一口氣，肩膀放鬆了下來。「好。太好了。來吧，我們先來解決妳有問題的那段舞步。練習的時候我一直在看妳，覺得我知道問題在哪裡……」

……✦

我曾經很喜歡星期天——當星期天意味著睡到自然醒，以及和莉亞看一整天的動畫。但這個星期天來得太快了，在我勉強擠出的寫作業時間、和米娜一起的額外訓練時間之後，還有一場正裝彩排將在下午開始時，我已經累到不行了。又累又緊張——因為我和米娜做出的調整，我真的覺得還不錯。問題是，高層會認同嗎？還是會殺了我們？

我從舞臺側翼，偷看著禮堂裡的練習生、訓練員和所有的高層。所有人都在等著傑森、米娜和我上臺表演。我看見魯先生穿著他的銀色條紋西裝，還有閃亮的黑色懶人鞋，正熱烈地和坐在他旁邊的一個男人說著話。是朱先生。就算過去這幾週不用每天都看著她的臉好幾小時，其他人大概也不難看出米娜遺傳了多少爸爸的基因。他們的額頭都很寬闊，還有銳利的五官。

「妳準備好了嗎？」米娜出現在我身邊。她的洋裝是驚人的螢光粉紅，中段以銀色的束腹收緊。她的脖子上戴著一條鑲鑽的黑緞帶頸鏈，鑽石排列成「Summer」的字樣。這幾乎和我自己戴的那條一樣，只是我的上面拼的是「Heat」。

我點點頭，一邊踩了踩腳上的白色麂皮厚底靴，但我已經開始覺得口乾舌燥了。臺下也許沒有任何攝影機，但是這裡滿是DB的練習生和高層，感覺沒有比較不可怕。突然間，我聽見一個興奮的聲音高呼：「瑞秋！」我轉過身，看見明里站在那裡，臉上掛著燦爛的微笑。她朝我跑了過來。「美夢成真了！我好驕傲！妳這麼努力，一切都開始有回報了——」

「真是不好意思，必須打斷妳的真情告白。」米娜插嘴，擠到我們之間。「但瑞秋現在要走了。」她看著明里，露出輕蔑的微笑。「我們之中有幾個人是有明星夢要追的……但妳可能不會懂。」她瞄了我一眼，然後轉過身背對明里。「傑森要開場了。」她說，然後走到舞臺右側屬於她的進場位置。明里目瞪口呆地站在那裡，看著米娜離去的身影，眼中燃燒著怒火。我覺得我已經好幾個星期沒跟明里見面或說話了，而現在我只想留在這裡，跟她一起說米娜的壞話，但我隨即聽見歌曲的開頭幾個音。「我得走了！」我露出抱歉的微笑，然後跑向我的進場位置。我很快向後看了一眼，只看到明里往觀眾席走去，臉上的笑容似乎枯萎了一些。

我把這件事壓了下來，告訴自己以後我還有很多時間和朋友閒話家常，但此刻光線突然調暗了，而當我往舞臺上看去，並看見傑森的身影時，明里便成了我的清單上要擔心的最後一件事。整個禮堂一片沉默，我拚命阻止自己想要咬嘴唇的衝動。我現在可不能把妝給吃掉。接著，舞臺的聚光燈打開，音樂就開始了。

傑森轉過身來，開始唱出第一段主歌。他穿著合身的條紋西裝，頭上戴著一頂紳士帽，看起來帥到我無法直視。觀眾們開始跟著節奏拍手。聽著他的聲音，跟著快節奏的旋律唱出歌詞，每一個音都和呼吸一樣自然，我突然覺得自己好像復活了。我的緊張之情似乎開始漸漸淡去，被血管裡竄流的電流與期待給取代。我想要上臺去和他一起唱。只要再幾秒鐘……

就在第二段主歌開始時，禮堂裡的光線再度轉暗，而我和米娜便大步走上舞臺。有那麼一瞬間，觀眾席鴉雀無聲。我知道他們在看我。我可以聽見他們腦中的想法，認為我不屬於這裡，我不屬於這個舞臺。我的身子僵住，但當聚光燈再度打亮時，觀眾便沸騰了——練習生歡呼著，幾個人甚至跺著腳吹起口哨，我露出微笑。我做得到。我對上俞真姊的視線，而她對我眨了眨眼睛。希望在這場表演後，她還願意跟我說話……

第二段開始，我便踩著編排好的臺步來到傑森身邊，腳隨著音樂的節奏而動，並唱出我的歌詞。

我的新歌詞。對訓練員和高層來說，這句應該是屬於米娜的份。我幾乎可以感覺到他們愣在座位上，試著理解舞臺上發生了什麼事。我聽見幾個人在座位上動了動，交頭接耳。

「現在是怎麼回事？」

「魯先生，這是你認可過的嗎？」

幾句歌詞之後，米娜加入我們，然後便來到我這幾週最擔心的舞步了。我滑到後排，她則往前來到舞臺中央，加入傑森，兩人毫不費力地在舞臺上踩著舞步。第二段歌詞繼續進行，我和米娜再度交換位置，我高聲唱出原本應該屬於米娜的歌詞，我的聲音完美地與傑森的聲音融合在一起，形成完美的合音，也是毫不費力。

我們唱起副歌，三人對彼此露出微笑。我們感覺到臺上的能量像閃電般散發出去，充滿了禮堂。觀眾席的某處，我聽見明里高聲歡呼。就連一些訓練員也很享受我們的表演，一邊唱著、一邊跟著節奏打拍子。但坐在第一排的魯先生，臉色卻漲得和我的口紅一樣紅了。

我嚥了一口口水。我們也許是閃電，但我覺得表演完後，我們要面對的可能是另一波暴風雨。

歌曲結束之後，觀眾席爆出一陣掌聲。俞真姊對我搖著頭，但就連她臉上都掛著一抹無法抹滅的微笑。魯先生站起身，頭也不回地往後臺走去，高層們一個個跟在他身後。朱先生也和他們同行，表情深不可測。

傑森、米娜和我一鞠躬，然後跑回後臺。我的腎上腺素讓我放聲尖叫，傑森也加入我，大叫著伸手環住我跟米娜。

「妳們兩個在臺上超棒的啦！」他緊緊抱著我們，對我們咧開嘴。「多謝妳們有先警告我妳們的小改動喔。」

「抱歉。」米娜說。「我們不想讓你跑去跟高層告密呀。」她翻了個白眼，但從她臉上的微笑來判斷，我知道她只是在逗他。

傑森的手臂環著我的感覺讓我紅了臉，我便很快抽開身。「你也很棒啊！」我說。「你們兩個都超——」

「不自重。完全無視了公司的主導權。」

魯先生大步朝我們走來，朱先生和其他高層們走在他身後，表情凝重而憤怒。他看起像是要爆炸了，但在他來得及開口說下一句話之前，韓先生擠進我們之間，張開雙臂，給了我和米娜一個大大的擁抱。

「精彩絕倫的演出！太不可思議了！我們就知道讓你們三個組團是正確的決定。

南韓最閃亮的明日之星就在這裡。當然，還有最優秀的李傑森囉。」他和我們熱情地握手，然後轉向其他高層。「他們超有火花的，對不對？」

「的確是……很有趣。」沈小姐猶豫地承認道，一邊瞄了魯先生一眼。

「我只看到這兩個女孩隨意改變角色，違反我們的指導。」林先生說道，聳起眉毛，指控地看著我們。「這樣有什麼好稱讚的？」

「當然，如果他們搞砸了演出，那就不值得支持。」韓先生說。「但硬要說的話，他們只是讓表現變得更出色。這就是我所謂的創新！韓國流行樂壇的新生代！」

幾個人喃喃附和，但大多數的人只是對韓先生皺起眉頭。我瞥了魯先生一眼，屏住氣息。他的臉頰已經退回正常的顏色，但他的雙眼仍因為憤怒而瞇起。他來回看著我們和韓先生，既想對著我們尖叫、卻又無法否認韓先生說的任何一個字。

最後，他直視著我和米娜。「繼續練習下去。在練到完美之前，我不想再看到這首歌的表演。」他說，然後轉身就走，其他高層們魚貫地跟著他離開。

在和其他人一起走出去之前，韓先生對我們倆豎起了大拇指。

我吐出一口氣。不敢相信我們真的成功了。

「合作愉快，女孩們。」傑森對我們倆微笑道。「晚點見囉？我想到我還有事情要跟魯先生說。」

他揮了揮手，然後小跑著離開。我盯著他離開的身影看了一會，他身上那股薄荷和楓糖的氣味在我腦中盤旋。但我突然意識到米娜在和我說話，便立刻清醒了過來。

「抱歉，妳說什麼？」

米娜聳聳肩。「沒，我只是說傑森太勇敢了。我現在一點都不想靠近魯先生。」

「喔，對啊。」我拚命想轉移話題。「總之，我們該去換衣服了。也許去餐廳拿一點刨冰來慶祝？」

「呃，我覺得我應該沒辦法。」

「拜託，這是我們應得的。我們在臺上大概消耗掉一萬大卡了吧。」

「妳先去吧。」米娜說，一邊瞄了一眼布幕。「我等一下過去。」

我隨著她的視線，看到朱先生站在那裡，雙臂交疊在胸前。我向他一鞠躬，不自在地快步朝更衣室前進。直到我終於獨處之後，我又小小地尖叫了一聲。

那場演出是我的一切。

這麼長一段時間以來，我終於覺得自己走上正確的路了。

……✦

當我脫下黑白格紋的裙子，套回我最喜歡的綠色飛行夾克和黑牛仔褲時，我的心臟仍因腎上腺素而快速跳動著。我朝禮堂走去，一邊回想著剛才自己是怎麼邀請米娜一起去吃刨冰。我暗自偷笑著。兩天前，想像和米娜一起慶祝任何事情，感覺都像是一場惡夢。但是，嘿，也許這會是一個新階段的開端。

我把頭髮綁成一束馬尾，回到後臺去找她。她一直都沒有來更衣室，所以也許她還在後臺那裡。我聽見舞臺的另一端傳來一個聲音。

「……讓我丟臉至極。妳怎麼敢這樣不尊重高層和訓練員？」

我愣了愣，然後躲到一個大型音箱後方。幾公尺之外，朱先生正對著米娜大吼大叫，他的臉色甚至比剛才的魯先生還要紅。

「妳覺得這樣他們會怎麼看我？如果妳要像這樣表演，就最好不要回家，也不要在我旁邊露臉。」

米娜低垂著頭，一句話也沒說。我從來沒有看過她的這一面。我一直覺得她下一秒就會回嘴，或是抬起頭，用那種惡魔般的眼光看著他，但她都沒有。她只是站在那裡接受爸爸的教訓，肩膀因羞愧而弓起。

「我不知道我是做錯什麼事，才會有妳這麼一個不自重的女兒。」朱先生說。「如果妳再這樣讓我失望，我就不會給妳第二次機會了。妳就不再是我的女兒，聽懂了嗎？」

「是的，爸爸。」米娜低聲說。

朱先生嫌惡地搖著頭，大步走出後臺，把米娜留在原地。她像是生根般站在那裡，渾身顫抖。

「米娜。」我試探性地說道，一邊從我躲藏的地方走了出來。她的身子立刻緊繃起來，轉過身，眼睛瞇成一條細縫。「嘿。妳還好嗎？」

「不管妳聽到什麼，都別以為妳這樣就比我優秀了。」米娜說著，聲音裡滿是憤怒。她的雙眼盛著盛怒所造成的淚水。「我不需要妳的同情。」

「我沒有這樣想。我只想要確認妳還——」

「這不干妳屁事！」她用力抹了抹眼睛，推開我，朝更衣室走了過去。然後她停下腳步，轉過身來，臭著臉繼續說道：「喔對了，我們不是朋友。所以不要表現得好像一副我跟妳很熟。我們合唱一首歌，不代表我就會開始在乎妳。或是我會想要跟妳去餐廳吃什麼刨冰。這不是迪士尼的電影，瑞秋公主。快長大好嗎？」

她憤恨地吐出最後幾個字，大步離開舞臺，我則眼睜睜地看著我們的新階段，在開始之前就死去了。

第十二章

「大家快抱緊你最愛的人囉！接下來會很顛簸喔！」

吉普車在濟州山區的泥土路上飛馳，我差點就被拋出了車外。這一帶崎嶇而粗糙的地表，幾乎就和我最近的人生一樣高潮迭起。

在NEXT BOYZ粉絲見面會的暴動和星期天的正裝彩排之後，我連想到訓練都覺得累。不過靠著幾個晚上熬夜苦讀，我奇蹟似地獲得了和朱玄與慧利一起參加園藝課校外教學的資格。所以我把訓練的一切拋諸腦後，讓自己來到美麗的濟州島，好好享受這裡的自然美景……

顯然，還有為自己的性命擔憂的恐懼感。

「呃，真的。剛剛是……呃……滿顛簸的。」我邊說邊緊張地對著我身邊的司機笑了幾聲。朱玄、大鎬和慧利坐在後座，緊抓著車子的把手。

司機由衷地大笑出聲。「喔，真正顛簸的地方還沒來咧。準備好囉！」

好吧，也許這趟車程比我的人生還要再高潮迭起了一點。事實上，相比之下，我的人生好像比較像是遊樂園裡的兒童飛車，在經過人為計算的小圈圈上打轉。車子向前駛去，我放聲尖叫。後座的雙胞胎興奮地高呼著。大鎬看起來快要吐了。

車子向左急轉，朱玄整個人從座位上飛了起來，雙腿在半空中飛舞，然後落在大鎬的大腿上。我從後視鏡裡看見，慧利的臉垮了下來，大鎬則臉紅得像是快要爆開了。朱玄咯咯笑著，把腿放回自己的座位上。

「剛才超猛的啦！」她大叫著。

「真的很猛。」大鎬同意道，連耳尖都紅了。

慧利向前對著司機說：「大哥，你可以開慢一點吧。」

「別擔心啦。我可是個資深司機。」他愉快地回應道。「現在請各位往左看，窗外有馬喔！」

我在鏡中和慧利對視，並給了她一個理解的微笑。她嘆了口氣，視線飄向車外，用手掌撐著下巴。我的手機在口袋裡震動了一下，我把它撈了出來，卻看見一封傑森寄來的通訊軟體訊息。我的臉也變得和大鎬一樣紅。

傑森：享受妳的小島生活嗎？

他用了KaKao裡那隻沒有鬃毛的獅子「萊恩」貼圖，坐在海灘椅上戴著一副愛心形狀的太陽眼鏡。我咧開嘴。我頭上現在就躺著這麼一副一樣的太陽眼鏡。

我拍了一張剛才經過的野馬照片。牠們看起來心滿意足，在一片長滿野花的草原上吃著草，尾巴不時顫動著。

我：當然，愛死了。見見我的新朋友吧。

傑森：真羨慕。妳朋友比我的酷多了。

他寄了一張敏俊一邊咬著漢堡一邊對著鏡頭比V的照片給我。我大笑。在我們交換過號碼之後，傑森和我就一直有在傳訊息。我一直告訴自己我得停止、我得保持距離、我不該成為DB以後拿來警告菜鳥不准談戀愛的教材，而我最不該做的，就是現在回給他一個桃子裝可愛的貼圖……

但沒辦法，這個貼圖實在太貼切了，我不得不傳。再說了，傳簡訊又不是交往。這沒什麼大不了的。這沒什麼特別的意義。

我把手機貼在胸口，微笑著，在崎嶇的路面上繼續前進。

……✦

傑森：說來好笑，我在世界各地當空中飛人，但我從來沒去過濟州島。

我：騙人。所以你從來沒有吃過神奇的凸頂柑囉？

傑森：有吃過，只是不是在原產地濟州島吃的。吃起來不一樣，對不對？

我：對。你得在島上吃才對。

傑森：妳現在在吃嗎？如果是的話，我需要文字直播。我說的是「我現在正在剝皮、一次吃一片」這種等級的文字直播。懂嗎？

我：還沒吃到，但我們要準備去和海女們碰面了。這幾乎跟吃橘子一樣酷了，對吧？

傑森：勉強啦。

照首爾國際學校的慣例，學生總會逼他們的家長對學校施壓，讓我們校外教學時能住島上最奢華的飯店。這是我這輩子住過最高級的飯店，屋頂上有一座熱帶花園和至少五個海水池，還有每天在飯店私人海攤上的烤肉派對，海灘上架著水邊小屋，還有舒服的椅子，讓客人們能優雅地吃著他們完美的烤肉。我的同學們在飯店裡的位置上坐立難安，等不及大玩特玩他們附設的PlayStation遊戲機，或是去逛飯店大廳裡的高級麵包店，但整趟校外教學中，我最期待的部分，就是和這些海女們見面。

現在島上只剩下幾名傳說中的女性深潛員了——人們稱她們為濟州島的美人魚，每天進行深潛，在海洋中尋找鮑魚、牡蠣和海草——而我們今天要和其中三人見面。當她們走進來時，我仔細觀察著她們，看著她們灰白的頭髮，以及臉上深刻的線條。她們都是七十幾歲或八十出頭的年紀，但她們卻散發出某種獨特的能量。她們開始演講，我則傾身向前，仔細聆聽每一個字。

「這個工作很艱難。」一名海女說道，雙臂張開，眼神掃過我們所有人，聲音在房間裡迴盪。「但我們為了家庭、為了生活、為了傳承，會一直做下去。我們是最後一代的深潛員，而我們引以為傲。」

「在酷寒的海水中，扛著刺痛骨頭的疲憊感，最重要的是，時時刻刻記住我們足夠強壯。」第二名海女說道。我覺得自己起了雞皮疙瘩。「我們充滿勇氣。我們有力量。當我們覺得自己再也走不下去時，我們會記得我們已經走到這裡，我們還能繼續前進。」

第三名海女抬起下巴。她的個子嬌小，背脊弓起，但她說的每一字每一句都展現了她的主權。「我們每個人都該提醒自己，我們是有能力的，尤其是作為韓國女性，這點更是重要。誰還會這樣告訴我們呢？沒有人的。我們要靠自己獨立，告訴我們自己，我們的能耐到哪裡，並做到自己能力範圍可及的一切。」

意外的淚水在我的眼眶聚集。我用手背抹去眼淚，並把她們說的話珍藏在心底。

………✦

傑森：有從海女那裡得到什麼智慧的珍珠嗎？

傑森：有雙關到嗎？珍珠？顆顆顆。

我翻了個白眼，卻仍然被他的話逗笑，然後我頓了頓，手指在螢幕上猶豫著。截至目前為止，我們的對話大部分都還是比較輕鬆的。我不知道要怎麼和他討論比較深入的話題，而且認真說，我也不覺得我想這麼做。和他交換貼圖或是講橘子的笑話是一回事。和他討論在我心中留下永恆印記的事物、或是展露自己脆弱的那一面，又是另外一回事了。尤其這些話就像是針對我的人生近況所說的一樣。

我把手機關上，沒有回覆他的訊息，然後轉向坐在我旁邊另一張海灘椅上的慧利。她正打量著我們四周度蜜月的新婚夫妻。

「他們看起來都好快樂，對不對？」她邊說邊嘆著氣。「妳覺得朱玄和大鎬度蜜月的時候會來這裡嗎？」

「喔，拜託。」我說，試著讓自己的聲音保持輕鬆。我開玩笑地推了一下她的肩膀。「妳知道朱玄對他的喜歡不是那種喜歡啊。」

「但是大鎬是啊。而且以他的魅力，朱玄喜歡上他也只是遲早的事。」慧利從椅背上滑了下去，用寬沿帽擋住自己的臉。「我對他來說只是個影子而已。」

「是有頂尖程式能力的影子啊！」我說，捏著她的臉想要讓她微笑一下。我想著大鎬長長的瀏海和總是皺巴巴的長褲，還有他總是在口袋裡放著的雷射筆——他今天早餐的時候還用它幫我們上了一堂即席花卉課。**看到那朵花了嗎？**他像個劍士一樣抽出他的雷射筆，然後指向飯店花園的另一端。**那是杜鵑花，是濟州島的官方島花。很美，對吧？**我不會說這是魅力，因為朱玄甚至連頭也沒抬，依然繼續滑著她的手機，查看她前一晚貼出的島嶼系彩妝影片的YouTube數據。

「說真的。」我繼續打著圓場。「我真的不覺得他是朱玄的菜。」

「誰不是我的菜？」

我抬頭看見朱玄朝我們走來，穿著一件露背上衣和一條七分工作褲，長長的馬尾在腦後搖擺，看起來驚為天人。只有朱玄能把工作褲穿得這麼時尚了。我穿起來大概只會像是某人的媽媽。

「呃，《甜蜜夢鄉》裡的金燦宇啊。」我很快地說道。「完全不是你的菜吧？」

「對啊，他太白馬王子了。」朱玄邊說邊皺起鼻子。她瞥了一眼慧利用帽子遮住的臉。「慧利？是妳嗎？」

「對。」慧利說，她的聲音聽起來既模糊又悲慘。

「嗯，終於，我到處在找妳們兩個耶。」朱玄把慧利的帽子從臉上摘掉，然後一把將她從海灘椅上拉起。「我快餓死了！我們去吃到飽吧！」

飯店的大餐廳裡，吃到飽的餐檯一路沿著牆壁延伸出去，我們便縱身栽了進去，盤子裡堆滿新鮮的鮭魚、蘆筍、滷白菜和冒著煙的栗子飯。我一眼看見角落有一個專門做韓式拌飯的吧檯，便在心中提醒自己，留一點胃吃第二輪。朱玄、慧利和我在一張桌邊坐下，一旁則是一對年輕情侶，正用一瓶紅酒搭配著他們桌上的鮭魚。朱玄瞄了一眼他們的酒瓶，便輕輕吹了一聲口哨。

「真浪漫耶。」她說。

「對啊。」慧利同意道，嚮往地看了情侶的方向一眼。「真的很浪漫。」

我也偷偷看了一眼，那畫面簡直是最完美的電影場景。情侶雙方都穿得相當隨性，身著柔軟的休閒褲和T恤。我知道女生藏在香奈兒墨鏡後方的臉上沒有任何化妝品，但就算是素顏，她的皮膚看起來也是完美無瑕。我內心暗自讚嘆。她身上散發出一種名人才會有的，輕鬆自在卻又高尚不已的氛圍。

我驚恐地發現自己正明目張膽地瞪著她的臉看，所以我便立刻轉開視線，但她其實沒有注意到我——或許是因為她正忙著跟坐在她對面的男人爭執。哎呀，也許這畫面並沒有我們想像得這麼浪漫。

「我們就不能好好吃一頓飯嗎？你非得要每次吃飯都聊這個？」她說，聲音裡充滿了怒氣，儘管她現在是以耳語的音量在說話。

「因為妳從來不跟我談啊。我們什麼時候才有機會真正談一次我們的未來？」男孩追問道。他穿著一件鐵灰色T恤，剃著平頭，這髮型在別的男生身上或許會顯得有點兇悍，卻不知怎的使他看起來溫柔了一些。或者說，讓他的後腦勺看起來柔和了些，因為從我坐的位置，那是我唯一可見的部分。

他們的聲音揚了起來，而朱玄和慧利擔心地皺起眉，往他們的方向看去。突然，朱玄倒抽一口氣，用手遮住嘴。她轉回來看著我們，把自己的聲音壓低。

「動作別太明顯，但看看那女孩的指甲。看到那個海螺紋和法式頂端的設計嗎？那是珊米的設計。」

慧利和我眨眨眼，回望著她，朱玄嘆了口氣。「你們在開玩笑嗎？珊米耶。全首爾最紅的美甲師啊！她採預約制，只有最大咖的明星才能約到她做指甲！我到哪都認得出她的風格。」

慧利探出頭去，想要好好看看她的指甲，朱玄便戳了一下她的肋骨。「叫妳不要那麼明顯啦！」

隨著情侶的聲音逐漸升高，我小心翼翼地回頭看了他們一眼。

「現在是談這件事的最佳時機。」男生堅持道。「已經七年了。妳的合約快跑完，談判的時間很快就要來了。妳不用繼續這樣過下去——長工時、大量消耗體力，還有沒完沒了的壓力。現在妳終於有機會提出妳想要的東西了。妳『值得』的東西。拜託！他們根本是壓榨妳。這有什麼好猶豫的？」

「你知道我們的合約不是這樣運作的。再說，流行歌壇是我唯一知道的東西。若我提出這種要求，我不知道我要冒什麼風險。再說，我也不能只考慮我自己！粉絲怎麼辦？我不能讓他們失望啊。」

我的耳朵豎了起來。流行歌壇？

「所以妳寧可讓自己失望，也要滿足粉絲？」男生搖著頭。

「你不要說得那麼簡單。」她激動地回應道。「我不能就這樣離開Electric Flower，好像完全不當一回事。你怎麼能要我這麼做？我以為你是最應該要理解我的人。」

Electric Flower？突然間，我腦中靈光一閃。

哇靠。是康基娜，Electric Flower的主唱。難怪她能看起來像是輕鬆自在的名人——因為她就是啊！我立刻把注意力轉向男生。他的聲音聽起來很耳熟，但我說不出他的名字。有那麼一瞬間，我以為他是她的經紀人，但我看著他朝她伸出的手，還有他們手指交纏的模樣。等等……他是她男朋友嗎？我皺起眉頭。

康基娜有男朋友？

我回想著幾個月前，我和莉亞一起看的Electric Flower訪問。作為禁愛令的一部分，DB給了我們很多的官方說詞：忙到沒時間約會；在我們能把人生交給我們的丈夫之前，不考慮結婚——而我們所有人，練習生和明星們都一樣，康基娜也配合公司演出。我閉上眼睛，試著在腦中憶起她的回答。

「妳有覺得自己錯過了什麼嗎？」主持人問。

「完全不會啊。」我很確定當時基娜是這麼說的。「我覺得單身很棒！我只需要

Electric Flower的姊妹們就好了。有她們在身邊，我怎麼會孤單呢？」

基娜把餐巾紙扔在已經吃完的盤子裡，將椅子向後推。「走吧，我們到外面去。我需要一點新鮮空氣。」平頭男說他要去付帳，然後便站起身，往餐廳入口的櫃檯走去。

基娜坐在那裡看著他的背影，接著站了起來。當她經過我們的桌子旁時，她低頭瞥了一眼，便瞪大眼睛。她停下腳步，對我翹起下巴。

「嘿。妳是金瑞秋，對吧？」

慧利目瞪口呆地看著她。一根白菜從朱玄的叉子上掉了下來。

「呃……對，是我。哈囉。」我嚥了一口口水，強迫自己微笑。

她也咧開嘴，把太陽眼鏡抬了起來，眨眨眼睛。「我是康基娜。」

當然。

「我看過妳的那支影片。很聰明。」她大笑，一手覆蓋住我放在桌上的手。「真希望我能親眼看見那些高層的表情。」

我的肩膀放鬆下來，臉上的微笑變得由衷。「他們的表情超經典的，但也很可怕。請告訴我這麼多年來，妳是怎麼在DB生存下來的？」

基娜轉過來面對我們，臉上的笑容立刻褪去。她傾身，壓低聲音，直直看著我的雙眼。「妳想要聽我的意見嗎？」

我靠近她，也注意到朱玄和慧利下意識地一起靠向了基娜。基娜的視線瞥向逐漸遠去的平頭男身影。

「永遠不要交男友。」

我愣愣地看著她。「我無法不想李傑森」這件事，在我臉上有這麼明顯嗎？

「妳是指什麼？」我問。

「相信我。妳不能同時當一個偶像歌手，又談戀愛。交男朋友不只是很難而已；對我們來說也很危險。朱先生把魯先生掌握於股掌之間，而他們永遠不會花錢在一個不完美的女性明星上。我們得單身又完美。」

朱先生？米娜的爸爸？這和他有什麼關係？

在我來得及問更多之前，平頭男便朝我們桌邊走來，一手搭在基娜的肩膀上。「來吧，親愛的。妳的飛機快要飛了。」

她對他笑了笑。「來了。」基娜陰鬱地對我點點頭，然後戴回太陽眼鏡，跟他一起走出餐廳。

在他們離開之後，我看向朱玄和慧利的臉。她們看起來頭暈目眩，好像坐在太陽下一整天了一樣。慧利轉向我們，咧開嘴。「不敢相信我們剛才在跟康基娜說話！」

朱玄吐出一口氣，大笑起來。「康基娜？我才不敢相信我們居然看到了宋奎旻！」

「宋奎旻？」我不可置信地說。「『Ten Stars』的主唱宋奎旻？據傳最近好像要去美國跟亞莉安娜．格蘭德合唱的宋奎旻？妳在說什麼？」

「瑞秋。」朱玄搖著頭。「妳沒看到跟基娜走在一起的那個男的嗎？」

……✦

那天稍晚，我還是沒有完整地從意外的邂逅中恢復過來。太陽下山時，我的同學們都在飯店前的沙灘上打著排球，他們的笑聲在沙地上迴盪。我坐在距離他們不遠處的一張條紋長椅上，一眼看著慧利和大鎬踏浪，一眼看著自己的手機。

傑森：我還在等吃橘子的文字轉播耶……

我：我吃太快了啦。對不起！我只有吃一個而已。好吧，大概有三個。好啦，四個，我吃了四個。

傑森：哇喔，我可能要把妳的暱稱從狼女改成橘子怪了。

我停下打字的動作，想著基娜說的話。流行歌手談戀愛真的有這麼危險嗎？她把交男朋友這件事形容得好像某部巨石強森的電影……再說，她如果現在正在這裡和她男朋友度假，那交男朋友到底是能多危險？而且她男友也同樣是個國際巨星耶？呃啊。我覺得頭昏腦脹，不知道要怎麼看待這些事才對。

我的手機震動了一下，讓我差點跳了起來，打斷了我的思緒。

傑森：哈囉？橘子怪，妳還在嗎？

我：還在啦，只是在想事情。最近事有點多，真的超忙的。

傑森：嗯。知道妳現在最需要什麼嗎？自我療癒日。

我：自我療癒日？

傑森：對啊！就是給自己放個假，不要思考妳現在正在思考的那些事。拜託，妳是美國人耶！這是美國現在最熱門的東西吧。

我笑了出來。

我：這好像是我現在最需要的假日。

他的訊息隔了一小段時間才跳出來。

傑森：那就放假吧。我們一起。

等等……他也想要放個自我療癒假？和我一起？

他接著丟出一張萊恩跟桃子在草地上無憂無慮打滾的貼圖。我咬了咬嘴脣。我知道我該拒絕的。我已經和他傳訊息傳過頭了。現在基娜的話不斷在我腦海裡打轉。**不只是很難而已，對我們來說也很危險。**我準備回覆他「不了，謝謝」，但他接著又發了另一則訊息過來。

傑森：而且如果沒有莉亞，這樣就不療癒了。

我頓了頓。他想要邀請莉亞？如果她發現我拒絕了讓她和傑森相處一整天的機會，她永遠不會原諒我的。我回想著粉絲見面會那天，莉亞是多麼急切地希望有人能陪她一起去。還有以往其他時候，她希望我能陪她，我卻因為需要睡覺或練習而拒她於門外。而現在我終於能給她一樣東西了，這是我的培訓唯一能夠給她的禮物。再說，如果她在的話，我也不需要擔心我和傑森之間會有什麼了。我是為了她去的，不是為了他。我不斷對自己重複這句話，直到我真的開始相信之後，我便很快地打了一個「好」字，並在我來得及改變心意之前就傳了出去。

「欸，爆紅小姐！」朱玄在我身邊一屁股坐下，遞給我一個插著吸管的椰子。「這個校外教學不會持續一輩子的，好嗎？過來跟我們玩啦。」

她把手機從我手中抽走，我則大笑了起來，讓她把我拉起。我喝了一大口椰子汁，跟著她走上沙灘。她說得對。我人生的這部分不會持續一輩子的，而我要在還有機會的時候和我的朋友好好享受濟州島的海浪。

第十三章

「姊，抓住我！現在好晃啊！」

「莉亞，我們都還沒離開停機坪耶……」

「噢，對啦，是我在晃啦。」莉亞終於停下在我一旁的座位上蹦蹦跳跳的動作。

我們身下的座椅有著蓬鬆的米色坐墊，她的眼神則四處遊走，貪婪地將這架私人飛機上的一切吸收起來。今天是我們和傑森一起的自我療癒日。他打死不肯告訴我們今天要做什麼，只是讓一名司機在早上八點來接我們，然後下一刻，我們就置身在這架飛機上，還有空服員把我們服侍得服服貼貼的，不斷拿出一瓶瓶的氣泡水、柔軟的毛毯，還有堆滿新鮮水果與起司的冷盤。

「這是我人生中最酷的一天了，沒有之一。」在飛機起飛後，莉亞一邊往嘴裡丟了一顆葡萄，一邊說道。

我大笑著，卻覺得腸胃一陣緊縮。我現在當然覺得自己很幸運（更別提虛榮心了），但我們在空中飛得越久，我就越緊張。和傑森相處一整天。過去這幾天，我一直在說服自己，這沒什麼大不了的、我只是陪莉亞同行而已，但我在騙誰啊？我的內心很清楚那是另外一回事。

幾小時後，機長的聲音從對講機裡傳來。「各位尊貴的乘客，您好。我們再二十分鐘就要準備降落了。」莉亞看向我，興奮地尖叫出聲，機長則繼續說下去。

「外面的天氣是百分之百的晴天。謝謝您的搭乘，歡迎光臨東京。」

呃，他剛剛說的是……東京嗎？

……✦

我們一下飛機就看見傑森在等我們，一如往常地帥氣，戴著太陽眼鏡，穿著一件黑色T恤。莉亞邁開腳步朝他奔去，張開雙臂用力抱住他。「傑森！我一定是在做夢！」她喊道。他大笑著回抱她。

我慢慢走了過去，臉上掛著小心翼翼的微笑。「這裡真的是東京嗎？」

他咧開嘴，打開車門。「妳自己看看吧。快上車。」

我們爬上車，司機便駕輕就熟地帶著我們離開了機場，駛上高速公路。莉亞搖下車窗，把頭探出車外。我們快速穿越一棟棟掛著霓虹招牌的高聳建築，還有安靜住宅區裡那些極簡風格的方塊建築。我真的不敢相信，我現在在東京耶。

我拿出手機，想要傳簡訊給明里，告訴她我現在在哪裡，但傑森一把從我指尖把手機搶走。「欸，欸，自我療癒日不能用手機。今天的目標是放鬆。」

我有點罪惡感，但還是讓他把我的手機收了起來。在上次的正裝彩排之後，培訓和濟州的校外教學占去了我大部分的時間，我還是沒有機會和她好好聊聊，但我決定要在內心紀錄我所見的一切，這樣當我們終於有時間坐下來大聊特聊的時候，我就可以通通告訴她。

傑森像隻興奮的小狗般對著我微笑，我便不由自主地回應了他的笑容。「好吧，自我療癒大師。今天的行程是什麼？」

「還能有什麼？當然是先午餐啊！」

車子停了下來。傑森率先下車，為我和莉亞拉開車門。「妳們以前來過日本嗎？」

我們搖搖頭，他便咧嘴笑開。「嗯，那妳們運氣真好。歡迎來到原宿！」

我一句話也說不出來。這裡的一切都帶著炫目的色彩，包括路邊光彩奪目的招牌，以及路人手上拿著的彩虹棉花糖。還有那些穿著！我突然覺得自己的黃色洋裝非常簡陋。這裡的人們穿著粉紅色的蛋糕裙、復古膝上襪，或是身上別滿琺瑯別針。我欣賞著一個女孩的淺紫色頭髮和金屬色運動外套，以及她可口可樂造形的側背包。

我得承認，我愛死這裡了。

傑森牽起莉亞的手，把她拉進一間餐廳，我則跟在他們身後。一進到室內，我就覺得我們好像踏進了一盒彩色筆之中。一名女服務生戴著又長又閃亮的假睫毛，頭上頂著淺綠色的假髮，以開朗的笑容和張開的手臂招呼著我們。「歡迎光臨可愛怪物咖啡館！」她領著我們進入一間有著糖果色吊燈和粉黃相間壁紙的房間。我們四周擺著許多巨大的塑膠馬卡龍裝飾，還有藍色和紫色的毛茸茸檯燈。

莉亞握住我的手。「姊，我覺得我們好像在天堂喔。」

我們滑著觸控螢幕上的菜單，然後點了一大堆食物：彩虹麵條義大利麵、巧克力炸雞、彩色沾醬三明治、灑滿可食用亮片的飲料，還有一大杯冰淇淋聖代，上面擺著一大塊彩色蛋糕捲，還有一個倒過來的冰淇淋甜筒。我瞥向傑森，一面大笑著，一面繼續點著食物，但我覺得他隨時都有發瘋的可能。

「我覺得我好像在吃獨角獸。」莉亞一邊說，一邊把每樣食物都挖了一口。「我該有罪惡感嗎？」

「別擔心。這裡的東西感覺比較像是獨角獸下廚做的，而不是牠們的肉做的。」傑森向她保證道。我微笑地看著他們兩個，很意外他對她這麼好。不是很多男生願意把一整天的時間都花在一個十三歲的女孩身上。

我身邊的莉亞已經吃完了一個三明治，正在進攻第二個。「吃慢一點啦。」我推了推她。「小心肚子痛喔。」

她聽話地放下三明治，轉而拿起拿起幾根粉紅色的薯條。

初次造訪原宿，我的興奮之情讓我完全忘記了緊張。但現在坐在這裡，傑森的手肘距離我只有幾寸遠，我的整個身體便開始坐立難安——就像你的腳麻了之後開始恢復知覺時，那種刺癢的感覺。或是當你在做一些你知道不該做，但又無法阻止自己時的感覺。

「所以，妳覺得這裡怎麼樣？」傑森問。我沒有馬上回答，他便佯裝受傷的模樣。「別告訴我紐約也有這間咖啡廳。我很努力要找個特別的地方耶。」

我用開玩笑來掩飾自己顫抖的聲音。「喔，對啊。我以前每週末都去耶。我基本上是吃彩色澱粉長大的。」

「妳知道這代表妳是什麼嗎？」他靠了過來，像是在密謀什麼東西般壓低聲音。

「半人半獨角獸嗎？」我低聲回答。

「其實我本來想說的是小精靈啦。」

我笑了出來，緊張的情緒慢慢淡去。也許是我擔心過頭了。也許ＤＢ的確是掌握了我大部分的人生，但和傑森一起看著我妹大啖看起來像獨角獸大便的食物，就連他們都不能說這算是約會吧。今天只是和傑森一起放鬆出去玩的日子。我喜歡這個人的陪伴。這個人吃起亮片通心粉的樣子看起來真的很可愛……

醒醒啊，瑞秋。

……✦

「我們接下來要去哪裡啊？」午餐過後，傑森帶著我們走過繁忙的街道，莉亞這麼問道。

「玩過瑪利歐賽車嗎？」傑森問。

莉亞和我對看一眼。「玩過幾次吧。」我說。「怎麼了？我們現在要去電動遊樂場嗎？」

十五分鐘之後，我們穿戴著裝備，準備駕駛卡丁車，在城市裡進行真實版的瑪利歐賽車之旅。傑森還準備好了造型帽子：耀西的頭、蘑菇帽，還有戴著皇冠的蜜桃公主假髮。

「公主陛下。」他邊說邊把假髮戴在莉亞頭上，然後對她低下頭。她咯咯笑著，跑到一旁去研究卡丁車。我把耀西的帽子從他手中搶走。

「嘿！」傑森喊道，伸手想要搶回來。

「對不起，但那個蘑菇造型真的不適合我。」我說。

他嘆了口氣，把蘑菇帽戴在頭上。「喔，所以我就適合囉？」他瞥了一眼自己在旁邊窗戶裡的倒影。「其實呢……我看起來很不錯嘛。」他說，一邊左右轉著頭，調整帽子的位置。

「就算頭頂上頂著一隻塑膠蟾蜍，你也還是有辦法這麼自戀喔。」我取笑道，一邊拍了一下他的頭。傑森跑向自己的卡丁車。「看看金家姊妹有沒有辦法追上我囉！」他邊說邊重重踩下油門。

莉亞和我手忙腳亂地爬進我們的車裡，我讓莉亞坐在我的前座，幫她繫上安全帶。就在我準備驅車追趕傑森時，莉亞揉著肚子，轉過頭來看著我，表情痛苦不已。

「姊，我不太舒服。」

「真的嗎？」我解開自己的安全帶，傾身向前關心道，擔心地皺起眉。「我們要不要停下來，去——」

但在我把建議說完之前，莉亞的臉頰就鼓了起來，然後——我的天啊，我知道那個表情——她便將一大坨彩虹色的嘔吐物，一股腦地噴在我的裙子上。

她的臉色變得非常蒼白，透著一點青色，我立刻把她拉出車子，來到人行道上，無視那些黏在我皮膚上，幾乎還沒消化的通心粉和薯條殘渣。幾個路人同情地看了我們一眼，而我想像著他們看見的畫面：一個戴著耀西帽的女孩，拿著一頂金色假髮，蹲在東京大街上，身上全是嘔吐物。真是經典啊。

「妳們還好嗎？」傑森的車在我們身邊停下來。「我發現妳們沒有跟上來，所以我就回來了！」他的眼神從我的裙子來到莉亞身上，評估著整個場面。有那麼一秒鐘，我不知道他會不會提起我自己吐得一場糊塗的事，但他只是脫下自己的帽子，一手攬住莉亞，輕輕拍著她的背。

「我沒事。」莉亞聲音沙啞地說道。她的雙手貼在臉上，靠近我，用只有我聽得見的聲音說話。

「我真的在傑森面前吐了嗎？」她驚恐地隔著手指低語。

「別擔心。」我對她眨眨眼。「妳不是第一個。」

「來吧，莉亞。」傑森邊說邊用雙手溫柔地幫助她站起來。這大概是今天的第一千次，我的心臟再度跳到喉頭。傑森轉向我，露出微笑，然後低頭看向莉亞，他的眼神中帶著無比的關懷與保護，那是我一直以為只存在於某種韓劇宇宙中的表情。「我讓他們在飛機上準備了巨石強森最新的電影，我們回程的時候可以看喔。」

我大概需要另一個自我療癒日，好讓我能從自我療癒日的經歷中恢復過來了。

一小時之後，我們再度回到飛機上，我們倆人身上穿著路邊買來的便宜米老鼠睡衣。莉亞裹著毛茸茸的毯子，喝著薑茶，用機上的藍光播放器，看著巨石強森打遍曼哈頓市區。

不久之後，莉亞拿下耳機，轉過來看著我們。她頓了頓，手指纏繞著耳機的電線，看起來有點難為情。「卡丁車的事情對不起啦，傑森。還讓你看見我吐，更對不起。」

他給了她一個溫暖的微笑，撥了撥她的頭髮。「別擔心啦，不然要哥哥幹什麼呢？」莉亞的臉綻開心的笑容，然後縮進毛毯裡。我拿起面前的藍光播放器，開始滑起裡頭的電影片單。

「喔，《魔女宅急便》！」我說。「我以前超愛吉卜力的動畫。在紐約時，我和我最好的朋友都會一起看動畫一邊吃巧克力蝴蝶餅。」我微笑地回想起當時的場景。

傑森咧開嘴。「我朋友和我也都超喜歡吉卜力的。我們以前還會吵哪一部比較優秀——《神隱少女》或是《霍爾的移動城堡》。」

「絕對是霍爾啊。」我笑著回答。

「沒錯。」他同意道。「卡西法最棒了。」

我試著想像傑森變成韓國巨星之前的樣子，那個還會在臥室裡翻唱歌曲、上傳YouTube，和朋友在週五晚上看電影的男孩。

「你希望能回到過去嗎？」我問。

他偏了偏頭，揚起眉毛。「就某方面來說，會。我是說，我是在多倫多出生的。不管我在韓國住了多久，我心中還是有某個部分，覺得自己不完全屬於這裡，妳懂嗎？我不是個韓國人，我是韓裔加拿大人。」他頓了頓，看著我，好像在猶豫自己要不要繼續說下去。我輕輕笑了一下。「還有，妳知道，身為半個白人，這又是另外一回事了。」我理解地點點頭。他繼續說下去，語速很快，好像這些念頭已經在他腦子裡存在了很久，而他必須要找個出口宣洩。「我覺得我一直都是橫跨在兩個世界中。白得不像亞洲人，但是又亞洲得不像白人。我好像一直都在矇混這兩邊的人，不斷在說服他們我屬於他們，但事實上，我又不知道我該在哪裡立足。」他笑了笑，一手撫過自己的後腦勺。「抱歉，我說的話有邏輯嗎？」

「完全合理。」我說。「我沒有白人血統，但我身為韓裔美國人，也有同樣的感覺。有時候覺得韓國不會真正接納我，因為我是從美國來的；但另一方面，美國也不接納我是美國人，因為我是韓國血統。這感覺很奇怪，好像我被卡在中間一樣。」

我好像從來沒有把這些想法說出口過。一開始我覺得有點尷尬，但傑森看著我，緩緩點著頭，像是他懂我在說什麼。而他也有一樣的感覺。

「我不後悔。」他說。「來韓國發展演藝事業什麼的。」他頓了頓，然後對我咧開嘴。「但我的確希望我至少有一次機會去參加夏令營。」

「我的話，我是希望能公路旅行。」我說。

「還有夏天晚上去露天電影院看電影。」

「看球賽。」

「或是和朋友一起去購物中心打工。」

「還有高中畢業舞會。」

他大笑起來。「對！還有舞會！為什麼韓國人都不辦高中舞會啊？」

「對啊，我也覺得！在美國，所有人都會使盡渾身解術。你手機借我一下。」

他照做了。我在Instagram上搜尋舞會邀約的標籤，然後滑給他看。莉亞超愛看這些照片和影片，我們好幾次在晚上看著人們邀請喜歡的人去舞會的影片，像是用快閃舞蹈、在別人的置物櫃裡塞滿氣球，或是故意設計解謎尋寶之類的。

「這個是我最愛的。」我給他看了一張照片，上面是用甜甜圈做成「舞會？」一詞的字母，然後排在一起。光是看著那張照片，就讓我覺得心情愉快。「超經典。大家都會期待甜甜圈盒子裡裝的是普通的甜甜圈吧？我超吃這套的。」

「真的假的？」傑森大笑起來，皺起鼻子。「所有浮誇的浪漫邀約之中，妳偏偏就喜歡甜甜圈這招？」

「幹嘛？它就是因為簡單所以才顯得真誠啊！而且，如果對方拒絕了，還有一整盒甜甜圈可以安慰自己。」

他咧開嘴，搖搖頭。「我媽一定超愛出點子的。她大概還會聘一個婚禮秘書來幫我設計邀約橋段，然後自己到現場來錄影吧。她就是這麼浮誇。」

聽見他這麼說，我的心臟揪了一下。大家都知道，傑森的媽媽在他十二歲的時候就過世了。我看向莉亞，她正在我旁邊的座位上沉睡著，輕聲打著鼾，我則把頭髮從她臉龐上撥開。十二歲，那幾乎和現在的她同個年紀。我不能想像莉亞如果現在失去媽媽，會是什麼狀況——更別提這個消息還在全世界宣揚。我突然有股衝動，很想給他一個擁抱，但我阻止了自己。

「她現在一定會很以你為傲，我知道的。」我說。

他頓了頓，轉向我，臉上掛著憂傷的微笑。「妳知道嗎？我覺得我媽應該會非常喜歡妳。」他說。他的話讓我錯愕了一下，我眨眨眼睛，試圖找出正確的字眼回應。

「為什麼這麼說呢？」這一刻的氣氛似乎有些脆弱，但很溫柔，和前幾秒的感覺完全不同。我在腦海中尋找著可說的話——任何話都好——來轉移話題，不要對傑森表現得太認真、太脆弱。但我什麼也找不到。我只是屏住呼吸，不想要打破我們中間的這股氛圍。

他思索了一下。「記得那天在練習室裡，我說很期待和妳一起唱歌嗎？我當時問妳想不想知道原因？」

我點點頭，卻一個字也說不出口。我的心跳快得無法解釋，而我不想說出任何會讓明天的自己後悔的話。

「我覺得當我和妳在一起的時候，我可以只做自己。」他看著我，然後在我意識到之前，他就握住了我的手。「不管是唱歌的時候，或只是像現在這樣說話的時候。」我感受到他手掌的溫度擴散到我全身。他的大拇指輕柔地撫過我的指節。「我不需要在妳面前裝模作樣……在妳身邊我就是感到很開心。」

此時此刻，我的心已經跳得太快，我的思考追不上了。傑森說的話深深刻在我的腦海裡：我不需要在妳面前裝模作樣。我心頭一驚，發現這對我來說也是事實。我在身邊的所有人面前總是有某種形象要維持——雙胞胎、莉亞、俞真姊、我的父母，還有DB的高層。我總是要當那個完美的瑞秋、乖寶寶瑞秋、天賦異稟的瑞秋、或是大姊、或是乖女兒。但是在傑森面前，這是我這幾個月來第一次意識到，我只是我自己。金瑞秋。而這樣的感覺真的很好。

我想要把這一切都告訴傑森，但有一股力量阻止了我。說出這些話，我覺得好像就沒有回頭的機會了。那是一條不歸路，會將我過去這六年所努力的一切都推入危險之中。我在DB的人生也許不那麼完美（尤其是現在），但那是我的人生。我家人的人生。而我不能冒這個風險，那是他們犧牲了這麼多之後換來的。那是我自己想要的一切。我還不能冒險。

「你媽也許會喜歡我，但你爸呢？」我故作輕鬆地回答，將氣氛又帶回開玩笑的範疇裡。「我希望我的形象可以一口氣收買你全家人啊。」

他笑了起來，但一絲緊繃的表情短暫地劃過了他的臉龐。「他就比較沒有那麼好擺平了，但如果有人做得到的話，那一定會是妳。」他的面孔再度溫柔起來。「瑞秋，我想要跟妳說一件事。我想——」他頓了頓，搖搖頭，然後拉了拉襯衫的領子。「我在想……我是說，妳是——」

莉亞突然醒了過來，打著呵欠，伸了個懶腰，手臂跨過我的身體。「姊，我們到了嗎？」

「還沒呢。」我很感激她的打岔。不管傑森想要問我什麼，我知道我現在都還不能回答。「繼續睡吧。」

她再度進入夢鄉，而我瞥了傑森一眼，露出微笑。「我們也睡一下好了，今天好累。」

「也是。」他淺淺一笑。「嗯，好好睡吧。」

我可以在他眼中看見失望之情，還有一些我說不清的情緒。我將身體背向傑森，心中有點希望他會抓住我的手，把莉亞醒來之前的問題問完——但他沒有。在接下來的旅途中，他一句話都沒有說。

第十四章

噹！

我的手機收到一封莉亞寄來的訊息：祝好運！後面還跟了一串通訊軟體角色揮舞著旗幟的貼圖。

我咧開嘴，拍了一張我坐在後臺化妝間裡的自拍，我的頭髮因定型噴霧而光滑閃亮。更衣室裡擠滿了造型師、服裝師，還有訓練員，來回奔忙著，為DB的夏季快閃演唱會做準備。這次連Electric Flower都在演出名單上。米娜、傑森和我也會在這場演唱會上，錄製我們單曲的現場演出影片。擠滿人的更衣室很熱，但我卻全身起了雞皮疙瘩。當俞真跟我說我們會拍音樂影片時，我不知道那會是現場錄影的。這代表如果我搞砸了，這支影片就會在網路上流傳一輩子。沒有喊卡重來，也沒有補救的機會。我嚥了一口口水。不，我不會搞砸的。我不會讓自己搞砸的。

但有一點祝福還是好的。

「快好了。」髮型師對著鏡中的我微笑，一邊把我的花環頭飾別好。「很緊張嗎？」

「不會啦。」我笑了起來。「嗯，也許有一點點？」

她鼓勵地笑了笑。「妳的表現一定會很棒的。畢竟妳要跟李傑森合唱呢！妳超幸運的。」

我又嚥了一口口水。「呃，是啦。對了。妳有辦法把這個加到我的頭髮上嗎？」我把一條閃亮的紅色布髮圈從手腕上褪了下來，舉到髮型師面前。「這算是我的幸運符吧。」

我覺得自己提出的要求很愚蠢，但是髮型師笑了起來，覺得很有趣似地說：「我想應該可以把它變成造型的一部分。」

上星期，朱玄和慧利找我去明洞時，送了這條髮圈給我。我們當時正走過忙碌的街道，夾在成千上百的店家和路邊攤之間。朱玄的任務是為她的頻道找一個完美的髮飾，好讓她的追蹤人數超過三百萬。

「我還是不敢相信傑森用私人飛機帶妳和莉亞去東京玩。」朱玄邊說邊搖著頭。「這把妹招數真的很神。」

「那不是把妹。」我的臉一紅。「我們是去自我療癒的。」

「妳打算要跟他曖昧到什麼時候？」慧利問道，一邊吃著一支綠白相間，和她手臂差不多長的冰淇淋甜筒。「妳跟他之間超有火花，這沒什麼好否認的。」

「並沒有好嗎？」我堅持道，但就連我自己都知道，我說的不是全然的實話。自我們從東京回來後，我就無法不去想傑森了。我在園藝課又剪壞了四棵小樹，而每一堂體育課，朱玄都自願當我的雙打隊友，意味著我只需要站在那裡，而她負責滿場跑，打中對手揮來的每一顆球。我整個心不在焉。但說實話，就算我在想著傑森，我真正想到的人也不是他。

而是康基娜。

更準確地說，我想的是她在濟州島時和我說的每一句話。交男朋友不只是很困難而已；對我們來說，也很危險。從來沒有人能證明，崔蘇西真的是因為交了男友才被踢出去。（事實上，上星期，一名媽媽在ＤＢ招生中心上班的新練習生說，蘇西會被淘汰，是因為割雙眼皮的手術失敗了。）還有宋奎旻。我是說，基娜和他當時可是手牽著手耶。而且在大庭廣眾之下！所以交男友究竟「危險」到什麼程度？我不是不相信她。應該說，我是相信的。我只是……不知道做何感想。就算我知道了，我也還是不知道該怎麼看待傑森。而就算我知道怎麼看待傑森了，我也還是不知道要怎麼辦。一個對莉亞這麼好，又覺得在我身邊很自在的可愛男孩，究竟會有多「危險」？但話又說回來，我怎麼能把我的整個職業生涯——我想要成為流行歌手的整個未來——賭在一個男生身上？

簡單來說，一切就是一團混亂。

「我現在根本不應該想這個。」我邊說邊對著雙胞胎揮舞著雙手。「這週末就要拍我的單曲影片了耶，我快緊張死了。妳知道會有多少臺攝影機同時對著我嗎？」

朱玄頓了頓，從我們正在逛的一間飾品店架子上，拿下一個閃亮的布髮圈。

「來，這是我們送妳的幸運符。」

她把髮圈戴到我手上，慧利則掏出自己的錢包。她一邊結帳一邊對我眨眨眼。

「我們最好看到妳戴上臺喔！」

我看著現在在我頭髮上的髮圈。它其實和我造型的其他部分還挺搭的。它和我的口紅顏色完美配合，並為我的格紋長褲和黑色短版上衣增添了一抹色彩。我現在是流行歌壇界的紅心皇后。

我拍了另一張自拍，刻意歪著頭露出我的髮圈，然後傳給雙胞胎。接著我也把這張照片傳給明里，訊息裡寫道：準備上臺啦！趙家姊妹送的小禮物。妳覺得如何？

公司要求所有的練習生都要來演唱會的現場，但我還沒有看到明里。事實上，從東京回來之後，我到現在都還沒有見到她過。這麼多天沒有和她說到話的感覺好怪——她不知道我上個星期第一次去日本的感覺更怪。

我看著手機，上面顯示了已讀，但是明里並沒有回應。我嘆了口氣，咬著下嘴唇。也許她是在生氣我最近都沒有時間陪她，我要想辦法彌補才行。

「瑞秋，這是給妳的。」韓先生出現在我身邊，拿著一個粉紅色、綁著閃亮緞帶的紙盒。他心知肚明地微笑著。「有人特別送到更衣室來的喔。」

給我的？

我接過盒子，小心翼翼地拉開緞帶，打開蓋子。裡面躺著一排淋滿淺粉紅糖霜的英文字母甜甜圈，排出了「祝好運」的字樣，最後面則是一顆愛心形狀的甜甜圈。

我忍不住笑了一聲。是傑森。這是我提過的舞會邀請招數，真不敢相信他居然還記得。

「誰送的？」

米娜看了過來，我立刻把盒子抱得更緊一點。

「我也不知道。」我說謊。

她懷疑地瞇起眼睛。幾名訓練員和高層也質疑地看著我。我們的舞蹈訓練師在玹，揚起眉毛說：「真是可愛。」他走了過來，瞥了一眼我的盒子：「那是一顆……愛心嗎？」

過去這幾週，康基娜的話一直在我腦子裡盤旋，現在更是跳了出來。儘管我腦中有許多衝突的想法，我現在感到更多的卻是緊張。我正要準備上臺和傑森合唱。我就要和韓國最出名的歌手合拍音樂影片了。我現在不能給任何訓練員——或任何公司裡的人——機會來質疑我。不能在我離目標這麼近的時候。我的雞皮疙瘩漸漸褪去，被自臉龐蔓延到全身的泛紅所代替。

靠、靠、靠。我要說什麼？

「是我送的。」一個聲音說道。我轉過頭，看見明里走進更衣室裡，臉上帶著輕鬆的微笑。「這是給我最好的朋友的祝福。」

高層和訓練員們鬆了一口氣，笑容再度燦爛起來，懷疑的表情也從他們的臉上淡去。米娜聳聳肩，轉開頭。我感激地看著明里，朝她奔去，一把抱住她。

「明里，看到妳太好了！我好想妳！」

「真的，好久不見了。」她緊緊抱住我，然後向後退開一步，好奇地微笑著。她對著甜甜圈盒點點頭，然後壓低聲音。「所以是誰送的呀？」她問。

我猶豫了一下，這問題讓我有點措手不及。「呃，我也不確定。」我結巴地回答。我還不想要公開談傑森的事。至少在我能把心中糾結的情緒給解開之前，我不想談，但最近只要我想到他，我的感覺就變得越糾結。

「了解。」她說。我們之間的氣氛有點尷尬。她的手臂垂在身側，她抱著自己的手肘，轉開視線。然後她再度看向我，口氣又變得輕鬆。「盒子上有一張卡片。」她指著盒子說道。「也許裡面有解答喔。」她的手指動了動，像是要伸手去拿，但我搶先一步抓住了卡片。當我打開時，手指有些顫抖。卡片裡沒有署名，只有一段短短的訊息：後臺見。

他想見我。此時此刻。我的肚子一陣翻攪，而我知道我也想見他。

「抱歉，明里。我得……去看看莉亞。」我說著，然後對她露出抱歉的微笑。她的微笑消失了，而我心中湧起一股罪惡感。我快速離開更衣室。我又多了一件要彌補她的事。

當我跑過後臺時，Electric Flower正在表演。我從布幕後面看見觀眾揮舞著螢光棒，莉亞則在最前排，跟著高唱，用手機錄著表演。我看見康基娜站在舞臺中間，身穿一件金屬光澤的藍色連身褲，看起來完美無瑕。她在濟州島時說的話再度浮現在我腦海，但我強迫自己壓下。

然後我就看見他了。是傑森。

他站在安排好的後臺區域，看著表演。他身穿著表演服，一條寬鬆的黑運動褲，搭上完美合身的淺灰色大學T。在我接近時，他像是感應到我的出現般轉過頭來。他露出微笑，而他臉上帶著我從來沒見過的緊張神情。

「嗨。」我說。

「嗨。」他雙手握拳，敲了敲自己的手，看著地面，然後再度抬頭看著我，臉上掛著一個害羞的微笑。「妳喜歡我的禮物嗎？」

他的不安讓我的心臟一陣狂跳。我的內心在尖叫：廢話！但我只是點點頭。

「嗯，我很喜歡。」

他的表情變得明亮。「太好了。」他深吸一口氣，然後向前走來，輕輕碰了碰我的手。我沒有把手抽開，他的手指便勾住我的，將我倆的手掌貼在一起。「聽著。如果妳還沒有準備好，我不會逼妳談這件事的，談我們的事。只是在飛機上，我覺得……我覺得妳好像知道我想說什麼，只是妳不希望我說。」

這一刻，伴隨著他的碰觸，我覺得一切擔憂都逐漸消融。我好想要選擇他。有那麼一瞬間，這個選項感覺是可行的，我的千頭萬緒也像是就要疏解開來，但它們並沒有讓我的選擇變得更簡單，而是分頭往不同的方向前進，而我不知道該選哪條路。我看向舞臺的方向，看向康基娜和她的團體，看向觀眾席的莉亞，然後回到傑森身上。過去這六年來，成為一名歌手，是我唯一的夢想。是我唯一的希望。

但是如果這不再是全部了呢？如果這些無窮無盡的培訓和犧牲、爸爸眼下疲憊的眼袋、媽媽聲音裡緊繃的情緒，還有莉亞的悲傷表情，一點都不值得呢？如果我希望我的人生不只有舞臺和歌曲呢？我看著傑森，然後我知道答案了。「你說得對。當時我還沒準備好，但我現在準備好了。」我的聲音有點沙啞。他握了握我的手，眼神中帶著毫不掩飾的期待。「我想要選擇你看看。」

但是不能是這樣。當Electric Flower開始唱起她們今年最紅的那首單曲〈星河〉時，我從傑森身邊退開。也許我準備冒險和傑森開始交往，但我可不打算公開這麼做。「只是……不是在這裡，不要在這些人面前。」

他向前踏了一步，縮短我們之間的距離。他離得我好近，我可以感覺到他的胸口隨著不規則的呼吸起起伏伏。「妳在害怕什麼？」

突然間，一片巨大的的黑色遮罩覆蓋住整個體育館，讓一切陷入黑暗，像是黑夜來臨般。隨著Electric Flower舞臺上的歌聲，LED燈製造的星光，在黑色布幕上綻開。觀眾倒抽一口氣，讚嘆地舉起螢光棒，看著整個演唱會場被點點星光所包圍。

傑森的視線自始至終都在我身上。除了落在他顴骨上的一點星光，我們沉浸在黑暗之中。他一手溫柔地捧起我的臉，我則在靠向他時，讓自己閉上眼睛。

他的嘴唇輕柔地貼上我。一陣暖流流經我的全身，他的手來到我的後頸，讓我的腹部像是有一陣電流穿過，直達指尖。

如果我之前覺得能和他合唱就是奇蹟了，現在這完全是另一個層次的感覺。

他的手滑到我的腰際，把我拉得更近，我的呼吸變得急促，張開雙臂環住他的脖子。他的嘴唇微微張開，我也跟著張開嘴，吸入他的氣息，刻在心裡。楓糖和薄荷的味道。

當Electric Flower的表演結束時，我幾乎沒有聽見觀眾席的尖叫與掌聲。星光遮罩升了起來，陽光再度灑落在體育館內。我從傑森身邊退開，讓光線填補我們之間的空間。他看起來似乎和我一樣頭暈目眩。

「我們等一下就要上場了。」我低聲說。

「好。」他說，聲音沙啞。

「你們兩個在這裡啊！」我們轉過身，看見米娜大步朝我們走來，她的細跟鞋敲打著舞臺地面。「快點，快點，我們先做準備吧。」

當我快速朝米娜走去時，嘴脣仍然微微發麻著。我把注意力放到表演上，但我的心神仍然在惦記著剛才那個吻。

接吻。要死，我和傑森接吻了。

主持人的聲音在體育館中炸響。「接下來，我要介紹一個最新的組合所帶來的新單曲〈Summer Heat〉。讓我們掌聲歡迎李傑森、金瑞秋和朱米娜！」我可以聽見最前排的莉亞，和其他的觀眾們一起歡呼、鼓掌著。米娜大步走上臺，沉浸在他們的崇拜之中，而就在我準備跟上的時候，一隻手握住了我的手。我轉過去一看，傑森正對著我微笑，用力握了握我的手指。我回握他，並在我們走上灑滿陽光的舞臺時，快速放開他。

在這一刻，我覺得我能面對無數臺攝影機。

第十五章

對大多數的家庭而言，韓國的夏日意味著去漢江划船、在釜山的海雲臺海水浴場看煙火，還有在大佛誕辰時看燈會。但對我的家人來說，夏天只代表一件事：冷麵。

四大碗冰涼的麵條擺在餐桌上，上面灑著切成細絲的水梨、小黃瓜、牛肉，還有半顆水煮蛋。但我的除外，我那碗沒有小黃瓜。媽媽按鈴招來服務生，為莉亞點了額外的水梨絲，就像往常一樣。爸爸則從他的湯汁裡撈出多餘的碎冰，加進我的碗裡，也像往常一樣。那些冰會讓他牙齒痠痛，但我就偏偏喜歡特別冰涼的。

「瑞秋，妳最近看起來心情很好喔。」爸爸說，一邊對著對桌的我露出微笑。

「不意外啊，她上星期的表演超棒的。」莉亞說。她在碗裡擠了一大堆的醋，然後一口氣吸起麵條。「那是整場演唱會的精華耶！而且我不是因為她是姊姊才這麼說的。姊注定就是要在舞臺上表演的。」

我咧開嘴。「謝了，莉亞。」

媽媽什麼也沒說，只是用剪刀剪著她碗裡的麵。事實上，自從米娜把我喝醉的影片傳給她之後，她就幾乎沒有跟我說過話了。我想起演唱會結束後，莉亞衝進家門，尖叫著說剛才的表演有多棒——我們完全沒走音、沒落拍、整個觀眾席的人都站著拍手打拍子。但是媽媽甚至連微笑都沒有，也沒有恭喜我。她只是看著我說：「我想DB很快就要宣布家族巡迴的事了吧。」

我用力嚥了一口口水，吞下一點點蛋白。

就在此時，我的手機震動了一下，我在桌面下瞥了一眼螢幕。

欸，妳累不累啊？因為妳已經在我腦海裡跑了一整天了。他的訊息旁邊還伴隨著一個愛心爆炸的GIF貼圖。

我哼了一聲。我後來很不意外地發現，傑森堪稱老套撩妹話術小王子。他一天至少會傳三封這類的簡訊給我，但如果我說我不喜歡，那一定是騙人的。

爸爸揚起眉毛。「沒事吧，瑞秋？妳笑得好像自己中了樂透一樣。」

「沒事啦。」我說。但他說得對，我笑得臉頰都有點痛了。我把手機收起來，試著專注在我的家人身上。我爸已經很久沒有在晚餐時間回家和我們吃飯了。在訓練館加班以及夜間苦讀之下，他的黑眼圈已經來到了熊貓的等級。從媽媽一邊吃麵一邊皺著眉頭看他的神情，我知道她也很擔心他。好像怕他會吃著吃著就飄走一樣。

但儘管他們都扛著疲憊和壓力，還是一邊聽著莉亞的話一邊微笑著點頭。她不知怎的開發出一個技能，就是一邊說話一邊滑手機，同時在Instagram上面按讚或是看她最喜歡的演藝圈八卦網站。這個技能真的是厲害到有點討人厭。

莉亞一邊叨叨絮絮地說著金燦宇在《甜蜜夢鄉》中最新的失憶症進展，我的心思則來到前幾天，我和傑森練習後在他租來的電影院裡偷偷來了一場電影小約會。（在韓國文化中，要維持祕密交往關係其實挺容易的——大部分的餐廳裡都有私人電影包廂、私人KTV包廂、或是私人用餐的包廂。）我們可以隨意選擇想看什麼電影，傑森考慮要看《屍速列車》，但我一直都沒有特別喜歡喪屍末日這種主題的電影，所以最後我說服他陪我看了《情到深處》（*Say Anything*）。這是在我出生之前的老電影，但是我媽媽的最愛，我們以前在紐約都會一起看的。我至少看過三十遍了。現在和傑森看一次，就是第三十一次了——而且我還是很吃約翰．庫薩克拿著手提音響、站在艾恩．斯姬窗外的那一套。

「妳會希望我也這樣對妳唱情歌嗎？」傑森問道，我們並肩坐在沙發上，他的手臂環著我，彎下身來吻我的鼻尖。

「當然了。」我深沉地說道，試著展現出自己最嚴肅的表情。「但是你覺得我們辦得到嗎？我是說，拿著一臺音響，站在那裡一動也不動。那可不是件易事，那是高於流行舞蹈的另一個層次。」

他也用同樣的表情厲聲說：「妳質疑我唱情歌的能力嗎？妳真的很懂激將法，金瑞秋。走吧，我們現在就出發——我會在街上對妳唱的。」

我大笑起來，以為他在開玩笑，但他已經站了起來，拉著我往門邊走去。「傑森，等等！」我幾乎大喊出聲。「我們不能一起出去啦！不然你以為我幹嘛要堅持在這裡偷偷見面啊？你知道ＤＢ的禁愛令有多嚴格！」

傑森打發地笑了笑。「那些規定沒有強制力啦。他們只是說說來嚇我們的，讓我們乖乖聽話而已。相信我。」他捏了捏我的肩膀。「我們不會有事的。」

我懷疑地揚起眉毛。一部分的我很想要相信他，也很想要把康基娜的警告拋諸腦後，但我過去六年在ＤＢ做了無數的媒體訓練、舞蹈訓練、還有數不盡的靠牆深蹲。和傑森一起待在這裡就已經很冒險了，我沒辦法再做更多。

「傑森。」我說。「我不確定你是住在哪個宇宙，但我真的不覺得ＤＢ是——」

「瑞秋。」傑森打斷我，給了一個讓我差點站不住腳的笑容。「我不想離開這裡。為什麼要走？我現在可是和妳在這裡獨處耶。」他朝我走來，我們跌回皮沙發上，傑森的手指纏繞著我的頭髮，低下頭吻著我……

「姊，哈囉？你有在聽我說話嗎？」

「啊？」我的意識回到冷麵餐廳裡，莉亞正瞪大眼睛看著我，面孔慘白，好像她活見鬼了一般。「我說，妳知道這件事嗎？」她舉起她的手機。「康基娜要退出Electric Flower了！」

我臉上的傻笑消失了。「什麼？」

我從莉亞的手中接過手機，滑過她正在閱讀的幾篇文章。每一條標題都寫著一樣的東西：康基娜和Electric Flower永別了。康基娜離開DB娛樂。女神基娜的下一步是什麼？

莉亞把手機搶了回去，然後清了清喉嚨。「姊，妳聽這段。」她開始讀起其中一篇文章。「康基娜做了最艱困、卻也是最必要的決定。在她的七年合約結束後，將不再與傳奇女團Electric Flower續約。這是在韓國娛樂圈中合法的契約最長的年份。據報導，她的其他團員們已經簽下了新的三年約，但基娜則決定要永遠離開流行歌壇。『那些奢華、服裝和財富。』一名基娜的好友這樣表示：『這些對她的大腦已經造成了影響，而她發現自己得在太失控之前就先退出。她說，她已經不認識自己了。她已經成了流行歌壇的怪物。』」

「妳能相信嗎？」莉亞說，一邊放下手機。「少了康基娜，Electric Flower會變成什麼樣子？」

我搖著頭，無話可說。我回想著在濟州島和她的初次見面。她看起來不像個失控的大小姐。真要說的話，她看起來很內斂，只是一個普通的女孩，想要在度假的時候享受一杯美酒而已。但誰知道呢？也許那一瓶喝完之後，她又接著買了五十瓶啊。

但在莉亞繼續讀著基娜和Electric Flower的文章時，我只覺得嘴裡有一股酸澀的感覺，而且不是因為冷麵的緣故。

欸，狼女，如果我沒記錯，妳現在應該開始自修的時間了。〇或╳？

我靠在置物櫃上，咧開嘴，很快地回覆他的訊息。傑森幾乎把我的課表背起來了，這樣我們就可以在我下課的時候講電話。這比去年學校在期末考週帶小狗進來陪我們玩有用多了。

〇。想要視訊嗎？

我其實想的是另一種見面啦。

我的手機又震動了一下，我期待收到另一封傑森的訊息，卻發現那是慧利寄來的。妳可以到玫瑰園來一下嗎？

玫瑰園？好啊。我回覆道，有點擔心自己會看到慧利在那裡為大鎬的事情大哭。

我跑過學校的露天學生休息區，越過足球場，然後來到校園邊緣的小花園，在空無一人的園區中尋找慧利的身影。我的手機又震動了一下。這次是傑森。

轉過來。

我旋過身，看見他站在攀滿玫瑰花的拱門之下。他看見我，便把手機舉到半空中，用雙手橫拿，像是在抓著一個音響。

我咧開嘴。「傑森。」我朝他走過去。「你在幹嘛？」

「對妳唱情歌啊。」他說，然後點了一下手機上的播放鍵。〈眼底情深〉（*In Your Eyes*）的音樂開始響起，然後在那一瞬間，他成了約翰・庫薩克，我則是艾恩・斯姬，而現在則是我人生中最美好的一刻。

他咧開嘴。「我這樣很夢幻吧？」

我笑了，心跳亂了幾拍。但接著我聽見了鐘聲響起，然後我才意識到傑森和我現在正站在完全公開的公共場合。任何人都可以看見我們的地方。我的脖子後方開始凝結起冷汗，我抓住傑森的手，拉著他躲到玫瑰花叢後方。

「傑森！這樣太危險了。如果被人看到怎麼辦？」我用耳語尖叫，冷汗一路流到背脊。

「別擔心啦！慧利在門口把風，跟大家說花園被人私人包場了。」他對我擠眉弄眼著。

我壓抑住自己笑出來的衝動，翻了個白眼。「好吧，但那不代表外面就沒人啊，也不代表他們沒辦法從二樓或三樓的窗戶看到我們。快點。」我邊說邊拉著他站起來。「跟我來。」

我帶著他進入學校，一邊小心翼翼地打量著每個走廊的轉角。一切安全，於是我便把他推進了音樂練習室。每天這個時候，這間教室總是空的。

等到我確實關上門，也把對外窗的窗簾拉上之後，我才終於走向他張開的手臂，把臉貼在他的胸口，幾乎要在他身上融化。這真的比視訊好多了。

「不敢相信你在這裡。」我說。

「嗯，我的確是從來沒有上過高中。」他微笑著，幫我把一綹頭髮塞到耳後，然後看見教室角落的一把吉他。

「完美。我現在真的可以對妳唱情歌了。」他邊說邊抓起吉他，把背帶掛在肩上。「歡迎使用傑森點唱機。想聽什麼歌曲呢？」

我搖了搖頭，笑了起來。「喔，那就來一首〈因你而寫的情書〉好了。」我作弄地點了NEXT BOYZ的經典出道曲。我坐在鋼琴椅上，雙腿交疊，期待地等著他把吉他的音調好。

他刷了幾下和弦，然後唱了起來。「寫一封情書，寶貝，並用吻封緘。以你作為開頭，以你作為結束，因為在我心上的人是你，喔喔……」

他一邊哼唱著，一邊做著誇裝又愚蠢的表情，但他的歌聲還是好得不可思議，尤其是只有吉他伴奏的時候。我幾乎都忘了他會彈吉他。他以前在YouTube上面貼翻唱影片的時候，都是用吉他自彈自唱的，但現在他幾乎只和NEXT BOYZ一起唱歌跳舞了，再也不碰吉他。他看起來完全不費吹灰之力，好像連想都不用想就能按出正確的和弦。

「傑森點唱機，下一首！」我說。「我想點甜蜜又經典的歌。」

他不著痕跡地轉成下一首歌的和弦。「我是你的夢想，我是你的願望，我是你的童話，我是你的希望，我是你的愛戀，我是你想要的一切。」

我笑了起來。當然了，還有什麼比「野人花園」（Savage Garden）更經典呢？「應該沒有比這首更讚的了。」我邊笑邊說道。

他的眼中閃過一絲光芒。「好喔。不然試試這首？」

他慢了下來，刷出一首我以前從沒聽過的歌，但立刻就吸引了我的注意。「我來回徘徊，如潮起潮落，如自由落體，又如鷹翱翔。我是半滿的玻璃杯，被困在兩個宇宙之間。」

音樂本身溫和又沉穩，歌詞則比他前面唱的這幾首都更偏獨立音樂一些。「我是沙灘城堡的國王，或是海上迷失的男孩？我誰也不是，我什麼都是，我只是一個普通的我。我就是海岸。」

他刷完最後一組和弦，我則吐出一口氣。我覺得我好像剛從某種魔咒中解脫出來。「這首真的好美，是誰的歌？」我問。

他害羞地微笑起來，把吉他放回架上。「其實呢，這首是我寫的。哈哈。這是李傑森原創曲。」

我的下巴掉了下來。「我不知道你會寫歌。」話一出口，我就想起在光澤咖啡館，我拿韓國流行歌手自己寫歌的事來取笑他時，他臉上的表情。「我怎麼會不知道？」

「這類的歌不是ＤＢ的風格。」他聳聳肩，好像雲淡風輕，但他緊繃的微笑出賣了他真正的心情。「說實話，這才是我真正想要唱的歌。這種歌對我才有意義，反映了我在真實人生中的困境。像這首歌，就是在唱我在兩種自我認同中的掙扎。」他頓了頓，瞥了我一眼。「我不是不感激NEXT BOYZ或ＤＢ，還有他們為我所做的一切。只是這是不一樣的兩回事，妳知道嗎？」

「傑森，你不用解釋——」

但在我把話說完之前，門就被人飛速打開了。傑森和我跳了起來，看見趙家雙胞胎衝了進來，喘著氣，手中捏著她們的手機。

「看吧，我就說她會在這裡。」慧利勝利地說，一邊試著調整自己的呼吸。

「妳們是怎麼找到我的？」我錯愕地問。

「嗯，你們不在玫瑰花園裡了，所以我們就想說，你們這種歌手，一定是溜到這裡來了。」慧利咧開嘴。「還有，不客氣喔。」她微微一鞠躬。「傑森，幫你當打手的服務隨時等待吩咐。」

傑森回了她一個微笑。

「好了，好了，現在那不是重點。」朱玄說，一邊推開慧利。她把她的手機塞到我手中，臉上寫滿興奮之情。「ＤＢ一小時前剛在網路上公開了〈Summer Heat〉的影片，現在已經有兩千萬點閱啦。大家愛死你們的歌了。」

要命。

我完全不知道影片的公開日是今天。而從傑森的表情來判斷，他應該也不知道。我們圍著朱玄的手機一起看著。傑森身上穿著那件大學T。米娜穿著粉紅色的洋裝。還有我。

我！在高畫質影片裡！（「那個髮圈在妳頭上看起來超讚的。」慧利說。「又一次，不客氣喔！」）

就連我們在看影片的同時，點閱率也在持續升高中。我真的不敢相信，這不是做夢吧？

「這首歌已經進到百大排行榜裡了。」朱玄說。

「屁啦。」我低聲說道，不可置信。

「真的！」她回答。

我僵在原位，我身邊的雙胞胎則開始隨著音樂起舞。傑森抱住我，把我舉了起來，在原地轉圈。

大家都喜歡這支影片。他們喜歡我們。我耶。我努力了六年，而現在終於、終於，有了回報。傑森把我放回地面上時，我無法克制地微笑了起來。

「我們一定要慶祝！」傑森說，一邊抓住我的肩膀，直直望著我的眼睛。「就妳跟我，來一場真正的約會。」

雙胞胎停了下來，瞪視著我們，像是在看韓劇一樣。

我猶豫了一下，我的快樂之情開始像肥皂泡泡般破滅。我當然想要和傑森一起慶祝，但是……要怎麼做？不可能的。我緩緩搖著頭。「傑森，我們聊過這件事吧。不行啦。如果我們一起出現在公開場合，路人一定會認出我們的。尤其是現在。」我對著朱玄的手機點點頭。

「好吧。」傑森說，對我的疑慮妥協了。「所以只要我們不被人認出來，就可以去約會囉？」

「傑森。」我氣急敗壞地嘆了一口氣。「你現在是全韓國最出名的人，要怎麼不讓別人認出來？」

他對朱玄咧開嘴，後者的臉則心知肚明地一亮。她抓住我的肩膀，把我摁倒在一張椅子上，然後開始在她的包包裡摸索。「交給我吧。」她露出一抹邪惡的微笑。「等我完工，絕對連你們自己都認不出來。」

第十六章

我們在樂天世界的第一站，就是去他們賣玩具的攤販，攤位上有氣球、吹泡泡，還有拿來敲人時會發出尖叫聲的充氣槌子。我現在已經完全認不出傑森的臉，正如朱玄所說的那樣，當傑森從攤販不疑有他的女員工手中接過兩把槌子時，我又多看了他化著大濃妝的臉兩眼。

「碰。」他說。「現在偽裝做好了，也有紀念品了，可以開始玩了嗎？」

我頂著自己的妝容，咧開嘴——一道道彩虹色的閃電，從我的下巴一路沿伸到額頭上，上面點綴著金屬光澤的星星和亮片。「可以。」

我聞著瀰漫在空氣中翻糖的氣味，以及旋轉木馬上投射下來的點點光線，享受著音響中不斷放送的歡快音樂，然後暗自微笑著。自小時候暑假回韓國探親時來過幾次後，我就沒有沒有再進過樂天世界了。莉亞和我，以前都覺得這是世界上最棒的地方。我們可以一整天玩雲霄飛車，在室內主題樂園和室外的夢幻島園區之間來回遊玩，怎麼樣都不會膩。

我牽起傑森的手，覺得能和他像普通情侶一樣，在公開場合約會的感覺真的很好。我感到自己開始逐漸放鬆，當我們沿著石子步道漫步時，我便把身子靠向他。我們朝我最愛的雲霄飛車「亞特蘭提斯大冒險」走去。

「嘿。」排隊時，傑森說道。「妳聽見了嗎？」

我豎起耳朵，突然聽見遊樂園的音響，播放起〈Summer Heat〉的旋律。我微笑起來，啞口無言地轉向傑森。

「瑞秋？」

我笑出聲，發現自己正嘴巴開開地瞪著他看。「嗯。我沒事——我很好！只是這感覺好不真實啊。」

傑森大笑，輕輕跟著旋律哼唱。他突然抓住我的肩膀。「妳知道怎樣會更好玩嗎？」

「什麼？」

「等著瞧。」

他轉過身，面向在我們後面排隊的一群女孩。「欸，妳們覺得這首歌怎麼樣？最近超紅的。」

我咯咯笑著，打了他的手臂一拳。

女孩們看起來和我們的年紀差不多，每個人的頭上都戴著一個可愛的樂天世界頭帶，上面各有一個巨大蝴蝶結，像米妮的一樣有著點點花紋。

「超棒啊，我超愛的。」紫色蝴蝶結說。「我已經把歌詞都記起來了。」

「你們有看到影片吧？」紅色蝴蝶結說著，一面假裝自己要暈倒了，一隻手蓋著自己的額頭。「傑森帥爆了。」

粉紅蝴蝶結用手機把影片打開，然後把傑森的臉放大。「認真說，誰不想跟他生小孩啊？為什麼有人可以長這麼帥又這麼有才華？」

「想想每天晚上都可以聽見這個聲音跟你說晚安。」紫色蝴蝶結說。三個女孩笑了起來。她們好像完全忘了我跟傑森還站在旁邊，一邊放著影片，一邊自顧自地聊了起來。

「他應該是單身吧？」

「你覺得他會喜歡怎樣的女生？」

「一定很正啊，然後可能又有才華又成熟。」

傑森笑了起來，照單全收。我也勉強笑了一聲，但我已經開始覺得不舒服了。這個對話的方向讓我不太喜歡。

「但絕對不是跟他合唱的那兩個女生那種型，她們不知道在幹嘛的。」粉紅蝴蝶結哼了一聲說道。

「對啊，看起來超婊。」紅色蝴蝶結翻了個白眼。「看看她們的造型。根本都看光了啊，噁心死了。她們不知道小小孩也會看這個影片嗎？」

什麼？我的臉頰在妝容下一陣灼熱。我們的造型根本就不露好嗎？而且我們也沒有選擇自己造型的權利。就算是好了，她們有什麼資格批評我？

「這個女的根本就沒有那個身材穿這種洋裝。」紫色蝴蝶結邊說邊指著米娜。「哈囉，把那兩條蘿蔔腿收回去好嗎？沒有人想看它們出來呼吸啦。」

「還有這個唱和音的女生。」當我的臉出現在螢幕上時，粉紅蝴蝶結說道。她笑了一聲。「她看起來就超倒貼的。搞不好她私底下就一直想要色誘傑森呢。看看她盯著傑森看的表情，有沒有這麼明顯啊？」

「她們也太幸運，能跟傑森站這麼近。」紅色蝴蝶結搖著頭說。「但認真說，我真的覺得DB應該要挑別人，這兩個女生要當花瓶還不夠漂亮咧。」

我已經聽夠了。「我覺得我不想玩這個了。」我說。淚水威脅著要流下臉頰、毀滅我的妝容。女孩們完全沉浸在自己的對話裡，甚至沒有注意到我離開了隊伍，傑森則追在我身後。

「嘿，嘿，嘿！」他說。我走得太快，他得用小跑的才跟得上我。他抓住我的手肘。「發生什麼事了？」

他認真的嗎？

「你還要問嗎？你沒有聽到那些女生說的話嗎？」

他同情地點點頭。「嗯。聽到別人批評妳的表演，一開始真的不是很容易。但我們永遠都不會真正習慣的。」他一手環住我的肩膀，把我往小吃攤的方向帶過去。

「我知道什麼可以讓妳開心起來唷，焦糖爆米花！」

啊？我眨了眨眼，對於他這麼快就能把那些女生說的話拋到腦後感到不可置信。他不懂嗎——這不只是批評表演而已；她們是性別歧視和偏見，大力吹捧傑森、同時把我跟米娜嫌得體無完膚。我張開嘴，正要說話，卻發現他是如此努力要讓我再度開心起來，於是我又把話吞了回去。他興奮地說著話，一邊點了最大桶的焦糖爆米花。截至目前為止，今天都還非常完美，而我不想毀了它。畢竟，這是我們第一場正式的約會。

所以我什麼也沒說，只是接過了爆米花。

……✦

「我得介紹人生中另一個女人給你認識。」

「抱歉，你說什麼？」

那天稍晚，傑森帶著我在一個從未見過的安靜社區裡漫步——就算在我們把臉上的化妝品洗掉之後，他還是信誓旦旦地說不會有人認出我們。他帶我來到一輛帳篷餐車旁，老闆娘身穿著紅色的圍裙和髮網，正在為客人端上魚板湯、辣炒年糕、迷你海苔飯捲和燒酒。小小的紅色餐車內部，空氣瀰漫著傳統韓式小吃的可口氣味，我深吸一口氣，突然覺得飢腸轆轆。

「啊，我最喜歡的客人。」大嬸愉快地說著，跑過來捏了捏傑森的臉頰。「你好幾個星期沒來啦！你看起來太瘦了。」

「妳好。」他敬了個禮，頓了頓，然後不可置信地看著她的臉。「大姊，怎麼每次看到妳都覺得妳變年輕啊？到底是怎麼做到的？如果繼續這樣下去，這裡很快就要擠滿約妳出去的小鮮肉啦。」

她笑了起來，招呼我們坐到塑膠椅上，並為我們端上一盤辣炒年糕和冒著熱氣的魚板湯。「又在拍馬屁啦，和你的漂亮女朋友快吃吧。」

傑森對我眨眨眼，然後轉向她。「女朋友？妳以為她是我女朋友？喔，大姊，妳太傷我的心了！妳知道我明明眼中只有妳啊。」

她翻了個白眼。「哎呀，傻小子。我知道你想幹嘛。」她伸手拿過一盤鮪魚飯捲——整個飯捲快要被辣鮪魚餡、紫蘇葉、蟹肉棒、醃蘿蔔、紅蘿蔔、玉子燒、菠菜和牛蒡絲給塞爆——鄭重地放在我們的桌上。「吃吧，兩位。」她給了傑森一個溫暖的微笑，然後再度回到她的吧檯後方。

我吃了一大口魚板湯，魚板讓我從頭暖到腳指。傑森咧開嘴。「妳覺得如何？很棒吧？等一下吃一點年糕。這是全首爾最好吃的地方。」

我微笑著點點頭。但就算吃著溫暖的魚板湯，我還是沒辦法忘記在樂天世界發生的事。不只是因為那些女生們說的話，也是因為傑森的反應。或者說，是因為他的「沒有反應」。我搖搖頭，又咬了一口麵條。算了吧，瑞秋。好好享受這一天就好。別把事情搞得太複雜。

「大嬸！」隔壁桌的一個聲音喊道。「再一瓶燒酒！」

傑森和我瞥向聲音傳來的方向。三個女孩坐在桌邊，吃著一大盤雞爪和煎蛋捲，但其中一人顯然醉得徹底，正直接從瓶子大口灌著燒酒，她精緻的海螺紋美甲緊緊摳著綠色的玻璃瓶。

我愣住了。我以前是在哪裡見過這種指甲的？

第十七章

我記得，在我們搬來首爾之前，我帶著莉亞到我們家附近的一間冰淇淋店去。那時是冬天，媽媽以為我們是去對街的圖書館，但莉亞拜託我讓她「吃最後一球紀念紐約的冰淇淋」，所以我一如往常地讓步了。我們距離媽媽期望我們到家的時間只有幾分鐘的空檔，但莉亞點了最大的甜筒，然後一口氣吃光，草莓冰淇淋沾得滿臉都是。

當我看著康基娜往嘴裡塞了一塊雞蛋捲，辣醬一路流過她的下巴時，那就是我腦中聯想到的畫面。她狠狠咬著嘴裡的食物，我幾乎可以聽到無骨雞爪──比紐約的任何雞翅都要好吃一百倍──在她嘴裡斷掉的聲音。她用一口燒酒將它沖下喉嚨，然後用手背擦了擦嘴。坐在對面的兩個朋友試著阻止她，但她拍開她們的手。我無法置信，但那絕對是她。

「那是……？」傑森的聲音漸弱，他臉上的表情和我的如出一轍。

就在那一刻，基娜轉過頭來，直直看向我。或者說，看穿了我──她被燒酒模糊的視線似乎無法聚焦在身邊的任何東西上。她的其中一個朋友試圖把酒瓶從她手中搶走，但她啐道：「這是我的！妳不准拿！」她的眼神瘋狂，掃視著四周，然後落在傑森身上。她站起身，酒瓶噹的一聲從她手中掉落，她的視線晃回我身上，並像頭喝醉的老虎般朝我們搖搖晃晃地走來。

「妳。」她伸出一隻手指指著我，聲音含糊不清。「我認識妳，金瑞秋。妳看起來像在約會呢。我不是警告過妳不要約會嗎？」

她用大拇指朝著傑森的方向比劃了一下。他困惑地揚起眉毛，眼神來回看著我和基娜。我無話可說，所以我只做了腦中閃過的第一個動作——拉出一張椅子。

「請坐下吧。」我說。「妳還好嗎？最近……新聞很多。」

她大笑一聲。「喔拜託，不要在那邊假惺惺了。我知道，你們都知道我被ＤＢ踢出去了。全世界都他媽知道了。或者，不，我很抱歉。」她跌坐在椅子上，翹起腳，差點從椅子上摔了下去，但她很快調整好坐姿，然後露出燦爛的微笑。「是我『選擇不要續約』的。」她在空中做了一個上下引號的手勢。「這是他們告訴大家的故事，對不對？」

我皺起眉。「妳說這是他們說的故事？」

「拜託，瑞秋。」基娜說著，笑容從她臉上褪去。「所有人裡面，就應該數妳最了解這個圈子有多雙標。ＤＢ控制了我們的人生，然後突然間，他們說我沒辦法承受這種生活方式？我穿的衣服、說的話、做的所有事，全都是他們要求的！這些鬼東西——」她亮出她的指甲，聲音揚了起來。「——那些貴的要死的衣服、那些妝容、所有的產品線，全都是因為ＤＢ要把我變成他們想要的人，讓我成為大眾的消費品。

而他們說我有公主病？」

她把椅子朝我這裡挪過來，距離近得足以讓我聞到她嘴裡的燒酒味。「聽著，瑞秋。想清楚妳在淌什麼渾水。只要簽了那張合約，妳就是把十年的人生交給了魔鬼——」

「等等，我以為藝人合約都只有七年？那不是法律規定的嗎？」

基娜瞪大眼睛，嘴角露出一個瘋狂的笑容。「喔，天真的孩子。在法律面前，妳覺得DB沒有辦法繞道嗎？在瑞士的某一間銀行，某一個祕密保險箱裡，收著一堆他們逼我和其他團員簽的三年延長合約，都是在我們簽下七年約時同時簽訂的。當然押的是未來的日期，所以在法院上他們才站得住腳。」她的雙眼定在我身上，她酒後的怒火現在摻雜了一點同情在其中。「沒有人告訴過妳嗎？這些榮耀、這些名氣？這都是唱片公司為他們打造的幻覺。那些高層們一手操作的。而他們會不惜一切代價，把妳塑造成一個不負責任、難搞又過氣的女藝人，好讓其他公司連靠近妳都不願意，遑論簽約。」她笑了起來，但聲音聽起來幾乎像是啜泣。「他們會把妳給毀掉，然後搞得像是妳自毀身價。看看我，我的職業生涯已經結束了。」

「但是為什麼？」我說。我試著理解她所說的話，卻只覺得一陣頭暈。「他們為什麼要這樣對妳？」

「我是怎麼跟妳說的，瑞秋？」基娜把一根牙籤戳進我們的辣炒年糕裡，直視著我的眼睛。「**作為歌手，交男朋友太危險了。**」

我的心一沉。「和妳在濟州島的那個男生？宋奎旻？宋奎旻？」

她點點頭，聲音變得溫柔。「偉大的宋奎旻。他的七年約跑完的時候，回去和公司交涉，簽了更好的合約，拿了更多的錢。他以為對我來說也是一樣的。他說他要帶我來一趟『祕密之旅』，好談談我們的事。還真是個好祕密啊，是不是？什麼地方不去，偏要去全國首屈一指的蜜月天堂？然後……嗯哼。祕密曝光了。DB撇得一乾二淨，他也是。」她顫抖地深吸一口氣，我則思索著她的話。

「你是說……等等。妳是說他跟妳分手了？」

基娜用雙手摀住臉。然後她發出一聲尖叫，拳頭重重槌在年糕的盤子上，辣醬四處飛濺，我的臉也無法倖免。

「他當然跟我分手了！這類故事只會有一種結局。我們交男朋友，讓他們毀了我們的人生，然後他們可以全身而退，沒有人說三道四。妳覺得妳的唱片公司會在乎他跟誰交往嗎？干他們屁事。他們有一套自己的規則，我們則是另一套。DB口口聲聲說我們是一個家族。但他們根本不在乎。他們不在乎我，或是妳，或是任何人。他們只在乎能不能把我們變成完美的賺錢機器，幫他們賺進大把鈔票。但叫DB去吃屎吧。魯先生、朱先生、所有人。叫他們去死！我知道的祕密可是足以把歌壇整個毀掉！」

基娜的朋友們出現在她身側，一人抓住她的一隻手臂，把她從椅子上拉了起來。「基娜，親愛的，我們該走了。」其中一人說道。

當她們把她帶出餐車時，基娜再度回頭看著我，大聲喊道：「小心朱先生，瑞秋！不要和他或他的寶貝女兒扯上更多關係。妳聽到了嗎？」

她消失在帳篷外，聲音被黑夜給吞噬。直到此時，我才意識到自己渾身顫抖。她說她知道的祕密可以毀了整個歌壇？她為什麼要一直提到朱先生？我想要忘記一切，連同這場糟糕的約會記憶一起洗去，但基娜臉上的表情，還有她的尖叫聲——這些東西已經永久烙印在我的腦海裡。突然，我覺得全身都不舒服了起來，剛吃下去的飯捲和年糕在我的腹部糾結成一團。

我看向對面的傑森，他正在把桌面上的辣醬給擦掉。「可憐的基娜。」他邊說邊搖頭。「她的經歷真的很慘，看起來壓力超大的。」

他的口氣讓我忍不住銳利地盯著他看。「當然了。你有聽到她說的話吧？她壓力怎麼可能不大？」

他點點頭。「我有聽到呀。但我也不知道。每個故事都是一體兩面的。ＤＢ給我們的錢的確不多，但就像基娜說的，他們也的確給了我們衣服和公寓。如果夠小心的話，要保持收支平衡其實沒那麼難。」他聳聳肩。「我是說，他們對我一直都還不錯。」

「那是因為你是李傑森。」我說，而當我想起基娜口中所說的奎旻時，挫折感便在我心中越積越多。「他們當然會對你好！你做過最糟糕的事情，就是偷用羅密歐特製的橘色髮色！」

「什麼？」傑森困惑地看著我。

我嘆了口氣。現在不是談DB八卦的時候。「算了，不重要。但你不要告訴我，你沒有注意到這個產業裡的雙重標準。對女生來說，標準向來就跟男生不一樣。」

他皺起眉頭，而我眨眨眼，稍早的那些懷疑現在如排山倒海般襲來。

「**你應該有注意到吧？**」我說，一邊回想起幾週前，傑森一邊拿著速食走進練習室，一邊跟高層們輕鬆打招呼的畫面。

「說實話，還真的沒有。」他皺著眉。「到頭來，DB是在商言商。他們對男女差別待遇，並不會讓他們賺比較多錢啊。」

我的喉嚨一緊。他是認真的嗎？「那樂天世界的那些女生呢？你自己也有聽到他們稱讚你，又用那些難聽字眼形容我跟米娜吧？」

「瑞秋，那只是幾個人的觀點而已。每個人都要面對這種事的——就連我也是。這不代表整個產業就是性別歧視或有偏見或怎樣的。」

我深吸一口氣。

喔，哇喔。**他是認真的**。我不可置信地笑了起來，用手抹了抹臉，搖搖頭。「作為一個活在歌壇裡的人，你看到的東西還真是少得驚人。」

他眉間的皺摺變得更深。「這是什麼意思？」

紅色的帳篷布再度被掀開，我轉過頭，看著剛走進餐車裡的那對情侶，他們正用好奇的表情看著我跟傑森。我心中湧起一股驚恐之情。他們認出我們了嗎？

我突然覺得自己像是溺水了一樣，而我同時意識到，原來這股感覺從那天和我家人一起吃冷麵的時候就存在了。自從莉亞告訴我基娜不和Electric Flower續約之後。

我錯了。

但基娜也是。她告訴我，和傑森在一起不只是很困難而已，同時也很危險。確實，但這也很不公平。我把我的人生給了DB，而最終，這個決定——這個我們兩人都做出的決定——將會毀了我，而且只有我。最終，只有我一個人不得不放棄我所努力的一切——我的粉絲、我的音樂、所有的魔法。這麼長一段時間以來，我第一次感到，我人生中所有的支線全部串了起來，完美而清晰。而它們全部指向同一個結論：我也許想要跟傑森在一起，**但我必須出道**。而和傑森在一起，也許會讓我在事業甚至還沒起步之前就賠上一切。

壓力在我胸口堆積，讓我難以呼吸。「不敢相信我竟然讓我們的事進展到這個地步。這會毀了我的。」

傑森的表情緩和下來。他的手越過桌子，抓住我的手。「嘿，別這麼說。不管康基娜和她男友發生了什麼事，我們跟他們是不一樣的。我們可以跟魯先生說，我們是真心的，他就會理解了。事實上，他可能還會為我們高興呢。」

「為我們高興？」我劈頭說道，把手抽了回來。「睜大眼看看，傑森。他們也許會為了你和宋奎旻妥協，但絕不會為了我。我只要踏錯一步，就要跟DB永遠說拜拜了。康基娜曾經是他們的掌上明珠，但他們不只是把她踢出去而已──**他們毀了她**。而且他們一點都不在乎。想想，我身為練習生，根本就超免洗的好嗎！」

「拜託，瑞秋，妳知道他們不是那種人。」傑森懇求道。「他們不會因為妳只是跟我交往就這樣對妳。」

我瞪視著他，意識到不論我怎麼說，他都沒有辦法理解事情對我們兩個來說，是完全不同的兩回事。傑森也許是DB的「金童」，但反觀我，我一路奮鬥，卻始終覺得自己只是在DB勉強吊車尾而已。一旦他們發現可能會毀了他們完美乾淨招牌的任何微小失誤，他們絕對會毫不猶豫地甩掉我。而和傑森談戀愛，肯定是一個無法逆轉的錯誤。

「結束了，傑森。」我說，一邊從桌邊站了起來。「我沒辦法繼續下去了。我為了夢想努力太久了，我不能讓任何東西攔阻我。就算是你也不行。」

傑森看著我，一臉錯愕。「我不敢相信妳居然這麼反應過度。」

他的話讓我心都碎了。不管我期待他說什麼，都不該是這一句。我頭也不回地走出餐車。我可以聽見傑森在後面喊著我的名字，但我不在乎。我一走到外面，便開始拔腿狂奔。直到衝上地鐵之後，我才停下腳步，氣喘吁吁，心如刀割。

我想著俞真姊是如何拿自己的事業來冒險，幫我拍那支爆紅的影片，她是如何在讓自己惹上麻煩的前提之下依然願意支持我。我想著我的家人。我差點就要再度讓他們失望了，而我為此感到羞愧不已。過去六年所有的努力，差點就要毀於一旦。

我先前完全被感性給征服，但現在這必須告一段落了。只剩下幾週，ＤＢ就要宣布家族巡迴的細節，而我得回到正軌上。從現在開始，我會比以往都更專注。

我只要好好當練習生，完全避開李傑森就好。

第十八章

我迴避傑森的計畫其實非常簡單：只要看到他在走廊上，我就轉彎。在訓練的時候不要和他眼神接觸。還有最重要的，在爸爸的訓練館裡，把沙包想像成他的臉。

這真的有效。五天後，我在拳擊訓練館打卡的時間，比過去六個月加起來還多。「噢！」我重重揮了一拳，沙包撞進爸爸的肚子裡，讓他低哼了一聲。「小心——妳老爸可不像以前那麼勇了。」

「對不起啦。」我說。我停了下來，用手抹去臉上的汗，但很快又恢復了我準備出拳的站姿。

「我們休息一下如何？我怕妳會把肋骨打斷。」

「我的肋骨沒事。」我說。

「我又不是說妳的。」爸爸咧開嘴，一屁股坐在地上，然後拍拍身旁的地面，疲憊地呻吟了一聲。「所以，」我在他身邊坐下之後，他說。「妳有心事嗎？」

我嘆了口氣。我心中有很多煩惱，但我什麼都不想說。也不想跟任何人說。「沒有，爸。我很好。」

爸爸瞇起眼，看著我疲憊的臉龐和我勉強的微笑。但一會之後，他似乎終於接受了我的回答。「好吧，如果妳堅持的話。」

「真的啊。不過……不如說說你最近怎麼樣吧？」

「其實呢，我的確有些事情要告訴妳。」爸爸從連帽衫的口袋裡拿出一張皺巴巴的白色卡片，遞給我，臉上帶著一個害羞的微笑。我好奇地接過，緩緩地攤開它。隨著我往下讀去，我的眼睛亮了起來。

「爸！這是給你的法學院畢業典禮邀請函！就是下個星期耶！」

「沒錯。而且我希望妳來參加。」

我點點頭，淚水逐漸在眼角成形。爸爸伸出手，把我拉到他懷裡。「我們會沒事的，瑞秋。一切都會沒事的。」而有那麼一刻，我讓自己相信他的話。

……✦

一週後，畢業典禮上，我微笑著看著爸爸走上臺，接下他法學院的畢業證書。他對我揮揮手，我也回應了他——但不幸的是，他看不到我。他只能看到直播著整場典禮的攝影機，那是為了讓我在飛機上用無線網路看的。因為——大驚喜——在我爸邀請我去他的畢業典禮之後，DB就宣布，要送我們前往多倫多，為單曲〈Summer Heat〉臨時宣傳。

沒錯。我、傑森和米娜。三個人一起。整整五天。

光是想到要和傑森在一起這麼長的時間，就讓我的心一路沉到谷底。但我不可能在拒絕了DB的要求之後還期待他們讓我出道。

所以我就來了。

米娜堅持要我們搭她爸爸的私人噴射機，而這甚至比莉亞和我搭去東京的飛機更奢華。我們都坐在絲絨長沙發上，而且每個人都有繡了自己名字字母的厚拖鞋，還有絲質眼罩和無線耳機。

米娜正在飛機後方的瑜伽室裡，和她的私人教練上課，和我們同行的韓先生，則坐在酒吧區，手中拿著一杯葡萄酒，耳機緊貼著耳朵，正在他的iPad上打字。而我則坐在沙發上，面前的桌子上堆著一大疊加分用的作業（除此之外，也因為我們學校現在正在放兩週的暑假，我媽才答應讓我加入這趟旅程）。我通常都可以輕鬆做完我的英文作業，但這一次真的有點挑戰性——

「妳就非得帶著莎士比亞一起旅行嗎？」傑森邊說，邊在我身邊的位子上坐下，手中挖起一大口巧克力舒芙蕾。在路邊攤的慘劇發生後，傑森顯然不像我一樣採取「零接觸」的計畫。真要說的話，他比較像是失去了一直在我身邊打轉的能力——很不幸的是，那個甜蜜、感性、會拿著音響唱歌，又會用把妹招數的男孩已經消失了，而我則是被迫和這個幾個月前在練習生宿舍外見過，驕傲自大、伶牙俐齒的傢伙關在一起。

我忽略他，把我的視線定在馬克白的大段獨白上。

「我想妳的確很喜歡戲劇化的敘事手法。」他說。「不過我覺得他的劇都有點拖戲。妳真的懂他們在說什麼嗎？還是妳只是在假裝自己看得懂，等一下再用維基百科寫作業？」

「你可以讓我專心嗎？」我無法繼續無視他了，忍不住回嘴。

他故意慢吞吞地舔著湯匙裡的巧克力醬，然後又噹的一聲把湯匙丟回空碗裡。「喔，對不起。」他揚起眉毛，佯裝驚訝。「妳剛剛很認真在看書嗎？」

我壓抑下把課本往他頭上丟的衝動。

突然，傑森看著我，他的表情變得心虛。「瑞秋，我真的很抱歉——」

我的手機因為收到訊息而震動了一下，傑森便很快轉開頭，我則拿起手機，很高興又有另一個藉口可以不要跟他說話。我垂下眼，看見爸爸寄來一張自拍，畫面中的他拿著自己的學位證明，臉上掛著燦爛的笑容。

妳的老爸終於畢業啦！

我的心臟一揪，並快速回覆他。

我超驕傲的！恭喜！

我嘆了口氣，向後靠在椅背上，真心希望我人能在現場。不過我決定把所有我能找到的愛心貼圖都傳給他。他值得，努力了這麼久——在加班之後還上夜校，想辦法瞞著媽媽和莉亞，以免讓她們有太多期待。現在他終於畢業了，我不知道他打算現在告訴她們，還是等他真的找到工作之後再說。根據我對爸爸的瞭解，我覺得應該會是後者。

我反射性地又想拿手機傳訊息給明里，跟她分享這個好消息——但在我開始打字之前，我的手指就揪成了一個拳頭。在訓練、上學和傑森的事之外，我已經好幾週沒有和她說話了。

我是說，最後一次見到她時，我覺得自己好像在跟一個陌生人說話。

那是上個週末，俞真姊把我叫進她的辦公室。明里已經在那裡了，正在幫窗臺上的盆栽澆水。在那一刻，我只想坐在俞真姊的沙發上，吃著點心、喝香蕉牛奶，然後和她聊上幾小時的話，就像我們還小的時候一樣。我想跟她說東京、濟州島和康基娜的事，還有傑森，以及樂天世界的那些女孩們。但在我來得及開口之前，俞真姊就抓住了我。

「你們三個的那首歌紅遍半邊天了，DB要送你們去多倫多宣傳！」俞真姐宣布道。「你們要走向國際舞臺啦！」

「哇喔，真是好消息。」明里說，嘴上掛著微笑，眼神裡卻毫無笑意。「妳一定很開心吧。」

「嗯，超開心的。」我勉強笑了一聲，舉起一隻拳頭。「超開心的，哇呼！」我不可能跟俞真姊說我真正的感覺。最好的情況是，她會叫我吞下去，不要讓傑森阻擋我的事業之路。最糟的狀況是，她會跑去告訴魯先生，把我從培訓計畫開除。所以我露出讓我的臉頰疼痛不已的微笑，讓俞真姊敬我一杯覆盆子氣泡飲。

直到稍晚，我和明里離開俞真姊的辦公室後，我的微笑才淡去。我轉向她，咬著自己的嘴唇。「明里，聽著，我有事要跟妳說。」

她在門外猶豫著。「我應該要回去訓練了……」她邊說邊轉頭看著走廊。

「拜託。」我哀求道。「我得和我最好的朋友聊聊。也許妳還有免費大餐可以吃喔。」

她轉向我，嘴角露出一點微笑。「我怎麼可能拒絕免費大餐呢，傻瓜。」

我的雙手合十，抵在下巴，用最無辜的眼神看著她。

「好啦，好啦。」她笑了起來。「十分鐘。妳知道，我也有事想要告訴妳——」

「金瑞秋！」一個聲音在走廊上迴盪，我們轉過頭去，看見葛蕾絲朝我們大步走來。「妳最好讓自己的大腿縫再開一點！現在去有氧教室！路上順便做幾組交互蹲跳。」

我轉向明里。「對不起。我想我……我得走了。」我說，聲音交織著罪惡感。

「好喔。」她回答。但她的聲音聽起來很扁平、很空洞。「當然了。我們都有重要的事要做嘛。」

「我今晚傳簡訊給妳好嗎？」我猶豫地問，但她已經走開了，似乎完全沒聽到我說的話。

在那之後，我們就沒再說過話了。

我滑著手機，看著過去幾天我寄給她的訊息，但她一封都沒回。眼淚出乎我意料之外地在眼眶匯集。自從明里加入DB那天開始，我們就一直都是最好的朋友。我們的人生總是匆忙混亂，但我們一直都能在訓練之間的空檔找到時間談天，每天晚上也都會傳簡訊到半夜。我知道我最近史無前例地忙，但明里應該是所有人中最該體諒我的人。這就是作為練習生的日常啊。但自從我加入這個合唱組合之後，我們之間就像升起了一堵牆，而我不知道為什麼。

我的手機又響了一聲，我垂下視線。

我愛妳，女兒。

「還好嗎？」傑森看著我，表情變得柔和。他似乎注意到了我情緒裡的轉變。有那麼一刻，我考慮把爸爸的照片給他看。「妳知道。」他在我把手機拿起來之前說道。「《馬克白》其實沒有那麼複雜啦。他只是一個無辜的男生，被一個漂亮女生給騙了。」我看見他眼中閃過一絲受傷的神色，但很快就被他招牌的高傲笑容給取代了。他跳了起來，往飛機另一端的PlayStation遊戲機走去。

我眨眨眼睛。那個瞬間就這樣消失了。

我翻了個白眼，把耳機戴上，調大音量，讓碧昂絲的《檸檬特調》（*Lemonade*）專輯陪我度過剩下的旅程，以免我自己發瘋。

⋯⋯✦

我們才在多倫多降落，就被捲進一連串的髮型、妝容和服裝的補救動作中。「我們有滿滿的記者會和表演要進行，然後我們就要往北，去參與一場音樂節。」韓先生一邊看著我們的行程一邊說。「等到這場旅程的尾聲，全國的人就都會知道你們的名字了。」

「我覺得大部分的人應該都已經知道我們的名字。」傑森說。一股自信的微笑在他臉上綻開。「現在他們只是永遠也忘不掉了。」

今天是旅行的第四天，我們三人在一個光線明亮的攝影棚中，為當地的晨間談話節目錄製訪問。主持人是一個中年男人，讓我想起了DB媒體訓練課的訓練員。他們都一樣油膩又下流，只是這個的牙齒更白，還有不均勻的日曬膚色。我和米娜坐在高腳椅上，穿著皮夾克和燈芯絨短裙，傑森則坐在我們中間的一張扶手椅，穿著燈芯絨長褲和一件黑色T恤。好像一天二十四小時都有攝影機對著我們，但認真說，我無法注意它們的存在。也許這是因為我把所有的精力都拿來迴避傑森了，而在韓先生幾乎是下令將我們綁在一起的安排下，這點更是格外困難，但也有可能是因為主持人問我和米娜的問題實在太討人厭了。

「米娜和瑞秋。」脫口秀的主持人對著我們假惺惺地笑著，我得緊咬牙關，才能阻止自己面露嫌惡之色。「妳們兩個，誰在上節目之前花的準備時間比較多啊？」我阻止自己翻白眼的衝動，而我感覺到一旁的米娜身子一僵。這一週每天都像這樣。昨天在一個廣播節目上，一個粉絲打電話進來和我們對話。

「瑞秋，妳的英文說得好棒。」他說。「妳一定很驕傲吧！」

「呃……我是美國人。」我帶著禮貌的笑意回答道，但我內心已經快要核爆了。如果這趟旅程中，只要有人說「妳的英文很好」，我就能獲得一塊錢的話，我大概已經有錢買一架自己的私人飛機了。

不過這至少比那個花癡的雜誌記者好多了。第一天，我們在多倫多市區的四季酒店套房裡接受雜誌訪問，而那個記者完全不掩飾自己對著傑森流口水的窘樣，問題一個接一個地問著他的成名過程，還有他是如何在表演方面不斷挑戰自我的。韓先生終於開口介入，希望她也問我和米娜一些問題，她才心不甘情不願地把視線從傑森身上轉開，然後問我們有沒有為了獲得他的注意力而明爭暗鬥。

現在我張開嘴，準備用ＤＢ核准的回答回應主持人的問題（我們當然是一起準備的囉，就像好朋友一樣！），但傑森一手按在我的腿上，並很快地對我咧了一下嘴。

「我想這個問題還是讓我回答好了。」傑森說，一邊轉向主持人。「答案是……我！」主持人讚賞地笑了起來，露出美白過頭的牙齒，傑森則繼續說下去。「我顯然是這個團體裡最需要維持外表的人啊，尤其是我的皮膚保養。」

傑森做出對著鏡子搓臉的動作，主持人又笑了起來，但很快就恢復正常的表情。「傑森。」他問道：「回到家鄉的感覺怎麼樣？」他的臉上降下一抹陰鬱的神色。「這會比其他地方更讓你想念母親嗎？」

我可以聽見一旁的傑森急速地吸了一口氣，這個問題讓他措手不及。訪問的記者和主持人鮮少提起他的母親。我看向他，然後心中便湧起一股憐惜之情。他的表情看起來坦承又無比脆弱——這是在音樂教室裡彈奏原創歌曲給我聽的傑森，也是從東京回來時，在飛機上握著我的手的傑森。

但他一瞬間就恢復了正常，清了清喉嚨，露出開朗的微笑。我的心立刻關了起來。「回家的感覺很好呀。」他專業地避開了這個問題。「沒有地方比多倫多更好了！我只希望我們能在這裡停留更久。我們很快就要去紐約了，那會是我們這趟旅行的第二站。」他意味深長地瞥了我一眼。「紐約對我們來說也是個特別的地方，因為那是瑞秋的故鄉。」

米娜和我轉過頭，盯著他看，試圖掩飾住臉上的驚訝表情。紐約？沒有人說過我們要去紐約呀。

「真是太興奮了！」主持人說。「紐約的粉絲一定等不及想要見你們了，真是個完美的驚喜！」

的確是個驚喜，不過不只是對粉絲而已。

等採訪結束之後，韓先生便朝我們走來。「瑞秋，米娜，我需要妳們的護照，在去美國之前還有一些文件要辦。」他公事公辦地說。

我站在原地，動彈不得。「我們的護照？」我緩緩說道。「但是沒有人說過——噢！」米娜偷偷用高跟鞋踩了我一腳，讓我大叫出聲。

「喔，當然！看你們的歌這麼成功，我們決定在旅行加上另一個城市。」韓先生雙手合十。「粉絲們真的都很喜歡你們。所以明天，等你們在布瑞特伍德的音樂節表演完之後，我們就要飛去紐約啦！」

傑森咧開嘴，和韓先生互擊了一下拳頭。「我超期待的，我已經幾百年沒去紐約了。」

韓先生也回應了他一個笑容，但我和米娜沒有馬上做出反應，他便看向我們，臉上閃過一絲嫌惡的神色。練習生不能抱怨公司要求我們做的事，這是不成文的規定。不僅如此，他們也期待我們能對一切都心懷感激——例如過長的訓練時間、在走廊上祭出的懲罰、或是逼我們實施的飲食管理，還有去紐約的意外之旅。「妳們不開心嗎？這是好消息啊。」

米娜張開嘴，好像正準備要說什麼，但立刻又閉上嘴，吞了回去。她露出大大的微笑，說道：「當然開心啊！我一直都想去紐約！」

她大笑著，雙手合十。

「我就知道你們會喜歡。」韓先生說，他的表情放鬆下來，加入她的笑聲。

紐約。我應該要跟米娜和傑森一樣興奮才對。但此刻我只能想到DB從我身上剝奪的東西：搬到另一個國家、錯過爸爸的畢業典禮、沒日沒夜的訓練、永遠不能停止的微笑、和男友分手。只有他懂，只有他知道這個世界的生活是什麼樣子。他的夢想曾經也是我的夢想。我想著回家已經想了好幾年——但此時此刻，我看見的不是家鄉。我只看見這個流行歌壇對我提出的另一個要求。在沒有任何事先知會的情況下，前往另一個城市。我應該要興奮地跳上跳下，但我此刻的感覺和我想像的並不一樣。什麼都不一樣。

他們三人轉過來看著我，而我快速露出燦爛的笑容，好像他們都是我最好的朋友，就像全世界的人以為的那樣。

「真的是好消息。」我說。「簡直是美夢成真呢。」

第十九章

「Google上說，布瑞特伍德是一個小小的高階度假小鎮，在多倫多北部，以夏日的藍山以音樂節聞名。」視訊時，莉亞這麼讀道。

我一邊刷牙一邊呻吟。昨晚我睡不著，所以在凌晨五點左右時，我放棄了，然後打給莉亞，過去這一小時裡，她已經叨叨絮絮地說著韓劇的進度和布瑞特伍德的一些網路消息。

「從你們的旅館過去應該要三個小時的車程。」她快樂地說著。「和傑森一起搭車！妳真是太幸運了。」

「嗯哼，就是我。」我還沒有告訴莉亞我和傑森的事。就她目前所知，我們還是和她一起去日本的超級好朋友。

我抓起手機，朝行李箱走去，拿出一條寬鬆的棉褲和一件寬大的橘色T恤。

「姊，我的天啊！」莉亞的聲音在電話另一邊大叫。

「幹嘛？」

「那不是我們熬夜看電視的時候穿的嗎？妳得穿得更好看一點啊！」

「什麼？閉嘴啦！沒關係的。韓先生說我們搭車可以穿得隨便一點。」我自我防衛地說。「再說，這套很舒服啊，而且我已經連續四天穿高跟鞋跟窄裙了。」

「好吧。」莉亞懷疑地說著，聳起眉毛。

她看起來又準備要對我發表一番整理儀容的高談闊論，所以我很快地轉移話題。

「欸，妳今天不是要去愛寶樂園嗎？媽媽說學校有些女生約妳去啊。」

莉亞的眼神看向一邊。「喔，呃。我本來是要去啦，但……我……後來就沒有了。」

我對她皺眉。「什麼意思？」

「嗯。」她緩緩地說。「大家本來是計畫玩完之後，要來我們家過夜的。但後來，她們發現妳不會在家，所以……」她的聲音漸弱。「沒關係！等妳回來之後，也許我們可以一起去玩？」

我的喉嚨一陣緊縮，而我不得不把眼睛閉上，好讓眼淚乖乖聽話，然後才繼續說下去。「當然啦！我一落地，我們就直衝愛寶樂園。」

這當然讓莉亞又開心了起來，開始唸起自己最喜歡的幾座雲霄飛車，幾分鐘後，我便聽見媽媽在另一邊叫她掛掉電話、去做功課。我把通話結束，快速把兩塊留在枕頭上的巧克力塞進包包裡，想著晚點搭車可以吃，然後走下樓。

靠近大廳的時候，我看見傑森就在幾尺遠的地方，在一扇窗戶旁來回踱步，用手機說著話。我暗自哀嚎一聲。我本來期望他不會那麼早出現的，但顯然我不是唯一一個睡不著的人。我正準備從旁邊溜走，以免他注意到我，但我突然聽見他的聲音，緊繃而憤怒，手緊緊抓著手機貼在耳邊。我快速躲到一旁的大盆栽後方。

「我就是不懂。我們最後一次見面是兩年前，而且我幾乎沒辦法在多倫多待多久。你後來甚至不願意來首爾，就算我贏了——不，我知道你要工作……我知道……但今天是我在這裡的最後一晚。」

我猶豫著。我知道我不該偷聽的，但如果現在動了，他就會看見我。他停在距離我幾寸遠的地方，一手扒過頭髮，繼續說著。

「什麼叫做你絕對不會踏進布瑞特伍德？你不是應該是我們兩人之間的大人嗎？你知道，算了，別回答這個問題……好，我知道了。懂了。好。拜拜。」

他掛上電話，然後發出一聲簡短挫敗的哼聲。不管他剛才是和誰說話，都聽起來很緊繃。以早上六點半而言，這對話的確是太凶了一點。一片巨大的香蕉葉戳中了我的臉，我才意識到我還躲在盆栽後面。我快速繞過它，希望可以溜進電梯，回到我的房間裡，但傑森突然轉過身，差點直接撞上我。

他錯愕地瞪大眼睛。「瑞秋。嘿，妳在這裡多久了。」

我嚥了嚥口水。「呃……沒有很久啦。我只是……睡不著。」

他懷疑地看著我。「是喔。」我無辜地看著他，而他聳聳肩，身體姿態緩和了一點。「嗯，我也是。我是說，我也睡不著。」他的聲音很溫柔，但口氣裡有一股我從沒聽過的緊繃感。他張開嘴，但又閉了起來，欲言又止。最後他只是向後退開一步，把手插進口袋裡。

就在此時，米娜如一陣旋風般走進大廳，頭髮梳成了一個完美的閃亮高馬尾。她穿著玫瑰金的短版上衣和琥珀色的耳釘，看起來像是準備要去巴黎血拼，而不是準備搭三小時的車出城。我嘆了口氣，低頭看了一眼自己的運動服。也許莉亞說得有道理。

「喔，太好了，你們都下來啦。」她說。「我已經準備好了，我要在路上吃早餐。這些美式飯店的早餐讓我超反胃的。」她打量了一圈大廳。「韓先生呢？」

「他在櫃檯那邊。」我邊說邊指向韓先生和其他DB人員所站的位置，他們正在討論今天的表演事宜。

「嗯，讓他知道我已經準備好了。」她邊說邊看向我。「不然我們就又要吃炒蛋當早餐了。認真說，好像這間飯店的工作人員只知道一種料理蛋的方法一樣。」

「我有個更好的主意。」傑森說。「我們租一輛車，三個人自己開上去吧。我會跟韓先生說，我們在那裡跟他們會合。」

米娜和我瞪視著他。「你在說什麼？」我說。

「我得釋放一下壓力。」傑森邊說搖頭晃腦，好像隨時準備爆炸一樣。

「呃，你在開玩笑嗎？」米娜說。「你覺得我們可以就這樣自己亂跑嗎？再說，韓先生已經幫我們安排好車了。」

「我們沒有亂跑啊，只是到那邊才跟他會合。」他靠在櫃檯上，翻了個白眼。「妳擔心得太多了，沒事啦。」

我到底聽傑森講過這句話幾次了？「那我們的表演服裝怎麼辦？」我問。我們昨晚才把它們送飯店的乾洗服務，還要再過半小時才會洗好。

「聽著，我現在就去問韓先生。」他大步走過大廳。米娜和我看著韓先生一手搭住傑森的肩膀，同情地點點頭。幾分鐘之後，傑森回來了，臉上掛著勝利的笑容。「好啦。韓先生說沒問題，然後表演服他會負責的。我要去租車，妳們要來嗎？」

米娜癟了癟嘴。「好吧。如果韓先生說沒關係，我就跟。」

大廳的另外一遍，韓先生朝我們的方向大喊：「瑞秋，米娜！如果妳們想的話，DB的車也還有位子。在玹另外給了我一些簡單的舞蹈練習，讓妳們兩個在車上也可以做。」

我閉上眼睛，評估了一下我的選項。三小時和傑森跟米娜擠在一起，傑森開車和說幹話，米娜取笑我的衣服；或是三小時和韓先生擠在一輛擁擠的車上，做腿部訓練。

「瑞秋？」我可以聽見傑森聲音裡的急迫。這是他所需要的。不管他那通電話的對象是誰，都顯然對他造成了不小的影響。也許一點私人時間，可以讓他在表演之前恢復狀態。

「好吧，我加入。」我睜開眼。「走吧。」

「可以開空調嗎？我快熱瘋了。」米娜抹著額頭上的汗珠，嫌惡地皺起鼻子。

「當然不行。」傑森說著，一邊大笑，一邊把手伸到我們租來的豐田Camry車窗外。這是飯店在臨時通知之下唯一能選的車輛。坐在駕駛座上的他看起來悠然自得，我知道他很想念這個感覺。就像所有的DB明星一樣，不是出入都有人接送，就是搭地鐵，我們實在沒有什麼機會自己開車。「沒有比開車時呼吸新鮮空氣更舒服的事了。」

「就是有。」米娜恨恨地說。「有種東西叫做冷氣，好嗎？」她從後照鏡看著我。「拜託，瑞秋小公主。我知道妳也在爆汗。」

通常情況下，米娜不斷的抱怨只會讓我覺得比天氣更煩，但我的手臂現在幾乎是黏在後座的座位上了。我小心翼翼地把自己從椅面上剝下來，坐直身子。「是有點熱。」

傑森嘆了口氣，搖上車窗，把冷氣調大。「開心了嗎？」

「如果我知道我們接下來要去哪裡，就更好了。」米娜邊說邊盯著自己的手機看。「現在看起來不像是正確的路線。」

「放心啦。」傑森說。「我以前常常在這附近開，我知道我在哪裡。」

越往北開，路況就越糟——我們絕對已經不在城裡了。突然，傑森從大路上轉開，進入一條泥濘的小路。米娜在座位上坐得更挺，抓住傑森的手臂。

「你在幹嘛？」她大喊。

「跟妳說我知道路啦。」傑森說。「這是捷徑，相信我。」我保持安靜，不想捲入他們的鬥嘴中。只要我們能順利到達布瑞特伍德，過程怎麼樣都不重要。我只要專心想著今晚的表演就好了。我閉上眼，開始在腦中回想著舞步。

車子突然一陣晃動，我的背撞上椅背，車子猛然停了下來。

我睜開雙眼。「怎麼停了？」

輪胎尖叫著，泥土四濺，但車子紋風不動。

喔不。

「噢。」傑森說。「看來是卡住了。」

喔不、不、不。

「廢話，大天才。」米娜說，她的聲音帶著濃濃的厭惡感。「沒關係，我爸的人手是國際級的，他們會過來幫我們拖車。」她拿出手機。「我的天啊。」她的聲音從不爽變成了驚恐。「我連手機訊號都沒有。」

我坐了起來。「什麼？我看看我的。」我從包裡拿出我的手機，然後驚慌地發現我也沒有訊號。

我們沒辦法叫道路救援，也沒有辦法傳簡訊給韓先生。

我覺得我要吐了。

傑森再度催動引擎，但是沒有用。他的手指輕點著方向盤，思索著。「好吧。」他最後說道，把車熄火。「保持冷靜，在這等著。我去找人幫忙。」

「什麼叫做去找人幫忙？這附近現在什麼都沒有耶！」

「幾里之前有一座加油站。我覺得那裡一定有人會幫忙的。」

「傑森。」我試著保持冷靜。「沒有時間跑回去了。我們現在就應該要繼續上路的。」

「所以我最好現在離開。」他對我眨了眨眼。「別擔心，小姐們。妳們的白馬王子很快就會回來了！」

「你在說什麼啊？是你害我們卡在這裡的！」在傑森往大路走去時，米娜對著他的身影喊道。

米娜和我一起坐在車內令人窒息的熱空氣中。「我就知道一定沒好事。」她邊說邊咬牙。「這簡直就是一場大災難。」她爬下車，重重甩上車門。我又坐了一會，猶豫著我該繼續悶在車裡，還是跟她一起下車。最後，米娜還是贏過了悶死的選項。雖然沒贏過多少。

我們站在車外，一同看著路的方向等傑森回來，一句話也沒說。

我的肚子發出一陣叫聲，畢竟我們一直都沒有吃到早餐。我伸手進去包包裡，拿出飯店的巧克力。雖然已經有點融化了，但還是很好吃。我就知道這可以派上用場。

就在我拆開包裝時，米娜緊盯著我。我回望她。

「妳要嗎？」我問。

「不。」她說。「只是我們兩個都餓著肚子的時候，妳沒有給我一塊，這樣實在很沒禮貌。」

「所以我才問妳要不要啊。」我氣急敗壞地說。「拿去。」我把另一塊巧克力拋向她，她便反射性地接住。

「融化了耶。」她扮了個鬼臉。

「那就別吃，還我。」

她猶豫了一下，手指握緊巧克力的包裝。「妳要給傑森嗎？如果是的話，那我寧可吃掉。」她臭著臉碎念道。「這都是他的錯，但他們永遠都不會怪他的。他一點都不值得這塊巧克力。」

我笑了起來。她的臭臉讓我想起莉亞，每次看韓劇時，如果她喜歡的角色死掉了，她就會露出這種表情。

「幹嘛？」她僵硬地問道。

「沒事。」我忍住笑意。「只是，妳知道，妳說得對。他不會惹上麻煩的。真要說的話，人們搞不好還會給他拍拍手，因為他至少還願意載我們。」

「哈。」米娜哼了一聲。「還真的咧。如果別人知道這件事，大概也會說是我們不經大腦，然後給他一輛免費的車，讓他當加拿大新的觀光大使。」她頓了頓，好像她不敢相信自己居然有辦法在我面前說這麼長的一番話，卻不是在侮辱我。

「對，他們對待他和我們的方式，簡直就是天壤之別。」我翻了個白眼。「就像那些主持人，居然問我們要花多久做表演準備？」

在她來得及攔住自己之前，她的話就脫口而出。「我還以為只有我注意到呢！」米娜瞪大眼睛。「為什麼他們就不能問我們一些有趣一點的問題？」

「對吧？還有說要送我們去紐約？我是說，我當然不介意去紐約，但他們至少可以告訴我們吧。然後呢？大驚喜，下一站是南極喔！」

「還必須穿高跟鞋喔！」

「而且妳們最好整路都保持微笑喔！」

我們大笑起來，然後她嘆了一口氣，靠在車身上，雙手交抱在胸前。「說實話，我早就應該習慣了。」

我頓了頓，想著彩排結束之後朱先生氣得通紅的臉。「妳是說妳家嗎？」

「對啊。」她聳聳肩，沒有直接看著我。「妳永遠都不需要自己做決定；只要微笑、照著別人說的話做就好，這基本上是我家的座右銘。我不知道我為什麼還會被嚇到。一直以來都是這樣。」米娜的臉頰有點泛紅，她吐了一口長氣。「有時候我真的不知道我為什麼還在努力。」

「嗯，我懂妳意思。」我說，一邊回想著過去幾週，我是如何讓挫敗與悲傷的情緒在我心中堆砌。失去傑森、錯過我爸的畢業典禮、失去明里、讓莉亞沒辦法去愛寶樂園。「他們到底要我們犧牲多少才願意讓我們出道？我家人放棄了紐約的生活，就為了我，但已經過了六年，還是一點動靜都沒有。現在我媽一直在逼我去念大學，好像我再怎麼努力，我做的一切對她來都還是不夠好。」我的聲音漸弱，看著地面，避開和米娜的眼神接觸。

米娜清了清喉嚨。「聽起來跟我爸滿像的。」

我發出一聲輕笑，突然發現我和米娜的共通點比我想像的還多。「對。妳不會想要讓她失望的。就連我爸也怕到不敢讓她知道，過去這兩年他都在念法律學院。他剛畢業，還逼我一定要保密到他找到工作為止。」

米娜低聲吹了一聲口哨。「哇喔，我覺得他應該很快就會找到工作了啦。如果他的工作態度跟瑞秋公主一樣的話，很快就會變成全首爾最棒的律師了。」她對我露出一抹淘氣的微笑。

我意外地笑了一聲。我從來沒想過米娜會用不是嘲弄我的口氣說出我的綽號。

「妳覺得傑森是死了，還是被人綁架了？」米娜問道，半是開玩笑、半是無奈。她舉起手腕看著錶，錶面上的紅寶石在陽光下閃閃發亮。「如果他不趕快回來，我們絕對趕不上了。」

就在此時，道路另一邊傳來一聲喇叭聲，我們抬起眼，看見傑森坐在一輛髒兮兮的白色拖車副駕駛座。「嘿！」他大喊著，把頭探出窗外。「找到人啦！」

「終於！」米娜喊回去。「我還以為我們要死在這裡了。」

我們三人看著車子被掛在拖車上，我的肚子又叫了起來。我想一塊巧克力還是不足以填肚子。「我們上路之後可以去買東西吃嗎？」我問。

傑森笑了起來。「不用！」他朝拖車走去，叫駕駛停下來，然後伸手從前座拿出兩個盒子。「我帶了糧食來！」

「太好了。」米娜說。「我現在超想吃麵包捲和濃縮咖啡。」她伸手進紅黃相間的盒子裡，但微笑卻瞬間變成驚恐。「這跟我想的不一樣。」她邊說邊把盒子裡的東西拿出來給我看。「這是……甜甜圈球嗎？」

「當然不是。」傑森愉快地微笑著。「這叫做『天趣球』。」

「那是什麼鬼東西？」她的表情因為噁心而扭曲著。

「這是加拿大點心呀。」

米娜又擺了個怪表情，我笑了起來，把沾著蜂蜜的天趣球塞進嘴裡。「吃起來還可以啦，來。」我把加了兩倍奶油、兩倍糖的咖啡推給她。

「妳會喜歡的。」

「我可不認為。」

「喔，喝完記得不要把杯子丟掉喔。」傑森興奮地說。「可以把杯緣掀起來看有沒有中獎！」

米娜翻了個白眼，但她的肚子叫了起來，便伸手拿過杯子。「喝起來超廉價的。」她一陣寒顫。

「來，用這個蓋蓋味道吧。」傑森把天趣球的盒子遞過去，慫恿她吃。

她用兩根手指拿起一顆粘著糖粉的球，咬了一小口。「真不敢相信我現在在吃這種東西。」

「我也不敢相信，我們應該要錄影的。」我說。

「妳敢！」她邊說邊把剩下的小球一口吃掉。

我們的車再度回到大路上，我們把喝完的杯子丟進拖車駕駛給的一個垃圾袋裡。

「米娜。」我問。「妳想要把剩下的天趣球吃完嗎？」

她走過來瞄了一眼盒子。「可能再吃一兩顆吧。」她很快地說，然後把剩下灑著糖霜的小球倒在她手上的紙巾中。「妳知道，留在路上吃。搞不好我們會再卡住一次。」

我咧開嘴。「當然了，在路上吃。」

第二十章

當我們被困在安大略附近的荒野時，那些大量的糖分和咖啡感覺像是個好主意，但等我們來到布瑞特伍德的時候，我的心臟已經心悸到快要跳出我的胸腔了。坐在我旁邊的米娜，也看起來坐立難安的樣子，我們才剛下車，韓先生就朝我們衝了過來。

「終於到了！你們知道我打了多少通電話嗎？」

「我們才剛恢復訊號耶。」傑森抱歉地說。

「好吧，該準備了，動作快。你們一小時之後上場！服裝有帶嗎？」

我們的服裝？我對傑森皺起眉頭，他則對韓先生皺起眉頭。「你不是說你們會負責服裝的部分嗎？」他問。

韓先生愣愣地看著他，好像不知道他到底是不是在開玩笑。「不。」他緩緩地說。「我是說，你們可以自己開上來，只要你們等到服裝乾洗完成之後。」

我們之間降下一陣錯愕的沉默。米娜來回看著他們兩人，面色變得無比慘白。

「這代表沒有人有我們的舞臺裝囉？」

韓先生不悅地搖著頭。「顯然如此。」

「不可能！」她朝傑森大步走去，面孔因驚慌和憤怒而變得扭曲。「我們的表演就這樣被你給毀了！你就只顧著在加拿大開心公路旅行，完全忘記我們的服裝！你那顆腦袋到底還有裝什麼東西？」傑森的嘴張了開來，但他一個字都沒說。至少他還有點理智，知道自己該面露羞愧。

米娜雙手摀住臉，語調變得越來越高。「我們的表演毀了。我的天啊，我爸會怎麼說？」

「沒關係，我們會想到辦法的。」韓先生說，但他的聲音聽起來也很不確定。驚慌的眼淚開始在米娜的眼中堆積，她用顫抖的雙手把淚水抹去。「但我爸會怎麼說？」她半耳語半哭泣地說。

我咬著嘴唇。也許是因為這是在認識她之後的第一次，我終於知道她為什麼會變成這樣的人，又或者是因為我得盡我所能的來拯救這場表演，總之，我轉向米娜說道：「別擔心，我有準備。」

我伸手進入包包裡，從中撈出一雙綁帶高跟鞋和閃亮的橘色迷你裙。「自從練習生宿舍的那件事之後，我就一直都有帶備用服裝。」我開玩笑地說道。她的臉一陣泛紅，真的看起來很慚愧，不過我把洋裝遞給她。「來，拿去吧。」

「那妳穿什麼？」她問。

我咧開嘴，轉了一圈。「當然就是身上這套囉。」我大笑，一邊拉了拉我的落肩T恤。「至少我們的顏色還是一致的。這才重要，對吧？」

韓先生瞄了身穿全黑服裝的傑森一眼。傑森把褲管向上捲了起來，露出橘色的襪子。「看來這是命中注定的囉。」他說。

米娜朝他的方向哼了一聲。「幫我個忙，不要跟我說話。」

韓先生陰鬱地朝我們點點頭。「這樣也行。我們走吧。」

……✦

等到妝髮都完成之後，我走出更衣室，準備呼吸一些新鮮空氣，好好看看周遭圍繞我們的高山，以及面對演唱會場的那些大湖。來這裡的路上是有些周折，但這個小鎮真的美得讓人屏息。

「哎呀，在那裡他們都沒讓你好好吃飯吧！」我被身後講韓文的聲音嚇了一跳，立刻轉向聲音的方向。但她們並不是在和我說話。

她們是在跟傑森說話。

他正和三個年齡稍長的女人站在一起，三人都燙著大嬸的捲捲頭，輪流擁抱著他，一邊拍著他的臉。她們好像感受到我的視線，其中一個女人轉過頭來，直直看著我。她穿著一件輕量的螢光夾克和背心，腿上穿著登山褲，看起來像是剛慢跑回來。我很快地轉開視線，但已經來不及了。她招手叫我過去。我向後退了一步，像是在說：不，沒關係，我不想打擾你們。但在我反應過來之前，她就已經來到我身邊，抓住我的手。「哈囉，傑森的朋友！看過你們的影片之後，我一眼就認出妳啦！來，來，過來打招呼！」她說著，一邊領著我朝其他人走過去。

傑森露出心虛的微笑。「瑞秋，這些是我的阿姨們。這是彩琳阿姨、莎琳阿姨和雅琳阿姨。阿姨，這位是瑞秋，她是我的……」

他的聲音漸弱，而我的臉頰發燙。我們之間落下一陣不舒服的沉默，然後他終於決定好了說詞。「合作歌手。她是我的合作歌手，是我們三人組的其中一個。」

傑森的阿姨們互看一眼，揚起眉毛，我們兩個則尷尬地笑著。我暗自瑟縮著。

「表演完之後，妳會跟我們一起吃飯吧？」彩琳阿姨說，一邊再度抓住我的手。

我正準備禮貌地拒絕，韓先生卻在這時出現了。「傑森、瑞秋！你們要準備上場了。」

傑森和他的阿姨們擁抱道別，然後她們便離開了，準備去找自己的座位。

「妳知道，妳不一定要來晚餐的。」當我們朝舞臺走去時，傑森這麼說道。

「喔，好喔。」

「我的阿姨們只是很開心見到我而已。不過她們有時候真的有點……太超過了。」

「我知道。」我說。我胸口有股糾結的感覺，但當我們來到後臺區域時，我便決定把這感覺壓下來。米娜穿著我的橘色洋裝和高跟鞋，轉了一圈。她對我露出微笑，我也回應了她一個笑容。

「好啦，大明星們！到了讓DB驕傲的時間啦！」韓先生祝我們好運，然後送我們上臺。燈光調暗，傑森清唱了歌詞的第一句，群眾們一片沉默，他清澈的嗓音像是一道魔咒，席捲整個觀眾席，無人倖免。

然後燈光突然大亮起來，聚光燈打在舞臺上，後方的樂團開始演奏。當我和米娜加入傑森唱起副歌時，我看見傑森的阿姨們在第一排跳著舞，為我們歡呼。她們不孤單。整個觀眾席活了過來，在空中揮舞著螢光棒，喊著我們的名字。

米娜的獨唱段落來了，當我看著她時，有那麼一秒鐘，我完全忘了自己身在何處。她不費吹灰之力地滑過舞臺，舞步完美地搭配著音樂，當她高唱著歌詞時，她的嗓音飽滿響亮。她朝我走來，眨眨眼，拉住我的手，讓我和她跳了一小段可愛的抖肩舞。觀眾們完全拜倒在我們的魅力之下。我可以感受到這天累積起來的壓力從我身上溜走。就連我們即興湊出的表演服，看起來都沒有那麼慘烈了。除了傑森的阿姨們之外，觀眾大部分都是白人。但他們喜歡我們。我看向觀眾席，能看見大部分的人都跟著歌詞大聲唱著——就連韓文的部分也是。人們爭相用手機拍著我們的表演，但這是第一次，我覺得自己在所有的鏡頭前放鬆了下來。一股暖流流過我的全身，我想著我熱愛流行音樂的原因。能和全世界的人分享我的語言和文化，並讓他們真正看清，這是一件多麼特別的事。讓他們了解，讓他們真心愛上。我感受到自己的微笑在臉上蔓延開來，而這是這趟旅程中第一次，我的心感到輕盈而自由。我記得我在這裡的初衷，記得我為什麼熱愛表演。

唱到最後一段時，米娜身在舞臺的另一邊。她的開場強而有力，一個旋身轉入傑森張開的手臂裡。但就在他伸手要攬住她的腰之前，我看見她的一隻鞋跟搖晃了一下。我還沒有意識到發生什麼事，鞋跟就啪的一聲斷開了，米娜一個踉蹌摔倒在地上，她的手掌磨過舞臺的地面。群眾集體倒抽一口氣，但米娜向旁邊滾了一圈，擺了一個姿勢。觀眾歡呼著，她則順勢跳了起來，踢掉腳上的鞋。她的臉上依然掛著微笑，但她的眼中閃過吃痛的神色，而當我們向歡呼的群眾鞠躬時，我也看見她小心翼翼地避開自己的右腿。

回到後臺後，她轉向我，用力推了一下我的肩膀。「妳這個賤人！妳是故意的！」

「什麼？」我的聲音哽在喉頭。

「都是妳給了我那雙破鞋。妳想要暗算我！」

「我沒有！」我錯愕地說。「米娜，對不起。我不知道——」

她又推了我一把，讓我向後踉蹌，傑森跳了起來，把她抓住。

「米娜，冷靜點。」他說。

「滾遠一點！」她一把推開他，怒氣沖沖地再度轉向我，眼神中閃爍著仇恨的光芒。「我早該知道妳就是會做這種事。」

「米娜，妳還好嗎？」韓先生朝我們跑來，一手環住米娜作為支撐。他瞪大眼睛看著米娜快速紅腫的腳踝。「看起來滿嚴重的。」

她瑟縮了一下，怒火逐漸被疼痛所取代。「很——很痛。」她像是無法開口承認般勉強地說。「但我沒事。」她補充道：「只要給我個冰袋就好。」

「我覺得我們還是去醫院比較好。」韓先生嚴肅地說，一邊帶著她往門邊走。

「不要！我真的沒事！」米娜堅持道。「我只是……要走一走之類的。」她直起身子，試著走幾步，但是她只要一把重心放在右腳，她就向前摔倒。

「去醫院，立刻出發。」韓先生下令。她最後向我投來一抹仇恨的目光，然後就讓他把她帶向門外。

我的腦子一陣暈眩。**我為什麼要給她那雙鞋？今早我把鞋放進包包裡的時候，我怎麼沒有檢查呢？或者我幹嘛不自己穿就好？現在該去醫院的應該是我……**但在我更鑽牛角尖之前，傑森的阿姨們便出現在後臺，把我們兩個緊緊抱了起來。

「真是優異的表演！」彩琳阿姨說道。「我們一定要吃個晚餐慶祝！」

「喔，你們去吧。」我說。我瞥了一眼傑森，但他拒絕和我有眼神接觸。「我不想打擾你們家族聚會的時間。」

「別說笑了。」雅琳阿姨邊說邊調整自己的香奈兒黑絲頭帶，上面經典的C字型商標是由碎鑽所拼成的。「傑森最近都沒有來拜訪我們了。我們一定要藉此機會好好餵你們一頓——你們都瘦到剩皮包骨啦！」

「而且我知道這裡最棒的餐廳。」莎琳阿姨同意道，一邊舉起她的iPad和我拍了一張自拍。「五星級的唷，全布瑞特伍德最棒的餐廳。」

我被一群典型的韓國阿姨們包圍著，她們的情緒勒索與真誠的熱情完美地交織在一起，讓我回想起金家每次家族聚會時的場景。我又看了傑森一眼，這次他直直望著我，無助地聳聳肩。

「如果我的阿姨叫妳吃飯。」他露出一個淺淺的痛苦微笑。「妳就只能吃飯。」

布瑞特伍德的市中心也許是我看過最可愛的地方了。街道是用鵝卵石鋪成，建築則看起來像是沾過糖霜的薑餅屋。就連最普通的店家都看起來有股愉快的復古感，好像是直接從童話故事圖畫書裡取出來的一樣。彩琳阿姨跟我說，在冬天時，這裡下的雪會讓一切看起來更像是神奇的魔幻世界。

我們朝晚餐的餐廳走去的路上，傑森的阿姨們似乎認識路上遇到的所有人，每走幾步就要停下來喊某人的名字、或是和某人快速地小聊幾句。當我們抵達餐廳時（「這裡的凱薩沙拉是全加拿大最好吃的！他們有額外加辣喔！」雅琳阿姨說），我們立刻就被招呼到似乎是全餐廳裡最好的座位，那是一張舒適的桃花木長桌，搭配高背皮革椅。從我們四周的窗戶看出去，外頭的山脈美景盡收眼底。

我看了傑森一眼，對於這種貴賓待遇感到不可置信，但他好像根本沒注意到一樣。一陣反感突然在我心底蔓延。真是典型啊。我翻了個白眼，而他正好在最後一瞬間朝我看了過來，臉上帶著困惑的神情。

「妳有什麼毛病啊？」他往阿姨們的另一個方向傾身，低聲說道。

「我沒有毛病啊，大概只是不習慣到哪裡都有粉絲獻殷勤吧。」

他瞇起眼睛看著我。「妳完全不知道自己在說什麼。」

現在換我聽不懂了。「你說什麼——」

突然間，一名服務生拿了一瓶白葡萄酒，出現在桌邊。「看到妳們真是太好了！」他對傑森的阿姨們說，一邊替她們每人倒了一杯酒。「來得正是時候。我們的酒剛好到貨，所以我們就把這瓶保留給妳們了。我們知道妳們特別喜歡二〇〇一年的老酒。」

莎琳阿姨咯咯笑了起來，端起她的酒杯。「當然！所有的好東西都是二〇〇一年出產的呀。」她朝傑森眨眨眼，傑森的臉便紅了起來。我意識到傑森是二〇〇一年出生的，便暗自微笑。

「她說得對！」雅琳阿姨附和道，然後啜了一口白酒。「這真的太讚了。」

「當然只給幾位女士最好的囉。」服務生愉悅地說道。

我皺起眉頭，試著把線索湊起來。也許那些人不是傑森的粉絲，而是傑森阿姨們的粉絲。她們也是名人嗎？

「所以，瑞秋。」點完餐之後，雅琳阿姨說。「和傑森一起工作的感覺怎麼樣？他會很追求鎂光燈嗎？以前只要他不是大家的焦點，他就會哭得很慘。」

「拜託，阿姨，我哪有？」傑森抗議道，臉頰泛紅。

「我們的傑森很帥吧？」彩琳阿姨說，一邊寵愛地看著他。她對我眨了眨眼。「他遺傳了我們家族最好的基因。」

我禮貌地微笑，這次成功壓抑住自己翻白眼的衝動。「跟我們聊妳自己吧，瑞秋。妳的父母是做什麼的？」

「阿姨。」傑森哀嚎。

「幹嘛？我只是想要了解一下你的朋友啊。」

我猶豫地笑了笑，然後開始告訴他們我的家人們以前在紐約的生活，但認真說，當食物上桌時，我真的鬆了一口氣。直到幾週前，和傑森的家人見面對我來說還會是美夢成真，但現在這只是又一次提醒我，自己究竟失去了些什麼。

「你們會把我們寵壞的啦！」當服務生帶著另一瓶酒和五盤免費的提拉米蘇回來桌邊時，莎琳阿姨說道。

「如果是李家的人，再好的東西都不為過呀。」服務生雀躍地說。

我的叉子停在半空中，突然間想通了。李家的人。我回想著稍早前經過的街道，還有那些像童話世界一樣的小屋子：李氏藥局、李氏雜貨店、李氏乾洗店，還有我們在這間餐廳受到的特殊待遇，以及傑森的阿姨們像是認識路上的所有人。她們是他母親的姊妹，而且所有人都知道傑森在他媽媽過世之後就改從母姓了，所以她們一定也都姓李……我轉向傑森，壓低聲音。

「這個城鎮是屬於你媽媽家的還是怎麼樣嗎？」我低聲問，半期待他會因為我愚蠢的問題大笑出聲。

「不。」

「喔，對啦，對不起，我只是想——」

他看向我，然後嘆了口氣。「我是說，這當然不干妳的事。但是如果妳真的想知道，其實不是整個小鎮。只是……大部分啦。」

我的下巴掉了下來。「認真嗎？但你怎麼從來沒有——」

「乾杯！」彩琳阿姨說道，一邊打斷了我的話。她舉起杯子。「敬傑森和瑞秋，還有優秀的演出！」她的眼睛泛著淚光。「你媽媽一定會很以你為傲的，傑森。」

「嘿，嘿，太掃興了吧。不許哭。」雅琳阿姨說著，一邊抓起她姊妹的酒杯。「妳喝太多啦，開始哭哭啼啼的了。」

「對啦，對啦。」彩琳阿姨說，一邊擦了擦眼睛。

「乾杯！」莎琳阿姨說。她看著我，露出微笑。「瑞秋，歡迎妳隨時回來看我們。」

傑森和我一起舉起酒杯，我看見他眼睛也有些濕潤了。「乾杯！」

⋯⋯⋯✦

我和傑森沉默地坐在演唱會場後方的階梯上，看著DB員工把我們的東西裝上廂型車。我們兩人都帶著一大袋的打包食物，是他的阿姨們堅持要我們帶走，在回程的路上「塞塞牙縫」的。一部分的我想要問問傑森布瑞特伍德和他家人的事，但我沒有——他也什麼都沒說。在那場晚餐後，感覺我們雙方都想要拉開一點距離。

「他們好像從醫院回來了。」傑森邊說邊站了起來。

韓先生朝我們走來，米娜則緩緩走在他身後，拄著一副拐杖。我們快步迎了上去，心沉到谷底。

「她扭傷腳踝了。」韓先生疲憊地說。「這意味著她不會參與接下來的紐約之旅。

我們今晚就會送她回韓國，讓她在家休養。」他交代完後，便徑自往工作人員的方向走去了。

米娜緩緩轉過頭來看著我，眼中閃爍著憤怒的淚水。「希望這下妳滿意了喔。」她說道。

這就像鐵鎚重重地敲在我的心上。她怎麼可以說這是我想要的？

「米娜，我從來沒有這樣想——」我開口說道，卻被她的手機鈴聲給打斷。

她一開始還打算假裝沒那回事，但手機響個不停，直到她放棄抵抗，接了起來。她連「喂」都還來不及說完，朱先生的吼叫聲就從電話另一端傳來。

「丟臉！太丟臉了！妳連好好站著唱完一首歌都做不到？妳是白痴嗎？因為那是丟人現眼到這種程度的唯一合理解釋了。妳不屬於我們家族，妳不是我女兒。」米娜靜靜聽著，頭低垂到胸口，淚水順著臉頰滑下。傑森和我撇開視線，但我覺得自己的心都要碎了。當她終於掛上電話時，她把手機塞到包包最底層，並快速眨掉眼淚。

「米娜。」我再度開口。但是一點用也沒有。她揚起下巴，忽略我，然後轉過身，朝廂型車走去，找了一個座位坐下。

「嘿。」當我開始跟著她走時，傑森說。「妳可以跟我一起開租的車回去。妳知道，如果妳想跟米娜保持一點距離的話。」

我頓了頓，這提議很吸引人，但是現在的傑森實在難以捉摸。而我人生中已經有太多無法預測的事物，我不想再多加一樣上去。米娜也許討厭我，但我至少知道和她待在一起的時候會遇到什麼。

「謝了。但我想我還是搭廂型車吧。」我說。「多倫多見囉。」

「好吧。」他點點頭，舉起手揮了揮。「回頭見。」

我朝廂型車走去，爬進車廂裡。當我轉身繫上安全帶時，我看見傑森還站在那裡，看著我。

第二十一章

「所以這地方究竟是何方神聖？」傑森問道。我們坐在畢士達噴泉的邊緣，臉幾乎貼在一起了。我們身後的水天使雕像上停滿了鴿子，正用不懷好意的興致盯著我們。

「嗯……」我說。「這是中央公園裡的美麗古蹟。」我伸出一隻手，環住他的肩膀，用力摟了一下。「還有，這裡也超適合自拍的。拍照之前，你還可以用水面當鏡子。笑一個！」

我抽出手機，拍了一張我們兩人坐在噴泉前的照片，手比著V的手勢。

「卡！」

傑森和我僵在原位，導演和攝影組的人則看著回放的影片。「再拍一次，各位！然後這一次，拜託，特寫傑森的臉——各位再努力一下吧！」

我放下手機，垮下臉。我不知道我期望第一次兩人一起來紐約會是什麼場景，但是絕對不是現在這樣。我們前一天抵達紐約的時候是正中午，而我現在已經在鏡頭前坐了八小時，就為了拍一部DB臨時決定加拍的宣傳影片，劇本是我要帶著傑森逛這座城市，帶他去我最喜歡的地方。

只是我們沒有去任何一個我真正喜歡的地方。我們的行程是事先寫好的，我們要說的話也都有規劃好的臺詞了。這整天唯一的好處是，因為我又累又餓，我連在鏡頭面前感到緊張的精力都沒有了。

「讓她穿另一套衣服去吃早午餐。」導演說。

又換衣服？呃。我們只要換到一個新地點，他們就會要我換一個妝髮。我當然很樂意穿各種造型的服裝，但這整件事都太荒謬了。而且同一時間，傑森卻整天都穿著同一條牛仔褲。他全身上下有在更動的東西就只有他的太陽眼鏡。也沒有人會為了頭頂包頭或是蜈蚣辮比較搭配飛行員墨鏡而吵二十分鐘的架。

他們把我的頭髮捲好，讓我穿上一件冰藍色的洋裝（「一頓輕鬆早午餐的完美造型！」），然後我們便前往所謂的「我小時候最愛的餐廳」——但事實上，那是一間昂貴的法式餐廳，我連它的名字都唸不出來。

「記住，妳要盯著菜單很久之後點一個洋蔥湯。」導演看著我說。「傑森，你就隨便點吧。」

我應該會更喜歡溫煮鴨肉鬆餅——或是挑一間更棒的店，像是「愛麗絲的茶杯」，那是一間愛麗絲夢遊仙境主題咖啡廳，我和莉亞以前都會在那裡慶生，吃司康、喝下午茶，翹著小指，覺得自己像是公主一樣。我最近都累到沒有心思感覺任何東西了，但我突然被一股濃濃的思鄉之情給侵襲，讓我差點摔下椅子。我強迫自己緊坐在位置上，假裝認真地研究著法式菜單，而傑森就點了鴨肉鬆餅。當然了。我差點就要他分我一口，但在布瑞特伍德的晚餐過後，我和他之間的關係就變得怪到不能再怪了。

導演對我打了個手勢，要我快點說臺詞。我舉起玻璃杯，露出微笑。「乾杯。」當我們的杯子相撞時，我只能勉強和他對看一秒。此時，我的肚子飢餓地叫了一聲，傑森則哼笑起來。我很快撇開視線，啜了一口飲料（我連我喝的是什麼都不知道。粉紅檸檬汁？還是葡萄柚汁？），好掩飾我差點就把整碗湯倒在我對手戲的夥伴身上的事實。

「開動啦！」傑森說，儘管他已經吞掉了半盤的鬆餅。

「你得用法國人的口吻說啊。」我糾正道，一邊對著鏡頭微笑。「好好享用！」

我都還沒把湯匙舉到嘴邊，導演就喊了一聲：「卡！完美。我們可以去下一個地點了。」

「但我都還沒吃耶。」我眨著眼說。

「我們會打包帶走的。」導演心不在焉地說。「我們得一直移動，不然今天拍不完了。」他轉向他的助理。「我們可以再給女生換個衣服嗎？」

我哀傷地看著眼前的洋蔥湯。傑森突然擔心地看著我。

「來。」他說，一邊把他的盤子推給我。「把剩下的吃完吧。」

我餓到沒有力氣跟他爭執了，我從他面前端走盤子，快速咬了幾口鬆餅，幾乎連味道都還沒嚐到，我就又被換上一件緊身皮褲和一雙細跟鞋，然後被推到時代廣場的中央去了。陽光在頭頂直曬，我的手指光是摸到頭髮都覺得要燙傷了。不管是誰決定要我穿皮褲和高跟鞋去全紐約最人潮洶湧的地方，他都應該要重修時尚學分。

一群女生在距離我們不遠的地方，倒抽一口氣，掏出手機對著我們拍照。「我的天啊，是NEXT BOYZ的李傑森！」

「呃，但是旁邊是那個金瑞秋耶。」另一個女生朝我的方向哼了一聲。「韓國人不是超愛整形的嗎？如果我是她，我大概會整張臉重做吧。」他的粉絲已經跟著我們一整天了。只要有一個人在社群網站上曝光我們的位置，就會有一大群人不知道從哪裡冒出來的，一直對著傑森犯花癡。

我回想起樂天世界的事情，汗在我的皮褲裡流個不停，但現在攝影機正在拍攝，我除了保持微笑之外別無選擇。導演領著我們在時代廣場中間走動，最後讓我們坐在TKTS的看臺座位最下層，叫我在那裡唸出我的臺詞，說這是我在整個城市中最喜歡地方，我小時候會來這裡，夢想以後成為韓國的歌壇巨星。（但告訴你們一個事實：這不是我最喜歡的地點，而且沒有一個土生土長，又真的把自己的精神健康當一回事的人，會自願來時代廣場的。）

我們經過了一個專賣清真食物的餐車，烤肉的味道讓我一陣暈頭轉向。我記得爸媽以前每週五晚上，都會從距離我們家兩條街的餐車那裡，買沙威瑪和烤雞肉飯來給我們當晚餐。他們都會說餐車主人也是來美國尋找更好的生活，就和他們一樣。而且那真的很好吃，柔軟又有嚼勁的麵包、烤雞肉、還有冰涼的希臘醬……

突然，傑森的手臂環著我，我的臉頰貼著他的胸口。

我眨了眨眼。剛才發生什麼事了？

「妳還好嗎？」他問道，擔心的神情刻在臉上。「妳剛剛整個人在搖耶，感覺好像快要倒下去了。」

「我有嗎？」我說，一邊瞇著眼睛抵抗陽光。我把手貼在額頭，覺得頭暈目眩。

傑森憤怒地轉向拍攝組。「別拍了！你們沒看到她需要休息嗎？」

「但是傑森，我們的行程很緊。」導演說著，一邊低頭看著下一場戲的筆記。

「我才不在乎行程緊不緊。」傑森回嘴。「如果我說我需要休息，你們就會暫停了。」

導演的頭倏地抬起。「傑森，你還好嗎？你需要休息一下嗎？卡！各位，讓傑森喘口氣。然後，誰給他一點水好嗎？」

傑森氣憤地搖著頭。「不是，你們在幹嘛？我在說的就是這個！你們影片的主角差點就要因為餓肚子和脫水昏倒，但你關心的卻是我？」

「因為你是李傑森呀。你是ＤＢ最大咖的明星——」

「你知道嗎？」傑森打斷他。「你說得對，我是李傑森。我決定今天從現在開始放假。」

他從裝著我所有公司批准的服裝衣架上扯下一件運動褲、一件T恤、和一雙球鞋，然後把我從攝影組身邊帶走。他的粉絲們瘋狂地拍攝著我們，把整個對話捕捉下來，顯然也公開在各大社群媒體上了。但我一點都不在乎。我突然意識到，這星期已經應付了太多攝影機，我現在一點感覺也沒有了。

「走吧。」他咧開嘴，伸出手，然後說出了英文裡最優美的幾個字：「我們去吃午餐。」

⋯⋯⋯✦

我進攻第二個洋蔥漢堡，然後吐出一口氣，盤腿坐在麥迪遜廣場公園旁的計程車裡。我身旁的傑森搖下車窗，看著窗外的一群觀光客正在餵肥到不行的麻雀吃薯條，便拿起手機拍他們的照片。

「所以⋯⋯回來紐約，妳有什麼感覺？」傑森緩緩問道。在我吃過飯之後，我和傑森終於意識到，這是從路邊攤餐車那晚之後，我們兩個第一次獨處。

「很奇怪。」我頓了頓，然後終於承認道。我不確定自己還能說什麼，所以我又咬了一口漢堡，鄉愁的感覺仍然在我心中迴盪。

傑森點點頭，打量著公園，就是不看我。

「怎樣的怪法？」

我嘆了一口氣。這讓我不得不想起，搬去韓國後，我們家的生活和在紐約時有多大的差別。「我也不知道，什麼都怪吧。」我幾乎想也沒想，掏出手機，讓他看了我爸畢業時拍的自拍。「我爸剛從法學院畢業。我是我們家唯一一個知情的，因為他希望確保自己可以成功之後，再讓其他人知道。」我看著螢幕上爸爸微笑的表情。「我懂他，我也有很大的壓力。如果我沒有成功，我這幾年投入的一切就要歸零了。我很怕這件事發生。」

傑森有些震驚地瞪大眼睛，我又安靜了下來。但他只是理解地點點頭。「嗯，我懂那個壓力。」

我本來想要笑一聲，但我可以聽見自己語調中的苦澀。「我想你的狂粉和我們可愛的導演會不同意你的說法喔。」

傑森一手扒過頭髮，思索著。「我知道從外人的角度來看會是什麼感覺。但是想想妳現在投入了多少努力——妳準備出道的壓力。但等妳真的出道，那個壓力可是一百萬倍不止。」

我的聲音哽在喉頭。「我一直很擔心出道的事，我好像一直沒有去想，等我真的出道之後會怎麼樣——如果我真的能出道的話。」

「妳會的。」傑森說，一邊直直看著我的雙眼。「妳的家人也會每場演唱會都到場支持的。莉亞一定會堅持這一點，我很確定。」他露出一個爽朗的微笑。

「你還好意思說！你的阿姨完全完勝莉亞好嗎？」

傑森又笑了，但這次更顯得漫不經心點。「對。對了，晚餐的事，我很抱歉——我知道她們三個真的不是很好搞。尤其是有漂亮女生在旁邊的時候。」

我感覺到胸口有一股熟悉的悸動，但我選擇忽略它。「回到多倫多是什麼感覺？」我問。

「很奇怪。」他說。「我很愛我的阿姨，但我很少回家了。就是……很難。」

我猶豫著，不想挖掘他的隱私，但又很懷念我們這樣輕鬆對話的時光。「因為你媽媽的關係嗎？」

傑森看著我，然後用幾乎不可見的動作聳了聳肩。「對，還有——」他頓了頓。「——我也知道妳應該有發現，我們在加拿大的時候，我爸都不在。」

我點了一下頭。

「長大的過程中，一直以來都是我和我媽一隊，我爸自己一隊。我們不是故意的。我和媽媽都愛音樂——尤其是韓國的流行樂。她以前晚上哄我睡覺的時候，都會唱鄭宥娜的老歌給我聽。那感覺是我們之間的小默契。」他露出悲傷的微笑。「但我爸不喜歡。他不想要她在家裡講韓文給我聽，或是煮韓式料理。他一直說，在她青少年時代移民到加拿大之後，她就應該要吸收多倫多的生活方式了。他一直不懂為什麼對她——對我們——來說，和我們的文化保持聯繫這麼重要。」

他深深嘆了口氣，在指間轉著一根薯條。

「她去世之後，我們就漸行漸遠了。我想要保留她的記憶，所以就會唱她教我的那些歌。但只要他聽見我彈韓文歌，他就會抓狂。他為了一首歌可以氣到一種很嚇人的地步，只是一首韓文歌而已耶。」

我的喉頭像是被什麼東西堵住一樣，我屏住呼吸繼續聽他說。

「我的阿姨們還是住在布瑞特伍德，那是我媽長大的地方。只要我和爸爸吵架，我就會哭著打給她們，直到後來，她們終於告他，要拿我的監護權。她們一直說我爸很認真打官司，想要留下我，但我在搬去首爾之前才知道真相。她們三個賣了一些家族的股份，然後給我爸一大筆和解金，他就收了。一句話都沒問。就這樣，我搬到布瑞特伍德，改成我媽的姓。從那之後，我跟我爸之間就變得很……複雜。我以為這次會看到他，但他說他下班來不及。」

我回想起幾天前，在飯店大廳聽見他那通火爆的電話。現在我終於懂了。

我嚥了一口口水，但我的喉頭還是很緊繃。我想要伸手碰碰他，告訴他我很遺憾，他讓我的心都碎了，但我最後只是說：「傑森，我完全不知道。」

「大部分的人都不知道。」他輕描淡寫地說。「但接下來的事大家都知道了。我阿姨鼓勵我繼續玩音樂，尤其是韓國音樂，當作為我媽哀悼，也是和她的一個連結。所以我就在YouTube上面翻唱。然後DB就來找我了。然後現在呢——」他張開雙臂。「我在麥迪遜廣場公園，看著世界上最肥的麻雀吃薯條。」

我笑了起來，用手掌蓋著眼睛。「真是趟難忘的旅程。」

「對吧？」他咧開嘴，但他的笑容很快就消失了。「對不起，瑞秋。」傑森突然說道。

「怎樣？你說差點讓我哭嗎？」

他露出淺淺的微笑，搖搖頭，表情變得嚴肅。「我是指雙重標準那件事。妳說得對。在康基娜那晚說過的話之後，我就一直覺得是妳們太小心、太疑神疑鬼了。但是……我錯了。我應該要聽妳說的。我應該要更注意一點的。但我沒有，因為我那時候並不想。我不想知道人們是怎麼差別對待妳和米娜及基娜的。」他頓了頓，嚥了一口口水。「我應該要是妳的……男友的。」他吞吞吐吐地說著，臉頰一陣泛紅，但他繼續說下去。「但我甚至連一個好朋友都算不上，我居然對在眼前上演這麼久的事視而不見。光是這一點，就讓我跟那些高層、那些粉絲一樣壞……跟每個人都一樣。但我想讓妳知道，我現在看到了，我也會一直在妳身邊。不管怎麼樣。對不起，我之前是個爛人。」

「你是呀。」我微笑起來。「但謝謝你這麼說。好朋友。」我對他伸出手。

「好朋友。」他說，一邊握住我的手。他張開嘴，像是要說些什麼，但是他只是更用力握住我的手，捏了捏。

第二十二章

隔天早上，我被旅館房間門外的一聲巨響給嚇醒。是DB幫我送客房服務的早餐來了嗎？我把房門打開，卻連一聲尖叫都還來不及發出，就被一團帶著蘋果花味香水和彩色髮夾的東西給擊中。

「大驚喜唷！」

「我的天啊！」朱玄和慧利抱住我，我則尖叫出聲。「妳們怎麼會在這裡？」

「我們的表姊在布魯克林辦了一個訂婚派對，好炫耀她的婚戒。」朱玄邊說邊在我床上坐下。「所以我們就決定來拜訪一下我們的小小國際巨星啦。」

「我覺得我們的驚喜給得滿成功的啊。」慧利勝利地咧開嘴。「噢，別這樣嘛，幹嘛哭呢？」

我大笑起來，我的茶樹晚安面膜被流下臉頰的淚水洗去。我一直沉浸在紐約的鄉愁中，都忘了我有多想念首爾……而這對雙胞胎就像是首爾直送來的禮物。

「妳現在沒在忙吧？」朱玄問。

我瞄了一眼放在飯店房間桌上的功課。我應該要今天把作業做完的，今天是我這趟旋風之旅的唯一一個假日。「嗯……」

「因為我想說我們可以去逛街。」慧利說。

我的眼睛一亮。「逛街？」

「我們在巴尼斯百貨裡有一間專屬的私人包廂。」朱玄邊說邊擠眉弄眼。

私人包廂？巴尼斯精品百貨？「給我一分鐘。」我說，然後朝我的行李箱衝去。

我鑽進浴室裡，換上一套白色牛仔短褲和一件絲質薄荷綠的上衣，頭髮紮成一束蜈蚣辮，肩上掛著小背包。「請帶路。」

✦

「妳們覺得這件怎麼樣？」朱玄穿著一件下襬打褶的白色絲綢洋裝，袖子則是抓皺的薄紗長袖。她轉了一圈，回頭看著我們。

我向後靠在私人包廂中的貴妃椅椅背上，從水晶玻璃杯中啜飲著加了檸檬片的氣泡水。「是很可愛啊，但去參加婚禮類的派對，賓客應該不要穿白色比較好吧。那是新娘的顏色。」

「拜託，那只是一個訂婚派對而呀。」朱玄說，一邊對我吐了吐舌頭。「再說，這也不是今晚要穿的。這是為了去參加我們的公司舞會。妳知道自己要穿什麼了嗎？」

舞會。我完全忘了。雙胞胎的爸媽每年暑假都會辦一個公司舞會，而我每一次都有參加。但最近發生的事情，讓我完全把這件事拋到九霄雲外去了。我搖晃著水杯，盯著裡頭的檸檬。

「我今年……可能沒有時間。」我說。

「不——瑞秋！」慧利說。「妳一定要來！」

「對啊。」朱玄說。「這是我們的閨蜜傳統耶！我幫妳們倆化妝，然後大吃壽司，一邊看我爸媽跟首爾最討人厭的有錢人們周旋，最後回家穿著禮服看《辣妹過招》啊！」

我微笑著，一邊感受到緩緩升起的罪惡感。「我知道，而且我也很愛啊。我只是不知道我今年暑假有沒有空。」

「沒有時間吃免費壽司和看琳賽．蘿涵？」朱玄的嘴巴張大。「流行樂壇是不是把妳的靈魂都吸乾了？妳已經累到連玩都不會玩了耶。」

我雖然嘴上大笑著，但內心不禁一陣瑟縮。朱玄也許是在開玩笑，但她不知道自己命中紅心。

「我知道妳需要什麼了。」慧利果斷地說。她從架上抓起一條點點花紋的雪紡紗短裙，舉到我面前。「妳需要一條參加訂婚派對的裙子。」

「什麼？我不能去妳表姊的派對啦！我又不認識她！」

「當然可以。」朱玄實事求是地說，一邊扯下更多條裙子讓我試穿。

「沒什麼好爭的，瑞秋。」慧利微笑。「就當作一個好玩的實驗吧。」

「好吧好吧。」我舉起雙手。「我放棄。」

「很好。」朱玄說，一邊把一條銀色的無肩帶洋裝丟到我身上。「就從這件開始吧。」

⋯⋯⋯✦

前一次來布魯克林大橋公園的時候，這裡並沒有獨角獸型的葡萄酒噴泉，也沒有粉色的充氣球池，裡面塞滿迷你迪斯可彩球。我也很確定DJ狄波洛並沒有在一間壓克力樹屋裡直播自己混音的現場，全身上下還灑滿了螢光亮片。

我目瞪口呆地望著這一切，然後轉向雙胞胎。「是怎樣？」

「我們家晚上把這個公園租下來了，直接打造成派對會場。」朱玄說。「這些東西明天早上就會全部撤走了，所以我們最好趁現在好好享受！」

我童年記憶中的旋轉木馬旁，擺了一張巨大的桌子，上面堆滿戒指造型的馬卡龍，還有一座自助棉花糖吧檯，上面可用的配料從可食用的亮片到草莓口味的跳跳糖，應有盡有。城市的天際線成為這一切的背景，而我視線所及的每一個人都像是在發著光，散發出一種全然無遮掩、衷心的快樂。但也許是因為她們頭上都戴著一頂發光皇冠的關係吧。當我們走進公園更深處時，我看見傑森站在獨角獸噴泉旁，視線在人群中搜索，像是在等人。我不禁屏住呼吸。

我沒想到會在這裡看見他。

當他的視線落在我身上時，臉上便立刻綻開一個燦爛的微笑，我才意識到他是在等我。

我花了一點時間才發現他不是一個人。我意外地看見敏俊和大鎬正站在他身邊，正喝著噴泉裡的葡萄酒。敏俊看著我，露出微笑，朝我舉起酒杯。

「妳終於到啦，瑞秋。」他說，一邊用手肘撞了撞傑森。「這傢伙差點就要派出搜救隊去找妳了。」

「嗨，瑞秋。」大鎬邊說邊喝著他的紅酒。

「現在是怎樣？」我說，眼神來回掃過眼前的人，最後回到雙胞胎身上，卻看見她們臉上掛著心知肚明的微笑。

「我們還是讓傑森解釋吧。」慧利說。

傑森害羞地微笑著，眼神在和我對視時變得溫和。「我只是希望妳能在回到故鄉時能有一點美好的回憶。當妳回想起妳的第一次演唱會之旅，我希望妳記得的不只是沒完沒了的餓肚子錄影和狂換一千次衣服。我希望妳也有一些不願忘記的回憶。我請趙家雙胞胎幫忙，她們說要來參加訂婚派對，所以——」他聳聳肩，表現得輕描淡寫，但他臉上的表情看得出來非常得意。「——我的驚喜計畫就這麼順利完成了。敏俊和大鎬是跟雙胞胎一起飛過來的，要跟我們一起慶祝。」

「傑森……」我想著我腦中想說的一切：**你太貼心了。謝謝。不敢相信你為我這麼做。這簡直就是一場夢**。但環顧四周，我突然又感受到一股焦慮。這座公園裡滿滿的都是賓客。如果他們之中有人是NEXT BOYZ的粉絲怎麼辦？

當他看見我的表情，傑森的微笑扭曲了一下。「怎麼了？」他問。

「我只是……我是很開心啦……但如果有人認出我們呢？」我問。傑森和敏俊都在這裡，他們兩個會引起的騷動非同小可。而我今天可不打算面對他們粉絲的騷擾，或是向DB解釋，為什麼我和傑森一起參加布魯克林派對的照片會在網路上流傳。我們之間的關係好不容易才好了起來，我不想再應付這些。

「瑞秋，這裡是布魯克林。」朱玄很快地說，肯定地握了握我的手。「這裡的人寧死也不會承認他們認得，或是喜歡某個閃亮亮的韓國歌手，好嗎？沒有什麼好擔心的。」

我打量四周，發現她說得對——沒有人在對著名人混音師拍照，或是偷看某個二十幾歲的偶像歌手，在球池裡和他美麗的紅髮好萊塢演員未婚妻接吻的畫面。我開始放鬆了起來。

「你說得對。」我說。我轉向傑森，露出微笑。「這真的太不可思議了，謝謝。」

「好啦，好啦！」敏俊插嘴道。「我們現在可以開始玩了嗎？最好在這傢伙喝獨角獸汁喝到醉之前開始喔！」

他用大拇指比向一旁的大鎬，後者明明才喝了一杯，臉卻已經漲得通紅。

「看起來很糟糕嗎？」大鎬問道，一手貼著自己的臉頰。

「你看起來很棒啊。」慧利說，她自己的臉頰也因為別的原因而漲成了粉紅色。

敏俊搖搖頭。「我的兄弟啊，你現在真的是大蘋果裡的一顆蘋果。」

傑森轉向我，眼中閃爍著興奮的光芒。

「妳想要先做什麼？」他邊問邊對我伸出手。

我對他咧開嘴，當我感受到他的手輕輕攬著我的腰時，一股熟悉的暈眩感再度席捲而來。「你覺得呢？」

我們同時大叫出聲：「甜甜圈鞦韆！」

我們在公園裡閒晃，先是來到巨大的甜甜圈造型鞦韆旁，敏俊試著在盪到半空中時後空翻（幸好順利地落在後方熱帶島嶼造型的充氣床上），然後又跑去樹屋旁，敏俊和慧利高唱著〈Sucker〉的歌詞，他的手臂環著她的肩膀。我的頭髮貼在脖頸後方，腳也跳舞跳到疼痛不已，但我很興奮，我們全部的人都在紐約，參加一場沒有人認得我們的派對。傑森和我抓著彼此尖叫著，他抱著我，讓我沉浸在一整團溫暖的楓糖與薄荷氣息之中。

歌曲漸漸淡去，DJ的聲音從擴音器中傳了出來。「這裡誰在戀愛啊？」他問。前方的群眾中，我看見雙胞胎的表姊和她的未婚夫歡呼起來，他們的朋友緊緊包圍著他們。「就是這樣！現在，我要放的音樂可能有點新，但這首歌才剛登上韓國流行歌排行榜的榜首，我知道你們一聽就會愛上了！準備好啦！」

當音樂開始時，群眾的歡呼聲變得更大了。我聽見傑森的聲音從音響中傳來，我倒抽一口氣。

這不是隨便一首韓文歌。

這首登上榜首的歌，是我們的歌！

我雙手摀住嘴，愣在原地。

傑森的表情無比錯愕，雙手舉向空中，像得了冠軍的奧運選手。「是我們！」他大喊。「我們是第一名！」我們四周的人跟著歌曲歡呼，隨著音樂擺動，臉上掛著燦爛的笑容，而我幾乎聽不見他的聲音。他們都愛這首歌。

我尖叫著，在原地蹦跳。「我們是第一名！我們是第一名！」

他大笑起來，把我舉起，轉了一圈又一圈。

他的手碰觸著我的腰，而我心中有個什麼東西破碎了。我這陣子試圖隱藏起來的情緒，全都流洩了出來。

然後我突然理解了什麼。

我和傑森第一次接吻時，我心裡充滿了恐懼。我害怕長久以來努力想完成的夢想，最後還是不夠滿足我，又或者是我在努力的過程中就會失敗。我害怕我會讓我的朋友、俞真姊和我家人失望。但恐懼沒辦法餵養你的夢想。

它只會餵養出更多的恐懼。

如果我只想要跟隨我的心，把握機會呢？如果我想要勝過這個產業中無窮無盡的批判和競爭呢？如果我想要不畏懼地抓住自己的幸福，不管那是以何種模樣出現呢？而我知道我和傑森之間的感情，不管是以什麼名分存在，都會在我心中會激起火花。我不是應該要跟隨那道光亮，看看它會引導我走去哪裡嗎？我不是應該要和讓我的心都能歌唱的男孩，手牽著手、自由談笑嗎？

就算這代表我也許得放下我的夢想？或者我得換一個新的夢想？

當他終於轉向我時，他的臉帶著我以往熟悉的光芒，我覺得像是有一千朵煙火在內心綻放。我們靠向彼此，而就在我們的嘴唇相碰之前，他頓了頓，我們之間發生的所有事，就懸在我們之間的空氣中。但我沒有抽開身子。我伸出雙手，環住他，然後吻了上去。我聽見我的朋友們吹著口哨，在我們身邊歡呼，但在那一刻，我眼中只有我和傑森。

在那一刻，一切都很完美。

第二十三章

莉亞最喜歡的一集《甜蜜夢鄉》，是朴都熙和金燦宇第一次約會的那一集。他遲到了，沒能準時到餐廳和她碰面，外頭也開始下雨了。她以為他改變心意，不打算來了，所以開始往回家的路上走，沒有撐傘——但當她走到一半時，雨突然不再落在她身上了。是金燦宇。他拿著自己的傘撐在她頭上，一手抱著一大袋雜貨，被雨淋成了落湯雞。後來她才知道，他其實提早到了，但是他發現餐廳沒辦法做她最喜歡吃的那道料理，所以他跑了好幾間店，就為了找到用完的材料，好讓廚師可以做那道菜給都熙，這才是他遲到的原因。

每次只要莉亞看這一集，她的臉就會因幸福而閃閃發亮，然後嘆一口氣。「這就是真愛啊。」

我回想著妹妹為了這些故事興奮不已的表情，現在我有一個更棒的故事可以告訴她了：我和傑森的故事。我和他之間的關係還很新，也很脆弱，而我甚至不確定我們回到首爾之後，「我們」會變成什麼樣子，但是我充滿了希望，比以往任何時候都要充滿希望。

當我打開我們家公寓大門時，滿心等不及要見到我的家人了。我知道爸爸收到他的畢業禮物，一定會很開心的，那是一本皮革製的筆記本，封面上刻著城市的天際線。我更想見到媽媽，給她一個紐約市計程車造型的下雪水晶球，正好可以加入她的世界雪球收藏裡。

「我回來啦！」我喊道，一邊把鞋子踢掉，踩進我的居家拖鞋裡。

「瑞秋？」媽媽的聲音從裡面傳來。「我們都在客廳裡。」

我朝客廳走去，愉快地拖著我的行李箱。「準備好囉，家人們，我有帶禮物回來唷——」

「嗨，瑞秋。」米娜甜甜地微笑著。「剩下的旅程怎麼樣呀？」

我僵在原地。就像媽媽說的，他們全都在客廳裡。爸爸、媽媽、莉亞——還有朱先生和米娜。他們坐在一張摺疊式的木頭茶几旁，桌上擺著幾杯大麥茶，還有一盤切得工工整整的水梨，旁邊放著幾隻小水果叉。看著水梨還沒有被動過、茶杯也還冒著熱氣的樣子，我知道他們才剛到不久。

而且，莉亞手中還握著一隻哈密瓜冰棒，但我媽平常是不可能讓她在客人拜訪時吃冰淇淋的。

「很棒。」我緩緩地說。看到朱家父女出現在我家，我得用盡全身力量，才讓我臉上的困惑之情保持在愉快的驚訝，而不是錯愕和恐懼。「妳還好嗎，米娜？妳的腳踝如何？」

「喔，好極了！」米娜甜笑著說。「爸爸幫我找了全首爾最棒的物理治療師，我現在已經完全恢復啦。」

「其實呢，瑞秋，妳回來得正好。」朱先生說，對他的女兒微笑著，然後對我打了個手勢，示意我坐下。

我瞪大雙眼，但立刻恢復原本的表情。一把火在我心底悶燒，他居然在我家請我坐下？他才是不屬於這個地方的人吧，梳著一頭過分的油頭，還穿著雙排扣的西裝。他露出寬闊的微笑，轉向爸爸。「我正打算請妳爸爸來朱氏集團擔任內部法律顧問呢。」

房間陷入完全的靜默。我的心臟差點停止跳動，我轉向米娜。她是故意的，是我在布瑞特伍德的郊區告訴她爸爸的事。然後她現在要用這個資訊來毀滅我了。但是她要怎麼做？……給我爸一份工作？這不合理啊。

朱先生繼續說下去，完全不在乎我們毫無回應的狀態。

「我發現你最近剛從法學院畢業，我就知道這對我們雙方都是一個很好的機會。我已經打算找一個新的法律顧問很久了，但一直找不到最適當的人選。一個認真工作又值得信賴、並且可以提升我們家族企業價值的人。根據我所聽說的事，金先生，你就是最棒的候選人。」

「我不知道該說什麼才好。」爸爸說。他的表情現在和莉亞一模一樣，臉上都掛著大大的微笑。「這對我來說真是個大好的機會。」

「對啊，很棒的機會。」媽媽同意道，但她的眼中燃燒著怒火。她也許可以用完美的切片水梨和優雅的主婦禮儀騙過朱先生和米娜，但我瞭解她。她現在已經氣到七竅生煙了，因為她居然措手不及地得知爸爸偷偷去上法學院的事。

「等等，所以爸爸要當朱先生的律師嗎？」莉亞問道，一邊興奮地揮舞雙手。融化的冰淇淋灑在地上，但沒有人注意到。「哇！這超厲害的耶！」

朱先生友善地笑了笑，但他的眼神很冷酷，像是在算計什麼。「的確是個很棒的機會。我們朱氏集團是個大家庭。現在你也會是家庭的一員，我們永遠連結在一起。」

為什麼這句話聽起來卻像是個威脅？

我突然回想起康基娜要我提防朱先生的警告。我想著在DB看到過的所有「大中超市贊助」的標語，還有我們飛去多倫多時的朱氏集團飛機，以及他無數次對米娜的暴怒。

我的心一沉。他是個強勢的男人，不是我們能夠抗衡的。我不喜歡他所謂的「永遠連結在一起」，不管是跟他還是他的集團都一樣。我知道那後面真正的意思。我們不是一家人。

他們現在掌控了我們。

朱先生站起身，對爸爸伸出手。「我很快就會讓人送合約過來了。很抱歉，我今天不能久留，但是隨時歡迎你來電。」

「當然，當然。」爸爸說。他和媽媽站起身來，和朱先生握手。「真的很感謝你。我很榮幸。」

莉亞和我都站起來向朱先生鞠躬，但是在身側，我的手緊緊握成了拳頭。他對我們點點頭，然後朝大門走去。爸爸和媽媽跟上去，送他離開，不小心踩到莉亞黏答答的冰淇淋殘骸，在地上留下哈密瓜綠色的腳印。

他們不知道自己正踏入了什麼麻煩。

「嗯，這樣很不錯啊，對不對？」米娜愉快地說，一邊嚼著一片水梨。「我們現在就是一個快樂的大家庭了。而且，瑞秋，我一直都超想見妳妹妹的。」

「真的嗎？」莉亞說，瞪大了雙眼。她聽我說過太多米娜的事，對她其實是有戒心的，但聽了米娜這句話後，我知道她現在有點動搖了。我防禦般地朝莉亞走過去，怒視著米娜。

「當然！」米娜說。「我一直都希望我能有個小妹妹呀。Electric Flower的大姊姊們都把我當妹妹對待，所以我也想要把這份照顧傳下去。她們總是給我很棒的意見呢。」她的聲音突然一沉，像是要跟莉亞說悄悄話。「但是不要告訴別人喔，有些姊姊真的也該照自己的建議做的。她們一直叫我要好好照顧身體，但我碰巧知道其中一個女生都在她的表演服袖子裡偷藏糖果，因為她實在太嗜甜了。我不是要出賣她啦，但朱珊米真的要小心一點了。我聽說DB每年在她身上花的牙醫錢可不少呢。」

莉亞的眼睛快要從眼窩裡掉出來了。她傾身靠向米娜，我看得出她的戒心已經消失了。「騙人。」

「真的。」

我好想尖叫。這是在搞什麼？

「不管怎麼樣，我也該走了。」她對我微笑。「陪我走去電梯好嗎，瑞秋？」

「當然，我的榮幸。」我咬牙說道。

她對莉亞說了再見，在前往電梯的途中，也和我父母打了招呼。我們家的門一關上，她就立刻露出了一抹惡魔般滿足的微笑。

「我不知道妳為什麼要這樣做，米娜，但我要跟我爸實話實說了。在他知道妳是多邪惡的人之後，他絕對不可能接這份工作的。」

「啊，啊，瑞秋，妳也聽到我爸說的話了——我們現在是個快樂的大家庭啦。妳得給我適當的尊重。而且我們都知道這份工作對妳爸有多重要。妳不會想要毀掉他的機會，對吧？」

我對她瞇起眼睛，體溫急遽升高。儘管我很想衝回家，告訴爸爸一切的經過，但我知道我做不到。這份工作對他來說代表了一切。

「所以妳跟傑森在紐約有沒有慶祝那個大消息呀？」米娜問，硬生生打斷了我腦中的鑽牛角尖。

「慶祝？」我眨眨眼，突然忘了那趟旅行的一切。紐約現在好像離我好幾光年那麼遠。「喔，妳是說登上韓國榜首這件事嗎？」

她歪了歪頭，揚起眉毛，一邊按了電梯的向下按鈕。「不是，我說的不是那個。」

我皺起眉，她臉上便出現愉快的笑容。

「原來妳不知道啊？」她說，看到我呆滯的表情，幾乎藏不住她的欣喜。「喔，瑞秋小公主，妳還有好多要學的呢。」她從口袋中拿出手機，把螢幕轉向我，我發現那是莉亞最喜歡的流行八卦網站。一條條新聞標題出現在螢幕上，而我瞇起眼睛讀著。

李傑森單飛！

NEXT BOYZ 掰掰！李傑森萬歲！

DB 表示很期待與單飛藝人李傑森討論未來音樂計畫。

我站在那裡，一陣暈頭轉向。電梯門緩緩打開。「感謝妳送我出來，瑞秋。」電梯門在我眼前闔上，她說道，臉上帶著惡毒的笑容。「然後，哈囉，歡迎回家。」

第二十四章

我瞪著關上的電梯門，動彈不得。傑森要單飛了？他為什麼沒有告訴我？這是一件大事耶！

我打了他的電話，想要成為第一個恭喜他的人，也想問他這一切是怎麼發生的，但是電話卻直接被轉進語音信箱。我傳了訊息給他，一邊焦急地踢著門。但幾分鐘後，他還是完全沒有回覆，我再也等不下去了。

只要有懷疑，上Instagram就對了。

我在搜尋的地方打上「＃李傑森」，一大堆的照片立刻跳了出來，是那些瘋狂粉絲五分鐘前才拍的，照片中的他正走進一間熟悉的大樓裡。

DB娛樂的培訓中心。

我立刻朝我們家最近的地鐵站出發，甚至沒注意到我還沒把飛機上的邋遢穿著脫下，腳上也還踩著馬卡龍色條紋的居家拖鞋。但我渾身上下流竄著興奮的情緒，而我腦中只有一個念頭：我得去見傑森。

我跳上地鐵，我的手機便在口袋裡震動起來了。我以為那是傑森回撥給我，手忙腳亂地把手機掏出來，差點把它摔飛到車廂的另一邊。但那不是傑森打來的。

是明里。嘿，妳現在有空嗎？

我幾乎可以感覺到我的大腦突然停止運作了，我瞪著她的訊息看，把和傑森有關的一切拋到了九霄雲外。那天在俞真姊辦公室外的交談過後，明里就沒有再和我說過話了。我的手指在手機鍵盤上游移。我有太多話想要跟她說，卻不知道該從哪裡開始，也不知道該怎麼說。我正準備要開始回訊息，突然，坐在我對面的一個少女抬起眼來看著我，一認出我之後，眼睛便倏地睜大。她靠向她的朋友，低聲說道：「就是她耶！就是那個女生！傑森的祕密情人！」

我的呼吸哽在喉頭。她說什麼？

我跳出訊息軟體，到搜尋引擎輸入了我自己的名字「金瑞秋」。螢幕上立刻出現最新的頭條：李傑森的三角戀習題。

我的身子一僵。

這是什麼？

文章裡貼的全都是我和傑森自我療癒日時在東京的照片。我們在原宿逛街的時候；我們在怪物咖啡廳裡時；我在瑪利歐賽車裡幫莉亞拍背的樣子。在我們的照片旁邊，則是一系列傑森和米娜類似的照片。兩人在一間餐廳吃著燭光晚餐，低頭笑著；夕陽下，在漢江旁散步，他們的臉染上夕陽的顏色；兩人中間擺著一碗冰淇淋，裡面插著兩支湯匙。

我的手變得冰涼而黏膩。我不懂。

我像是不受控制般開始滑起接下來的文章，盡可能地快速掃過裡頭的內容。我看見了「難以抉擇」和「夾在兩女之間」這類的詞彙。我的肚子裡一陣胃酸翻攪。我覺得我要吐了。

傑森這段時間也在和米娜約會嗎？

我聽見身邊的人們開始竊竊私語，低頭看了看手機，又抬頭看我。

「欸，那不是金瑞秋嗎？」

「就是她耶，就是她。你有看到這句嗎？『金瑞秋善於玩弄情感，不斷推拉，又給李傑森錯誤的信號，讓他被耍得團團轉。前一刻她還愛他愛得死去活來，下一刻，就又立刻翻臉不認人。』」

「哇喔，認真的嗎？傑森值得更好的人吧。」

我的背起了一陣雞皮疙瘩，我感覺到他們的手機鏡頭轉向了我。我用手遮住臉，縮在座位上。當地鐵到站時，我便跳了起來，穿過在等待上車的人群，一路朝DB的培訓中心衝去。但是培訓中心裡也沒有比較安全，因為當我進入時，我發現年輕的練習生們聚集在大廳裡，對我指指點點。

「你看那是誰？」

「我聽說她懷了敏俊的私生子，所以傑森才離開她的。」

「我聽說她跟米娜在巡迴的時候，還差點用高跟鞋上的綁帶把對方勒死。」

嗯，至少DB的八卦中心還算正常運作。

我幾乎是直覺性地在走廊上轉彎，然後朝獨立練習室走了過去。然後我聽見一首熟悉的歌。

傑森的歌。那首他在學校音樂教室彈給我聽的歌。

我衝進練習室裡，看見傑森坐在一張椅子上，吉他掛在肩上。敏俊也在那裡，隨著音樂跳著隨性的舞步。他們抬起眼，同時看著我，傑森露出了滿臉的笑容。

「啊。愛情鳥聽見她愛人的求偶歌，馬上就趕來了。」敏俊一手貼在胸口，說道。「太美了，真是太美了。」

「妳在這裡幹什麼？」傑森愉快地說，對我張開雙臂，像是期待我會給他一個擁抱。「我好想妳。」

他想我？

上百萬個念頭在我腦中糾結成一團。所有的一切都像是同時發生的一樣，我的大腦沒有辦法把我的傑森──那個坐在這裡、隨性背著吉他、說著他想我的傑森，和那個在小報消息裡看到的傑森──那個和米娜吃著冰淇淋、開心談笑的傑森，重疊在一起。我感到緊張又痛苦，我的肺好像沒有辦法在不靠外力的狀態下呼吸──但凌駕於這一切之上的感覺，則是憤怒。

我張開嘴，準備要全部發洩到他身上，但我一個字也說不出來。現在我們終於面對面了，我反而無話可說。我只是愣在那裡。錯愕終於占據了我的大腦。

敏俊來回看著我們，發現我們之間的氣氛變得不太對勁。「我給你們兩個獨處一下好了。」他離開房間，把房門輕輕關上。

傑森皺起眉頭。「瑞秋，妳還好嗎？」

我現在才知道。他還不知道我看到了什麼，他還沒有看到文章。在訓練時，我們是不能帶手機的。

我默默地拿出自己的手機，打開螢幕，讓他看自己和米娜的照片。

傑森從我手中接過，順著文章往下讀。他的表情從困惑變成驚恐，雙眼因理解而大睜。他用力嚥下一口口水。

「這跟妳想的不一樣。拜託，瑞秋，請讓我解釋。」他緩緩地、小心翼翼地說。

好，你解釋吧，我好想跟他這麼說。我從出了地鐵之後就陷入了深淵，拜託快把我拉出來。告訴我一點什麼，什麼都好，讓我不要心碎，因為現在它距離粉碎只有一線之隔了。拜託告訴我這只是一場誤會，或是告訴我，這只是一場惡夢，我醒來之後，明天就可以忘記了。

告訴我一點什麼，讓這一切都過去吧。

但我什麼都沒說。我只是垂下眼，看著地面。「那就開始吧。」我的聲音十分沙啞。「解釋啊。」

他深吸一口氣，雙手在褲子上擦了擦。平常他要準備說什麼重要的事情時，總會直直看著我的雙眼，但今天他看東看西，就是不願看我。「大概六個月前，我給ＤＢ看了我自己寫的歌，就是我彈給妳聽的那首。我想要單飛，也想要把那首歌當作單飛後的第一首單曲。」

我來不及阻止自己，話就脫口而出。「那NEXT BOYZ呢？敏俊呢？」

傑森嘆了口氣。「敏俊懂的。至於團體裡的其他人……我還能說什麼？我跟妳說過我媽媽的事，還有音樂對她來說有多重要，對我來說有多重要。我希望我的音樂能重新變得有意義。」

我緩緩點點頭。「這部分我懂啊。我不懂的是，這跟我和米娜有什麼關係。」

傑森用力嚥了一口口水。「嗯。高層同意我單飛，但有一個條件。他們想要看我單飛能不能成功。」他的視線朝我瞥來。「他們希望我錄一首新單曲，跟練習生合作。」

「我們那首歌。」我開始漸漸理解了。

「對。他們本來要我和米娜出一首測試用的單曲，但在我們合唱的影片爆紅之後，我……」他頓了頓，低頭看著自己的鞋子。「我覺得跟妳們兩個一起唱可以激起更多話題。」

我的心被他的一番話說得一揪。「所以那是你的主意？」我回想起好像一切都沒有希望的那一天，韓先生在會議室裡為我據理力爭的場景。

傑森對我點了點頭，好像他沒辦法承受自己所做所為的後果。「我們那部影片之後，我就去找了韓先生。」

「真好。偉大的李傑森又多了一個手下。」

「瑞秋，不！」傑森看著我，皺起眉頭。「不是這樣的。我很愛跟妳唱歌，那就像是……」

「就像是我們注定要合唱的嗎？」我淡淡地幫他把話說完。

「沒錯。就像是命中注定的。」

「那剩下的事呢？」我對著傑森手中的手機打了個手勢。

「DB要求我盡我所能地，為這首歌製造各種騷動。」他現在話說得很快。「妳知道DB在乎的一直都是媒體關注度。他們要我和妳跟米娜都進行假約會，並讓狗仔跟拍我們。但是，瑞秋，拜託妳諒解我。」他抓住我的手，緊盯著我的雙眼。「我和米娜的那些事都是安排好的，就像計畫的那樣。但跟妳是不一樣的。那天在東京，我在飛機上跟妳說的話都是真的。在那之後也都是真的。我愛跟妳待在一起。我愛——」

「不要！」我大喊。「別說出來，你現在不准跟我說那種話。」我一陣暈頭轉向。

我不知道我該相信什麼才好，不知道該有什麼感覺才對。「米娜知道嗎？」

他猶豫了一下。「她爸爸立刻就把計畫告訴她了。」他承認道。「在漢江的那天，她只是在為了鏡頭擺姿勢而已。我們都是。」

「為什麼沒有人告訴我？」

傑森把頭埋在雙手中，然後才抬起眼。「高層——他們……知道妳有面對鏡頭的問題。他們不希望妳毀了他們的計畫……」他的聲音無助地漸漸減弱。

所以在我毫無頭緒的時候，米娜就已經通通知情了。過去的幾個月裡，我活過的每一刻——我們在東京的自我療癒日、他溜進學校的日子、在布瑞特伍德和他的阿姨吃的晚餐，還有布魯克林的訂婚派對——隨著時間過去，便顯得越來越像是一種羞辱。我只是一直想著和傑森待在一起，卻完全不知道我正在成為世界級的大傻瓜。我太天真了，太樂意把我自己的未來賭在一個只想著自己未來的男孩身上。他對我說的話，有哪一句是真的？

「我不相信你。那天在公園時你跟我說——你會一直陪著我。你不想跟高層一樣糟糕。但你比他們更糟——至少他們從來不掩飾自己的本性。但你一直讓我相信這一切都是真的。」

「拜託，瑞秋，不是這樣的。」他說，他的聲音聽起來十分迫切。「在東京那天之後，我就一直在付錢給狗仔，不讓他們把照片公開。我從來不希望妳透過網路知道這些事。我有在想，最近就要把事情告訴妳，但是……」他看著我的手機。「顯然有人把照片流出來了。」

越來越多的文章出現在網路上，所有頭條都把傑森塑造成一位無辜、害了相思病的偶像歌手。李傑森要如何從心碎中恢復？李傑森被困在兩個女孩之間。韓國最受歡迎的明星男孩夾在世紀三角戀之中。

「不要唸出來。」他說，但是來不及了。

「『所有人都知道DB練習生沒在怕的。他們會為了向上爬而不惜一切代價，但金瑞秋和朱米娜把這件事又提升到另一個層次了。她們玩弄了深情的歌手李傑森，只為了爭一個在聚光燈下露臉的機會。』」我氣到唸不下去了。「我真是不敢相信。你知道，我本來是要來這裡找你，慶祝你單飛的消息的。然後這些文章同時出現——」

我突然回想起傑森稍早前說的話，我愣在原地。**妳知道DB在乎的一直都是媒體關注度。**

然後我就懂了。

「是DB。他們把照片流出去的。」我瞪視著他，腦中把一切線索都串了起來。「你以為是你阻止了狗仔把照片貼出來，但他們不是因為你。他們是在等DB給他們信號，好在最恰當的時間把炸彈投下來。」

「妳在說什麼？」傑森說。

「自己想想啊，傑森！」我大喊。「〈Summer Heat〉就是你單飛最好的引子。他們把你塑造成一個夾在兩個女生之間的心碎男孩，所以當你發行你寶貴的第一首單曲時，人們就會把那首歌和你的人生聯想在一起，然後完全買帳。所以他們當然會把我跟米娜丟進你的三角戀裡面。我們是免洗的練習生啊！就算觀眾恨死我們也沒關係！」

「但這不合理啊。」他皺著眉頭說。「妳也聽過我的歌了。歌詞說的是夾在兩種身分之間、兩個世界之間。那跟三角戀一點關係也沒有。」

「你真的覺得DB會讓你唱自我認同這種鳥主題嗎？」我不敢置信地看著他。「『我來回徘徊，如潮起潮落，如自由落體，又如鷹翱翔。我是半滿的玻璃杯，被困在兩個宇宙之間』？」我輕易就背出了他的歌詞。「醒醒吧，傑森。來回徘徊，潮起潮落？兩個宇宙，大眾隨便就可以解讀成兩個女生啊。你的沙堡皇后和海洋戀人。不然你覺得他們為什麼要把劇本設定成這樣？」

「不。」他搖著頭，緊張的情緒出現在他的嗓音裡。「他們不會這樣對我的，我跟妳說，不可能！我剛下飛機，他們就打給我了。他們說有大消息要告訴我，叫我開始準備個人單曲，因為……因為……」他突然洩氣下來。他知道我是對的。「瑞秋。」他用無辜的眼神看著我，而這是第一次，我什麼感覺也沒有。「我該怎麼辦？」

我已經沒有什麼能給他了。

「我不知道。」我說，我的聲音顫抖著。「但我知道你再也不能騙我了。」我轉身準備離開。

傑森瞇起眼睛。「妳還好意思說。我們都知道，我不是這段關係中唯一一個說謊的人。」他的聲音變得尖銳又惡毒。

「如果你是說我爸去唸法學院的事，那跟你一點關係都沒有——」

「我是在說那部影片。在光澤拍的那個。」我的呼吸哽在喉頭，他繼續說下去：「我知道妳和俞真計畫了這整件事，好讓妳能得到高層的注意。這又有比我好到哪去？我以為我把這些事情解釋給妳聽之後，妳會懂的。」

我的心一沉。「你說得對，也許我會吧。但不是像現在這樣。」

把我的心繫在一起的那一條線，現在終於斷了。我回想著過去——年輕時的每一個我，那些替我把這個夢想活下去的我。把這當成一生志願的十一歲的我，她對流行樂的熱愛、還有享受音樂的心，一直都在替我照亮腳前的路，告訴我前進的方向，告訴我下一步該怎麼做。但現在她只是我心中的一絲低語了。傑森的背叛把我整個人給粉碎了。

「再見了，傑森。」我的聲音沒有動搖、也沒有哽咽。當我走出練習室時，我的聲音是如此堅定。直到我轉過身，我才用手摀住嘴，任憑淚水滾下臉頰。

他沒有試著阻止我。

第二十五章

人生居然能這麼快就天翻地覆，卻又同時一切如舊。幾小時前，李傑森還是我的祕密男友，我還有一首登上排行榜榜首的單曲，我的家庭一片和樂。現在全國人都覺得我在和傑森交往（已經沒有了），我還是有一首第一名的單曲，而我的家人們是前所未有的快樂（雖然我確定我媽在和我爸冷戰，而且我們的生計還掌握在我最大的敵人手中）。

有什麼事情和我想的是一樣的嗎？還是整個世界都是個謊言？都是一個刻意編織出來，讓一個十一歲的小女孩相信美夢可以成真的童話，然後等到她真的把生命押在這個夢想上的時候，再一口氣粉碎它？

粉絲們開始在那些文章下留言，而且他們可沒有在客氣的。

這兩個下等練習生怎麼敢這樣對傑森？

她們以為她們是誰啊？

這兩個賤人居然這樣傷害我們的小傑森，趕快去死一死好不好？

我好想把她們那兩張醜臉給撕下來喔！

現在DB不可能讓我出道了，尤其在有這麼多人討厭和抵制我的情況下。想想，還是他們把我推進這一團混亂裡的。他們花了好幾年的時間訓練我，然後又把我變成他們標準下無法出道的失敗品。

這一切實在太荒謬了，我好想笑，我差點就笑出來了。

我把手機關掉。我不想再看到任何報導，或是任何粉絲的留言。我的事業也許已經毀了，但不代表我需要每過五秒鐘就被提醒一次。

我開始隨著本能前進，在首爾漫無目的地閒晃，一團模糊而麻痺的感覺籠罩著我的腦袋。當我清醒過來時，我發現我正站在雙胞胎家的公寓外面。如果我需要人幫助我轉移注意力，那一定是非她們莫屬了。

慧利出來歡迎我的時候，頭上還捲著巨大的粉紅色髮捲。「瑞秋！」她大喊。她看起來很驚訝，但很高興看到我，招呼我進到公寓裡。「我猜妳改變心意，準備來參加舞會囉。來得正是時候！」

「妳剛剛是說瑞秋嗎？」朱玄的聲音從浴室裡傳了出來。她探出頭，眉毛還畫到一半。「嘿，妳來了！太好了。坐下，什麼都別想。等我們結束，我們就來幫妳梳頭髮跟化妝！」

客廳裡一團混亂，洋裝隨意地丟在棕色皮沙發的椅背上，化妝包像是一個個藏寶箱般打開，放在茶几上，地板上到處是睫毛膏和口紅留下的痕跡。我幾乎忘了她們的公司舞會就是今天。雙胞胎們一直忙著化妝打扮，我想她們應該還沒有機會看到那些文章。這樣也好，能越少提到那些東西越好。

「這裡很亂，對不起啊。」慧利說。她把我帶到廚房，桌上整齊地擺著一排酒瓶，讓雙胞胎們在去舞會之前可以先喝一波。她拉來一張椅子給我坐，拍了拍坐墊，然後又衝回客廳裡，把最後的工作做完。「妳就當作自己家喔！」她回頭喊著。

我照著她說的做了，坐在椅子上，把臉直接貼在打過臘的桌面上。我是一坨爛泥。一坨巨大、沒有任何感覺的爛泥。

我不知道自己趴在那裡多久，等到我終於回神時，我看見雙胞胎正站在我面前。我抬眼看著她們，頭髮遮住了我的視線。她們完美的眉毛以相同的方式，擔心地皺起。朱玄的頭髮在頭頂上盤起了公主頭，慧利的頭髮則垂在身後，捲成華麗的捲髮。她們看起來已經準備要去參加派對了，但身上還穿著居家的睡衣。

「還好嗎，瑞秋？」慧利問。

「還好。」

「還好的意思是不好嗎？」

「對。」

「妳想要聊聊嗎？」朱玄問。

「不想。」我趴回桌上。「我不想毀掉妳們的心情，妳們還要去參加派對。」

她們開口抗議，但我揮了揮手。「不要，不要。我沒事，真的。我只是想喝一杯，在這裡喝就好。」

我抓起龍舌蘭的瓶子，啪的一聲打開。我像是一隻不願意放開樹幹的樹懶，繼續趴在桌面上，直接就著瓶口喝了一大口。朱玄和慧利瞪視著我，看著我灌酒，並被酸澀的酒液刺激得瑟縮了一下。

「好了，我們的瑞秋到底去哪了？妳把瑞秋怎麼了？」朱玄問道。

「妳們如果真的要問問題，那就來陪我一起喝。」我邊說邊把流到下巴的龍舌蘭擦掉。

「好吧。」慧利說。她拿起一瓶水蜜桃馬格利，喀的一聲打開瓶蓋。「妳擺明了就是在難過，但是沒有比一個人喝酒更難過的事了。沒事，我們陪妳。乾杯！」

朱玄舉起一罐啤酒。「乾杯！」

我們舉杯，然後開喝。

一小時之後，我已經暈了。

也許還有一點醉，但真的只有一點點。

我說朱玄和慧利看起來像是要去參加一場高級的睡衣派對，她們便尖叫起來，堅持要我也打扮。她們把我的頭髮燙捲，並在我的臉上畫上完美的上翹眼線、還有鮮豔的大紅口紅。朱玄甚至把我的指甲畫上她最新學會的宇宙花紋。然後某一刻，我們其中一人認為，就算我們不去派對，也應該把衣服換好，所以我們全都換上了高級的舞會洋裝，然後抓著紅酒和家庭號的墨魚洋芋片，癱倒在沙發上，雙腳跨在巨大的大理石玻璃茶几上。

「這到底是誰想的爛主意啊？」我大笑，一邊對著我的酒杯打嗝。

「妳的啊。」朱玄和慧利異口同聲地說道。

我們全部笑成一團。我擠在沙發裡，把頭靠在慧利的肩膀上。我不知道這是因為酒精的催化，或是我還沒有意識到ＤＢ就要把我踢出去了，但在此刻，我只感覺到一股奇妙的放鬆感。

我覺得自己自由了，甚至開始覺得自己變正常了。

我想像這是我的日常生活，和我的朋友準備要參加派對，打發時間，不用因為沒有把每分每秒的閒暇時間都花在訓練上而感到罪惡，可以看著慧利把薯片丟到半空中，再用嘴接住，還有朱玄在一旁搗亂，試著把薯片打飛。這一切都好簡單。這樣的生活，我可以接受。

也許這才是我所需要的。

突然間，房門傳來一聲敲門聲，我們三人都哀嚎起來。

「不——」我說，一邊深深陷入沙發中。「但是我躺得好舒服喔。」

「我也是。」朱玄說。她用腳趾戳戳慧利。「妳去開門啦，妳是最小的。」

「妳只比我大了十分鐘！」慧利回嘴。

「事實就是事實，小屁孩。」門外的人又敲了一次，而朱玄這麼說道。

「好啦，但我要把這些都拿走囉。」慧利邊說把整袋墨魚洋芋片抓在手裡。她像是抱著小嬰兒般抱著薯片的袋子，踩著她的高跟鞋走過客廳，把門拉開。

大鎬站在門邊，身上穿著一套藍色的絲絨燕尾服。他的頭髮整齊地向後梳起，手中捧著一束紅玫瑰，其實他這樣看上去還不錯。我覺得他大概有用BB霜擦在臉上。衝啊，大鎬。

「呃，嗨。」他緊張地說。

「大鎬。」慧利驚訝地睜大眼睛。「你在這裡幹嘛？」她突然像是理解了什麼，快速向後退開，朝沙發上的朱玄和我打了個手勢。「你一定是來找朱玄的吧。」

「朱玄？」大鎬困惑地看著她。「呃，其實呢。」他深吸一口氣，把花束塞到慧利手裡。「我是來找妳的。」

慧利驚訝得把洋芋片都弄掉了。墨魚薯片四處飛散，落在實木地板上。「我？」

「裡面有一張卡片。」大鎬說，一邊抓了抓自己的後頸。

慧利把卡片翻了出來，然後大聲讀出。「『我花了一百萬年的時間，才敢告訴妳，我每天都在想著妳。我的心屬於妳，所以，妳願意當我的女朋友嗎？』」她瞪大眼看著大鎬。「這是真的嗎？」

他的臉色一白。「怎麼了？太老套了嗎？還是太變態了？還是太老套又太變態了？」

朱玄在沙發上喊道：「太老套了！」

「沒人問妳啦！」慧利喊回來，用力搖著頭。「拜託不要理她。」

她把卡片貼在胸口。「這張卡片寫得很好。我只是一直以為你喜歡的是朱玄。」

「啊？」現在換大鎬搖頭了。「才不是。我喜歡的是妳。一直都是妳。我只是一直都不知道要怎麼告訴妳。而且我想說也要對妳姊姊好一點，因為我知道妳們兩個很親近。」他皺起眉頭。「我算錯了嗎？」

朱玄和我在沙發上抱成一團，看著這一幕在眼前上演。我聽見一聲吸鼻子的聲音，我看見身旁的朱玄眼中充斥著淚水。

「不。你沒有算錯。」慧利悄悄地說。「我也真的、真的很喜歡你，大鎬。」

「真的嗎？」他的臉上展開一抹笑容。「因為我不確定妳對我的感覺，我們當朋友當了這麼久，我不想毀掉——」

慧利伸手抱住他，把嘴唇貼上他的嘴。朱玄和我歡呼起來，看著大鎬抱著她，熱情地回吻，墨魚洋芋片在他們腳下粉碎。

「妳知道，我從來沒想過，但他們在一起超搭的。」朱玄對我低聲說。「我可以看得出來。」

「對啊。」我大笑。「我也看得出來。」

早晨的光線從窗戶中灑落。我睜開眼睛，覺得腦袋昏昏沉沉，有點宿醉。我躺在自己的床上，睡在我自己的房間裡。

我是怎麼回來的？

我回想著前一晚，在我的記憶中搜索。對了。我和朱玄堅持要幫大鎬把整臉的妝化完，然後大鎬就送我回家了，當我抱怨高跟鞋讓我腳痛時，他還特地把鞋子脫下來借我穿。

我想著大鎬和慧利的事，忍不住愉快地微笑起來，但當我想起昨天的其他事時，我的笑容便消失了：傑森。外流的照片。那些回應。

我夢想的終點。

我嘆了口氣，從床上滾了下來，頭痛欲裂。一疊紙埋在我床頭櫃的中間抽屜裡，我便把它們抽了出來。這是媽幾個月前給我的大學申請書，就躺在我上次放下的位置。我一直放在那裡沒動過。

我翻著紙張，停在一頁自傳的題目。

你要怎麼描述你自己？

你對未來十年的計畫是什麼？

你最大的熱情是什麼?

我的腦中一片空白。我在DB的人生已經結束了,我要怎麼回答這些問題?少了音樂,我還知道我是誰、我想要什麼嗎?我還有別的熱情所在嗎?我覺得我的未來像是被一個巨大的問號給吞噬了,因為在此刻之前我一直都以為我知道它會是什麼樣子。

也許現在是時候想像一些不一樣的事了。

我爬下床,在桌邊坐下,把頭髮綁成一個鬆散的髮髻。我緩緩地寫起大學的申請表,接著,房門上突然傳來一聲敲門聲,媽媽把頭探了進來。

「嘿。」她輕聲說。「妳在幹嘛?」

我對著桌上的申請表打了個手勢,頭也不抬地說:「準備上大學的東西。」

說到最後一個字時,我的聲音終於啞了。我終於意識到了現實。媽媽的問題像是直接打穿了我像是鎧甲般的那股麻木感,終於讓疼痛流了進去。

這真的很痛。

「結束了。」媽媽進入我的房間,在我的床上坐下。我對她說道:「當歌手這件事已經結束了。所有的一切和我想的都不一樣。我一開始的時候,以為我知道未來會是什麼樣子。但我其實什麼都不懂。我錯了,錯估了這一切。」

「妳那時候才十一歲。」媽媽溫柔地說。

「我完全不知道選擇這條路要犧牲什麼。」我擦著眼睛說。「我已經受不了了，我沒有那個本錢。也許我一直都沒有。」

我感覺到淚水再度湧起，威脅著要流下。媽媽坐在我的床上，緊盯著我。雖然看到我這麼痛苦，她也很難過，但我想她心中的某部分一定鬆了一口氣。現在拋下了明星夢，我終於可以專心在課業和升學，就和她希望的一樣。

我以為她會開始教我怎麼填那些申請表上的問題，但她只是站了起來，離開了我的房間。我聽見她回到臥室裡，翻箱倒櫃了一陣，然後當她回到我的房間時，手上拿著一本舊相簿。「媽。」我問：「那是什麼？」

「妳看一下嘛。」

我接過相簿，小心翼翼地翻過——那是我媽的照片，時間算上來可能有十五年的份——一張張還是小女孩的她，站在講臺上接受獎章和獎盃。一個沉重的東西在相簿的最後面碰撞著，所以我翻到封底，看見一面金色的獎牌貼在上面。上頭寫著：一九八九年南韓國際大專盃女子排球冠軍。

我啞口無言。「媽，我……」

「我很久以前就該告訴妳了，瑞秋。排球對我來說不只是個高中時期的嗜好而已。但妳外婆不准。她希望我受教育，找一份正當的工作——但我沒聽她的話。我想要去參加奧運。」她深深嘆了一口氣。「但事與願違。我當時打得很好，但就是不夠好。很不幸的是，我花了太久的時間才發現，所以我吃了很多苦——」

「媽。妳不用再擔心了。我……我也不夠好。我已經放棄當歌手了。」

媽媽捧起我的臉。「女兒，妳誤會我的意思了。」她微笑道。「妳覺得我們為什麼要搬來韓國？」

我聳聳肩。「我不知道。外婆去世了。我想我從來沒打算去問妳為什麼改變心意。」

「沒錯。外婆去世了，我回來參加喪禮。我好幾年沒有見到我自己的媽媽了，而我雖然很想為她哭泣、為她難過，但我感覺到的卻是生氣。我氣她不願意支持我的夢想，也氣她沒有鼓勵我去追求我的熱情。我不想讓我們之間變成那樣，所以我決定，我們全家搬回來，讓妳追求妳的夢想。」現在她的眼中也泛著淚光。「我想這可能也是一種遺傳，因為我也沒有好好支持妳。只是這世界的競爭好激烈。」她說。「怎麼會有媽媽希望自己的孩子吃苦呢？我知道妳在這條路上會很辛苦，而我想要保護妳。就像我媽媽試著要保護我一樣。」

她拿出她的手機，開了一部影片給我看。那是我和傑森跟米娜在首爾奧運體育館的表演。這是搖搖晃晃的粉絲密錄影片，幾乎只對焦在我身上，拍下了我的每一個動作和臉部表情。我看著媽媽，她的臉上掛著一個嚮往的微笑。

「莉亞傳給我的。」她說。「我一直都沒有優秀到能成功的地步。但妳有。妳有本錢，瑞秋，妳一直都有。」

她對我伸出一隻手，我握住了，卻不知怎麼地想起了傑森的爸爸。

媽媽和我也許會吵架，但我無法想像她會因為任何原因而拋下我。不管如何，我一直都能從她的愛中感受到安全感，也一直都知道她只是希望我安全和快樂，即使有時候我們的表達沒有那麼直接。我總是會不小心忘記，能有她這個媽媽是多麼幸運的一件事。

「我以妳為榮。」她說。「還有，媽媽對不起妳。對不起，這花了我這麼長的時間。」

眼淚終於從我的臉龐滑落。我覺得我最近好像只會哭，但現在的眼淚是好的，讓我覺得自己好像比之前更完整了一點。

「謝謝妳，媽媽。」我用力握住她的手。「所以妳現在不會再擔心我了嗎？」

「我還是很怕。」她大笑。「我不知道這會不會有消失的一天。當媽媽的就是會這樣。但妳值得去冒險，瑞秋。這是妳努力來的。不要讓任何人把這機會奪走。」

我點點頭，給了她一個擁抱。

在我來得及放手之前，我的房門就被推開了。「妳們兩個哭完了嗎？我一直在等什麼時候可以進來耶！」莉亞大叫著爬上我的床，擠進我和媽媽之間。

我大笑著，抹掉眼淚。「好啦，哭完了，我保證。」我把莉亞抓來用力抱住，並在她的頭頂上對著媽媽微笑。我心中有一股輕盈的感覺，是我好久沒有感受到的，但還不完整。我還有一個人要關心。我把手摁在莉亞肩上，轉向她。「妳會討厭我嗎？妳會討厭這裡嗎？這從來都不是妳的主意，但是妳不得不來，而且⋯⋯」

莉亞毫不在意地笑了一聲，把我的手拍走。「姊，我沒事。」

「我是認真的，莉亞。我知道這裡的生活⋯⋯不是很容易。」我邊說，邊想著她學校裡的那些小太妹。

我可以感覺到視線又變得模糊，但莉亞推了我一下。「不能再哭了！妳答應過的！」我把嗚咽聲吞了回去，然後大笑起來。

「我沒有哭啊！」

「妳知道，瑞秋，作為一個姊姊，妳有時候真的滿遲鈍的。」莉亞戲謔地笑了笑。「妳覺得我會在乎學校那些女生嗎？妳是我的姊姊。妳的夢想就是我的夢想。這比一切都重要。」她把頭歪向媽媽，露出一抹邪惡的微笑。「再說，DB的徵選又要開始了⋯⋯現在我十三歲，我也可以開始參加培訓了。這樣瑞秋就不用當全家唯一一個歌手啦！」

我的下巴掉了下來，而從我眼角餘光，看見媽媽的臉色一白。媽媽的手機響了起來，她伸手拿過，但眼神始終沒有離開莉亞。莉亞則像是又進入平常心不在焉的八卦狀態，一邊滑起了自己的手機。媽媽戳了戳我的身子。「是俞真。她說她一直要找妳都聯繫不上。」

我發現我從昨天把手機關掉之後，就沒有再看過它了。我一把手機開機，就跳出好幾通俞真姊的未接來電，還有一連串焦急的訊息。

現在就到DB培訓中心來！我得跟妳碰面！

第二十六章

當我抵達ＤＢ培訓中心時，俞真姊正坐在大廳裡等著我。她一看到我就跳了起來，緊緊將我抱住。

「瑞秋！我都聽說了。」

「全部嗎？」我的心差點從喉頭跳出來。也包括我和傑森的交往關係嗎？我的天啊，希望沒有。

她向後退了一步，眼中閃爍著怒火。「我聽說傑森單飛了，ＤＢ還利用妳跟米娜來幫他宣傳。」像以往一樣銳利，她挑起眉審視地看著我的臉。「怎麼了？還有什麼我該知道的嗎？」

我搖搖頭，暗自鬆了一口氣。「沒有，沒有別的了。」

她懷疑地看了我一眼，但表情變得柔和。「聽著，瑞秋，我真的不知道ＤＢ有這個計畫。要是早知道，我就會盡我所能地阻止他們。」她的嘴脣抿成一條細線，像是正努力阻止自己失控。「很抱歉我沒辦法好好保護妳。」

我的心一揪，不希望俞真姊覺得自己要為這件事的任何一個部分負責。我從不覺得她是這計畫的一部分，而她絕對是最不需要道歉的那個人。「請不要這麼說。」我說。「從第一天開始，妳就一直都在支持我。而且綜觀全局，現在我沒事了。」

這只是半個謊言。

「真的嗎？」俞真姊又審視地看了我一眼。「妳確定沒有別的事要告訴我嗎？」

她實在太了解我了。有那麼一瞬間，我好想把我和傑森的事全都告訴她。能把所有的事都發洩出來，感覺一定很棒。

不要再有祕密，不要再有謊言了。但我想像著她會有的失望表情，並在臉上露出我最棒的微笑。

「真的，別擔心。」

她嘆了口氣。「不需要跟我說這句，我總是有事情要擔心。」

在大廳的另一邊，兩個二年練習生走出餐廳，快速說著話。

「你聽說了明里的事嗎？」

「有啊，真是不敢相信！DB的女生這麼多，我沒想過……」

我豎起耳朵想聽她們後面說的話，但她們的聲音已經消失在走廊上了。

我看向俞真姊。「妳有聽到嗎？明里怎麼了？」

「妳還沒聽說嗎？」俞真姊說，驚訝地聳起眉毛。我呆滯地看著她，她便咬了咬嘴唇，臉上露出一抹抱歉的神色，好像她很不想告訴我這個消息。「明里被交易到另一個唱片公司了，她已經不在DB了。」

我的心一沉。「什麼？」

不。不可能的。如果這是真的，我早就知道了。不是嗎？就算我這麼想著，我也知道我錯了。我最近總是從明里的人生裡缺席，我怎麼可能會知道？我想起她昨天發給我的訊息，嘴裡一陣乾澀。那是在所有的事情爆炸之前。我完全遺忘了她。

又一次。

我抓起手機，立刻發了訊息給她，但訊息回覆顯示無法傳送。我打給她，甚至試著打視訊，但所有的回應都告訴我她的手機無法連絡。

她真的消失了。

「走吧。」俞真姊溫柔地說，一邊抓住我的手肘，帶著我走過走廊。「今天是新生加入的日子。我知道妳可能不想參加，但至少妳可以轉移一下注意力。我們走吧。」

我麻木地跟著她走向禮堂，心中一片空白。俞真姊把我推向舞臺，臺上所有的練習生都在接受新生的鞠躬。所有人，就除了明里。我的心更沉了。

她應該要在的，我真不敢相信她已經離開了。

上臺後，恩地刻薄地打量了我一圈。「看看誰決定要露臉啦。」她吹了一個西瓜口味的泡泡，然後讓它在嘴唇上爆炸。

「我們還以為妳已經羞愧而死了呢。」當我朝隊伍之首走去時，麗茲朝我瞇起了眼睛。

「拜託，公主。」米娜對我露出潔白的牙齒，擋住我的去路。她看起來完全不受最近的醜聞報導影響，一如往常的自信。「我想妳應該知道自己的位置了才對呀。」

米娜的最後一句讓我瞬間清醒。她說得對。

我的確知道我的位置。

我走到隊伍最前方，站在米娜旁邊，正是我在練習生排行裡應該要站的位置。

「我覺得我的位子應該在這裡。」我說。

整個舞臺一陣沉默，我和米娜瞪視著彼此，我們之間的衝突像是在禮堂內產生了回音。好像所有人屏住了呼吸，等著看接下來會發生什麼事。但當新生們全都走出來，開始鞠躬時，魯先生跟在她們身後，米娜便撇開了視線。

所有人都吐出一口氣。

我站直身子，決心在我的血管中流竄。我絕對不再讓任何人踐踏我。

我努力了這麼久才到這裡。

這是我應得的。

就算是DB的高層也不能從我手中奪走這一切，我想著，一邊看著他們在我面前停下腳步，臉上帶著大方但毫不留情的微笑。

「瑞秋。」沈小姐說。

我一鞠躬。「沈小姐。」我回應道，然後轉向魯先生。

「妳好嗎？」魯先生說，聲音裡透著一絲猶豫。我可以在他的眼鏡中看見自己蒼白而疲憊的臉龐。

「對呀。」林先生附和道，幾乎藏不住他的鄙視。「我們，呃，沒想到今天會在這裡看到妳。」

我抬眼看向他們，緊咬著牙關。林先生的眼中閃著憤怒的光芒，而魯先生的手不斷撥弄著他的西裝口袋——而我突然意識到，他們知道我都已經知情了，而現在正等著看我會怎麼玩這一局。嗯哼。說到玩遊戲，我倒是學到不少。

畢竟我可是DB訓練出來的。

「我不可能錯過這個的，我近期也不打算去別的地方。」我露出了燦爛的笑容，展現出完美的練習生形象，並直直看著魯先生的眼睛。「記得我們是一個大家庭。我們永遠都是一家人。」

林先生的表情變得冷硬，但魯先生露出一個淺淺的、投降般的微笑。「我就知道妳會這麼說。」

他眼中帶著算計的神色，但我不知道他在算什麼，可是他已經朝隊伍後方走了過去，離我越來越遠。直到走下舞臺前，我都一直沒有真正放鬆。我們回到座位上，等著聽他們宣布重要事項。我一個人坐在後排的座位，終於讓身體鬆懈下來。我閉上眼睛，靠在絨布椅套上。至少最糟的部分已經過去了。

我突然感覺到一旁的椅子有人坐下的動靜。我睜開眼。

是傑森。

有那麼一瞬間，我們只是看著彼此。我不知道該說什麼，而從他焦躁的坐姿、抖腳的動作，我知道他也無話可說。他看起來疲憊又挫敗，像是他過往的一個空殼，不再是那個充滿自信，且相信全世界的人都是他好朋友的男孩。

「瑞秋……」他開口，但聲音卻又打住了。他像是想要伸手過來握住我的手，但他在一半就停了下來，轉而抓住椅子的把手。「恭喜。」他終於說道，對我露出緊繃的微笑。然後他從座位上站起身，往走道上走去。

我看著他的背影，錯愕不已。恭喜？

恭喜什麼？

魯先生上臺公布重要事項了。我一直在思考傑森剛才說的話，我幾乎沒聽到他在說什麼。

原來，我今天還有更多的驚喜。

「我們全都興奮不已。」他說，他的聲音在禮堂中迴盪。「我們等不及要推出一個新的女團了，命名為『Girls Forever』！請和我一起歡迎這九位女孩，我相信她們的面孔和聲音將會成為韓國最受歡迎的明日之星！」

整個禮堂裡一片譁然，練習生和訓練員們瘋狂地猜著誰會被選中，伸長了脖子打量著禮堂裡的大家。我在座位上直直坐起，像是被閃電擊中般錯愕。

我不知道DB今天要推出新的女團。而從每個人臉上驚訝的表情來判斷，其他人也不知道。

「我現在要請女孩們一個個上臺。」魯先生說。「首先，我們歡迎申恩地，她總是能在自己做的事情中注入能量與熱情；柳秀敏，則是優雅與氣質的代表；允永恩是專業的和聲；李智允，是一位充滿創造力的藝術家；申善英，她強而有力的嗓音足以挑戰所有女中音；尹麗茲，是位優秀的舞者；邱仙姬，是我們培訓計畫中最優秀的饒舌歌手。」

他刻意頓了頓，環顧了禮堂一圈。空氣中瀰漫著期待的氣息，我幾乎可以感覺到它沉甸甸的重量。米娜向前傾身，指甲深深刺進椅子的扶手裡。他還沒有喊到我們兩個名字。

他現在要把我們踢出培訓計畫了嗎？他會在公布了Girls Forever的成員之後，就立刻宣布要淘汰我們嗎？這樣也太殘酷了，但這不正是DB處事的方式嗎？我穩住自己，準備承受他接下來說出的任何話。

「最後，我要以最自豪的態度，公布最後的兩名成員。」他張開雙臂，像是一名驕傲的父親。「這兩位年輕的女性，已經為DB帶來了不可思議的成就。她們將我們的家庭價值發揮得淋漓盡致，而我知道，她們在未來，會繼續成為DB最完美的明星模範。」他的微笑幾乎像是鯊魚一樣了，語調裡帶著潛在的威脅。「我很榮幸地歡迎Girls Forever的主唱金瑞秋，還有領舞朱米娜！」

我很榮幸地歡迎主唱金瑞秋。這幾個字在我腦中不斷迴盪，我的腿則完全動彈不得。我不知道我是怎麼辦到的，但我居然有辦法走過走道，爬上舞臺，儘管我的膝蓋抖得像是搖頭娃娃一樣，也幾乎聽不清臺下人們的歡呼聲在禮堂中迴盪。

這個早上，我還以為我的事業已經結束了。

現在我卻準備要出道。

魯先生露齒一笑，和我握手。

「恭喜。」他說。然後，像是讀到了我內心的想法，他又補充了一句。「妳的夢想已經成真了。」

直到我感覺到臉頰上布滿淚水，我才意識到我哭了。我快速用手背抹掉眼淚。這是真的。這是現實。這真的發生了。

我反射性地在群眾裡搜尋俞真姊的身影。她拍著手，也在哭泣著。我想要跑過去給她一個擁抱，但我知道現在還不是時候。然後我在禮堂的角落，看到傑森站在那裡。我突然發現朱先生站在他身邊，心頭一驚。他低下頭，在傑森耳邊說了幾句，傑森則順從地點了點頭。當報告結束時，魯先生便朝他們走了過去。傑森握了兩個人的手，臉上帶著一股陰鬱但決絕的表情。

緊張的情緒在我的肚裡翻攪。這一定是傑森剛剛說恭喜的原因。他知道我今天會出道，他知道我沒有被踢出DB。

但是為什麼？

他是做了什麼才幫我換來這個驚喜的？

「恭喜了，瑞秋。」

我轉過身，看見米娜站在我面前，麗茲和恩地站在她的兩側。

「主唱耶。」麗茲說道，聲音中滲透著虛假的熱情。「真是個了不起的稱號。」

「能全在同一個團體裡真是太好了。」恩地補充道。「想想接下來我們會有多少樂趣呀。」

「女孩們，給我們一點時間獨處好嗎？」米娜說。「我想要給她一點私人的賀詞。」

麗茲和恩地一如往常聽話地走下舞臺。米娜轉向我，臉上掛著微笑，但我認出她眼中熟悉的邪惡光芒。

「在行禮儀式的那個小把戲滿可愛的，瑞秋。」她說，聲音壓低成耳語。「但是別以為這能改變妳在這裡真正的地位。我們現在要一起出道了，俞真姊可不能繼續保護妳了。妳覺得沒有她，你能撐多久？」

「我覺得我可以保護我自己，米娜。」我說，雙臂交抱在胸前。「不論如何，我畢竟是主唱。」

她繼續微笑著，不動聲色。「如果我是妳，我不會太以那個稱號自豪的。妳不要一下過太爽喔。妳永遠不知道妳什麼時候會……失足。」

她抽出手機，播了一段影片給我看。那是另一段在首爾奧運體育館的密錄影片，不過錄的是Electric Flower唱的〈星河〉。我皺起眉頭，不解地望著她。她為什麼要給我看這個？

然後我就發現了。星空的遮罩升起，當光線照在舞臺上時，在螢幕的角落，閃過了我和傑森在後臺接吻的畫面。只有不到一秒的時間，但那的確是我們。

「妳從哪裡拿到的？」我的聲音顫抖著，我甚至沒辦法掩蓋心中的警覺。

「莉亞呀。」她狡滑地說。「我去妳家的那天，在妳到家之前，她給我看了那場演唱會的錄影。我剛好看到這部影片有個很有趣的片段，所以我就叫她傳給我了。畢竟，我是Electric Flower的大粉絲嘛。」

我嚥了一口口水，咬緊牙關。如果這部影片流出去，我就毀了，就跟康基娜一樣。傑森相信流行歌壇的生態正在改變，但過去的兩天教會了我一些重要功課，那就是這些改變並沒有快到會對我造成任何影響。「妳不敢的。」我說，儘管我知道她當然敢，她沒什麼好猶豫的。

這代表她現在可以控制我了。

她微笑著，把手機塞回短裙的口袋裡。

「再次恭喜妳啦，瑞秋。接下來這一年有得瞧了。」

第二十七章

「女孩們，你們就要準備上臺進行出道處女表演啦！過去這一個月的準備期，妳們有什麼感覺？」

我和我的八名Girls Forever團員坐在一起，穿著相似的寶藍色服裝，上面層層疊疊的是霓虹色的花朵花紋。我的露背洋裝緊緊裹著我的身子，亮粉色的花瓣沿著我的身側向上爬。我的腳上則穿著白色的膝上襪，還有完美無瑕的高筒球鞋。我把完美的捲髮撥到肩膀後方，對主持人眨著眼睛，露出微笑。

抬頭挺胸，雙腿交疊。肚子收緊，肩膀打直。攝影機特寫著我的臉，直播給數以百萬計的韓國民眾看。

「挑戰性很高，但我們都非常努力，現在我們是蓄勢待發。」我輕鬆地說道。我對著其他女孩打了個手勢。「與這麼有天分的團員們合作，我真的受到很多激勵。我從她們身上學到了很多事。」

例如要如何每天都提防著別人的暗算。比方說恩地一直發誓我梳子裡的口香糖不是她的。或是每次試裝完之後，我的鞋子就會神祕地消失。我的出道預備期，就在訓練、失眠，和躲避一個又一個邪惡的惡作劇中度過，而所有人都以為這些女孩是我最好的朋友。

我對著鏡頭微笑。

如果他們能看見我們的生活是什麼樣子就好了。

女孩們對我甜甜的回應發出讚嘆聲，秀敏和麗茲甚至靠了過來，給了我一個團抱。我緊緊回抱她們，好像真的享受她們給我的關愛。她們長長的指甲刮著我的手臂，主持人則繼續掛著燦爛的笑容，露出一口白牙，眼神閃爍著光芒。

「聽起來妳們合作得很愉快呀。」他說。

「當然囉。」米娜說，她的聲音帶著完美的熱情。「這趟旅程中，再也沒有比她們更好的旅行夥伴了。」她用喜愛的眼神掃視了我們一圈，最後視線停留在我身上。她微笑著。「我們未來的路可是一片光明呢。」

✦

上臺之前，我站在後臺深呼吸。過去這一個月的時光飛逝，而現在終於是我們出道的時候了。世界準備好，我們來了。

是時候讓你們看到我們的本事了。

一陣笑聲吸引了我的注意，我轉過身，看見米娜正用自己的手機給其他女孩們看著影片。她們全圍在一起，大笑著，推擠著彼此，想要搶到比較好的視野。

「哇靠，這超猛的。」

「沒想到她居然能拍到這個！」

我的肚子一陣收縮。那是我想的那個嗎？

我衝過去，把手機從米娜手中搶走。那是一個女孩在Instagram上貼的影片，她和她的狗用筷子在彈著鋼琴的四手聯彈。我的臉紅了起來。

「幹嘛啊，瑞秋？」恩地說。「妳到底有什麼毛病？」

「別介意，女孩們。」米娜雲淡風輕地說，一邊啜著一杯水。「瑞秋公主只是不喜歡別人的影片爆紅而已。」

我的手緊握著她的手機。米娜也許可以用她的影片來威脅我，但那不代表我就得乖乖就範。我把手機重重塞進她手中的水杯中，水珠隨之噴濺而出，所有人尖叫著跳開了。

米娜的嘴錯愕地張大。

「喔哦，對不起，米娜。」我甜甜地說。「我手滑了。但妳知道嗎？也許這樣也好，妳知道他們的社群媒體規則吧。我不希望妳惹上麻煩。」

我轉開身，然後我停下腳步，轉頭看向米娜的手腕，還有閃閃發亮的紅寶石手錶。韓先生的錶——那支他爺爺獨一無二的傳家手錶。我在多倫多就發現了，但我什麼也沒說。我甚至不知道為什麼會在她手上。

但我可以猜。

「對了，米娜，妳知道現在幾點嗎？」我天真地問道。

她瞪大眼睛，手忙腳亂地看了一眼自己的錶，然後用手遮住。「現在，呃，快一點。」

「謝了。」我說。「表演時間要到囉，女孩們。」

團員們來回打量著我們，想要搞清楚我們之間沒說的祕密。恩地和麗茲互看了一眼，然後朝我走來。「我們準備好了！」我的眼角餘光看見米娜的臉垮了下來，但我已經轉身離開了。

我還有一首歌要表演。

我們最後一次補妝，在臺上集合，然後等布幕升起。我站在舞臺正中央，左右兩邊各有四個女孩，一字排開地站在我身旁。攝影機從四面八方對著我們，而我可以聽見觀眾在布幕的另一邊歡呼著。

他們期待看見我們。我抬起下巴。很好。

我們要給他們一場有生以來最棒的演出。

如果有人告訴十一歲的我，我要犧牲多少東西、會被奪走多少珍愛之物才能走到現在這一步，我一定會說他們是在寫韓劇的劇本。能走到這一步，路途比我想像得困難許多，但我現在終於在這裡了。

經歷了這麼多，我現在終於出道了。

我想著海女們說的話：當我們覺得自己再也走不下去時，我們會記得我們已經走到這裡，我們還能繼續前進。

我想著莉亞：妳的夢想就是我的夢想。

我想著媽媽：妳值得去冒險。這是妳努力得來的。

當布幕升起時，我做了一個決定。我直直盯著中央的攝影機，踏出一大步，離開站成一排的女孩，獨自站在聚光下。

這是我準備發光的時刻。

而我不會讓任何人阻止我。

後記

能讓我這個夢想成真，要感謝的人實在太多了！我想從我的Golden Stars開始，謝謝你們強大而無盡的支持與熱情，在過程中不斷鼓勵我、激勵我！

我也想要謝謝美國這裡的出版社，是這本書在美國的家——首先，是我的頭號明星，編輯珍妮佛．溫（Jennifer Ung）。珍，妳真的讓這本書閃閃發光呢（裡外都是）！也謝謝獨一無二的瑪拉．亞娜塔斯（Mara Anastas）；負責行銷與公關的團隊，包括凱特琳．席維尼（Caitlin Sweeny）、艾莉莎．尼格羅（Alissa Nigro）、沙凡娜．勃肯理德（Savannah Breckenridge）、安娜．賈沙（Anna Jarzab）、艾蜜莉．里特（Emily Ritter）、妮可．羅素（Nicole Russo），以及凱西．馬莫（Cassie Malmo）；雖然放在最後但同樣重要的莎拉．克里奇（Sarah Creech），謝謝設計師幫我想出了塞滿星星的封面，並且把所有的閃亮光芒都搭配得恰到好處。

我也非常感謝我不可思議的代理人們——馬克思．麥可（Max Michael）、艾伯特．李（Albert Lee），以及梅莉狄．米勒（Meredith Miller）——讓這本書能夠進入世界上各個國家，其中有許多是我以前去過的，我也等不及要與當地的讀者互動。同樣地，還要感謝充滿天賦的經紀人史蒂芬．芭芭拉（Stephen Barbara），從一開始就相信這本書，為它找到第一個家，並且一直以它為傲。如果沒有Glasstown娛樂的女孩們，我是不可能完成這一切的。謝謝麗莎・西雅（Lexa Hillyer），聽我分享了許多讓她噴茶（真的噴出來！）的故事，還有獨一無二的蕾貝卡・庫斯（Rebecca Kuss），幫我確保每一個細節都是最——完美的。謝謝Glasstown的蘿拉・派克（Laura Parker）和琳里・博德（Lynley Bird），還有麥特・卡普蘭（Matt Kaplan）、馬克思・席默斯（Max Siemers），以及所有在Ace娛樂的員工們，謝謝你們努力將這本書轉變成有望很快登上大螢幕的故事！也謝謝莎拉・蘇克（Sarah Suk）——妳是無庸置疑的明星，而且妳的努力讓這本書有了歌唱的能力。

我也要向我的家人致上最深的謝意——謝謝你們總是無怨無悔地支持著我。謝謝我的父母，你們一直都挺我，也讓我成為我想成為的人。也謝謝最棒的Krystal，妳是任何人夢寐以求的最好的妹妹。我全心全意地愛著妳。

最後，我想謝謝泰勒（Tyler）。在我的旅程中，你一直都陪著我，沒有你，我也不可能成就這一切。你願意幫助我的熱忱是我想都不敢想的。我等不及想看下一段旅程又有什麼冒險了。

高寶書版集團
gobooks.com.tw

YS 003
Shine
作　　者　鄭秀妍Jessica Jung
譯　　者　曾倚華
編　　輯　賴芯葳
主　　編　吳珮旻
美術編輯　林政嘉
內頁排版　賴姵均
企　　劃　何嘉雯

發 行 人　朱凱蕾
出　　版　英屬維京群島商高寶國際有限公司台灣分公司
Global Group Holdings, Ltd.
地　　址　台北市內湖區洲子街88號3樓
網　　址　gobooks.com.tw
電　　話　(02) 27992788
電　　郵　readers@gobooks.com.tw（讀者服務部）
pr@gobooks.com.tw（公關諮詢部）
傳　　真　出版部　(02) 27990909　行銷部 (02) 27993088
郵政劃撥　19394552
戶　　名　英屬維京群島商高寶國際有限公司台灣分公司
發　　行　英屬維京群島商高寶國際有限公司台灣分公司
初　　版　2020 年 9 月

First Simon Pulse hardcover edition September 2020

國家圖書館出版品預行編目(CIP)資料

Shine / 鄭秀妍(Jessica Jung)作；曾倚華譯. -- 初版. --
臺北市：高寶國際出版：希代多媒體發行, 2020.09
面；　公分. --
譯自：Shine.
ISBN 978-986-361-909-3（平裝）

874.57　　109013283

GOBOOKS
& SITAK
GROUP©